ÀS DÈIDH DO ALISTAIR PAUL a bhith a obraichean sheatlaig e ann an Eilean A a bheil e ag obair na ghàirnealair. B' e a is dualchas an àite a thug air Gàidhlig ionnsachadh. Dh'fhoillsich e cruinneachadh dà-chànanach de cheòl is dualchas an eilein ann an 2010 agus tha e air a bhith an sàs ann an sgrìobhadh na Gàidhlig bhon uair sin. Ann an 2018 ghlèidh e Duais nan Sgrìobhadairean Ùra, agus ann an 2020 ghlèidh an cruinneachadh sgeulachdan seo an duais airson na làmh-sgrìobhainn as fheàrr do dh'inbhich anns Na Duaisean Litreachais.

Linne Dhomhain
Sgeulachdan Goirid

ALISTAIR PAUL

Luath Press Limited

EDINBURGH

www.luath.co.uk

A' chiad chlò 2021

ISBN: 978-1-910022-06-1

Gach còir glèidhte. Tha còraichean an sgrìobhaiche mar ùghdar
fo Achd Chòraichean, Dealbhachaidh agus Stèidh 1988 dearbhte.

Chuidich Comhairle nan Leabhraichean am foillsichear
le cosgaisean an leabhair seo.

Chaidh am pàipear a tha air a chleachdadh
anns an leabhar seo a dhèanamh
ann an dòighean coibhneil dhan àrainneachd,
a-mach à coilltean ath-nuadhachail.

Air a chlò-bhualadh 's air a cheangal le
Bell & Bain Earr., Glaschu.

Air a chur ann an clò Sabon 11 le
Main Point Books, Dùn Èideann.

© Alistair Paul 2021

Gu mo mhàthair, Eleanor Rae Paul

Clàr-innse

Tàladh Na Mara   9

Aiseag   12

Meur-loidhne na Beatha   20

Saor-thoil   32

Fois-làrach: Sgeul Gaoil   48

Saighdear an Fhortain   73

Linne Dhomhain   80

A' Bhetsy Mae   108

Am Fìdhlear Taibhse   112

Mo Mhàthair, Am Madadh-allaidh   130

Eilean Bhòid   135

Sìos Gu Tuath   150

Sìtheanan   168

Tàladh Na Mara

DH'IARR I AIR luchd-frithealaidh an àite an t-sèithear aice a chur mu choinneamh na h-uinneige is chuireadh i seachad na h-uairean a' coimhead a-mach an sin gu muir, na sùilean aice ag obair thar fàire is stuagh; air ais is air adhart, air ais is air adhart. 'Seo na pileachan agaibh a Mhòr, m' eudail,' chanadh na nursaichean. Ghnogadh i a ceann gun a sùilean a thoirt far an t-seallaidh roimhpe. No, 'An e mions no iasg a ghabhas sibh an-diugh?' 'Iasg a ghabhas mi,' is dhèanadh i faite-ghàire. Cha b' e gun robh i mì-mhodhail, dìreach gun robh i fa leth na dòigh bho chàch. Bu ghann a bhiodh i a' dol an cuideachd an luchd-còmhnaidh eile.

'Mam. Tha mi an seo.' B' e a nighean, Ruth, a bh' ann aig doras an t-seòmair aice. Chaidh Ruth a-null gu a màthair is shuidh i air an t-sèithear ri taobh. Airson tiotan thàinig Mòr air ais gu làithreachd an rùim bhig. Thog i a sùilean, 'Ruth!' A-mach às na trì pàistean a bh' aice na beatha, sin mac is dithis nighean, b' e Ruth an aon dhiubh a thadhladh air Mòr gu cunbhalach. B' ise a b' fhaisge dhi. B' ise bu choltaiche rithe. Dh'fhan an dithis an uair sin nan tost greis a' coimhead a-mach air an uinneig gun facal eatarra.

Thug Ruth am fòn aice a-mach às a pòcaid, 'Tha Tòmas air tòiseachadh aig an oilthigh,' thuirt i. Sheall Mòr air dealbh a h-ogha air a fòn; esan air a chuairteachadh le daoine òga eile, uile le smig air am beòil is boillsgeadh nan sùilean. 'Tha coltas toilichte air,' thuirt i. Bha na bloighean de chòmhradh sin, eadar nighean is màthair, nam boinneagan solais anns an dubharachd; seudan, mar na meanbh-chreutairean bruichneach a nochdas am maise tiotan ann an doimhneachd a' chuain mus meath iad dhan dorchadas às ùr.

Bha tòrr fhaileasan gam falach san dorchadas. B' e athair Thòmais fear dhiubh sin; fear a thàinig is a ghin leanabh ann am broinn Ruth, ach nuair a thàinig suarachas an duine am bàrr fhuair i cuidhteas e. B' e sin an seòrsa tè a bh' innte; tè làidir na h-inntinn nach seasadh ri droch-dhìol. Bha i mar a màthair. Carson a-rèiste a sheas a màthair ri 40 bliadhna de shuarachas bho h-athair? Faileas eile. A rèir na mòr-chuid b' e athair math a bh' anns an duine aig Mòr – fear a chuir seachad a bheatha a' cosnadh do a theaghlach. Ach 's e an fhìrinn gur e fear eudach a bh' ann a chùm fo smachd teann a bhean, a chuir seachad a beatha pòsta fo bhraighdeanas dha. Cha robh ceist gum biodh i an cuideachd fireannaich eile uair sam bith gun esan a bhith còmhla rithe. B' ainneamh a gheibheadh i fiù 's cead a dhol a-mach còmhla ri a caraidean.

Neònach, smaoinich Ruth, gur e ar pàrantan na daoine as fhaisge oirnn ach gur iad as lugha as aithne dhuinn. B' e seanchas na màthar an aon sgeul a lean ri Mòr cho fàd 's a b' aithne do Ruth; tè a fhritheil feumalachdan a teaghlaich. An robh a màthair ann fiù 's mus robh i pòsta. Nan robh, cha b' aithne do Ruth cò i. Ro fhadalach airson faighneachd.

'Tha mi air a bhith a' clìoradh cuid dhen stuth san lobht.' Bha Ruth air a guth a thogail.

'Chan fheum thu èigheachd Ruth.'

Thog Ruth poca plastaig bhon làr is chàraich i ri taobh a màthar e. 'Seall na fhuair mi. Seann chòta no rudeigin. Chaidh fhalach an sin fo bhrat. Carson a dh'fhalaicheadh cuideigin an sin e?' Thug Ruth pòg do a màthair is thog i oirre a dh'ionnsaigh an dorais.

Thàinig guth fann a màthar às a dèidh, 'Tapadh leat a ghràidh. Is tus' an aon duine a thuig cò mi.'

'Cha bu luaithe a bha Ruth a-mach air an doras na shìn

Mòr a corragan a-steach dhan phoca gus an do bhean iad ris a' bhian mhìn na bhroinn.

* * *

B' ann air an ath mhadainn a fhuair Ruth a' ghairm don dachaigh-cùraim. Thug an nurs a-steach i. 'Am bu mhath leibh ur màthair fhaicinn?' thuirt i ri Ruth.

'Bu mhath.'

An sin, air an leabaidh, bha a bodhaig na sìneadh, ach cha b' e Mòr a bh' ann ach craiceann falamh. Chaidh Ruth a-null dhan chladach is sheas i an sin a' coimhead a-mach gu muir. Thog i dòrnag. Dh'fhairicheadh i suailichean a' luasgadh is sruthan a' cuairteachadh. Dh'fhairicheadh i blàthachadh gathan na grèine. Dh'fhairicheadh i tarraing na gealaich. Bha Ruth coltach ri a màthair. Chunnaic i faileas san uisge. Tonn a' leum. 'S dòcha. Creutair a' mireadh san fhairge. 'S dòcha.

Aiseag

'S E RUD taitneach a bhith nad shuidhe air a' bhàt'-aiseig is deagh leabhar agad nad làimh. Uallaichean làitheil air do chùl is gun dòigh agad faighinn thuca. Dhèanadh Màiri Nic a' Phearsain gàirdeachas ris a' ghreis de dh'fhois a bheireadh a turas seachdaineil gu tìr-mòr dhi. Gach Dihaoine a-mach air a' bhàta aig 8.20 – na dleastanas gnothach ri choileanadh, na rudan a bha dhìth oirre a cheannach is, nan robh tìde aice, coinneachadh ri seann charaid gus film no dealbh-chluich a choimhead. Air ais air a' 16.40.

Ged a bha Màiri air a dreuchd a leigeil dhith bha e na gnè a bhith dripeil is bha i ri plòigh air choreigin daonnan. Bho ghluais i air ais dhan eilean, is iomadh buidheann is iomairt anns an robh i an sàs. Ach taobh a-muigh na h-obrach seo 's ann ainneamh a bhiodh i an cuideachd muinntir an àite. Chanadh cuid gun robh i caran fad às is fa leth bho chàch; fiù 's rud beag mòrchuiseach. Cha rachadh i fhèin às àicheadh gun robh i buailteach a bhith na snob aig amannan. Cha b' e nach robh cuideachd dhaoine eile a' còrdadh rithe ach gun robh i rud beag àilgheasach mu cò leis a bhiodh i a' cur seachad ùine. Nan robh i gu bhith a' cosg na h-ùine phrìseil aice, b' fheàrr leatha gun tigeadh toradh às.

'S e an t-seòrsa cuideachd a thigeadh ri a càil a' chuideachd a gheibheadh i le Mairead, an tè ris an robh i gu bhith a' coinneachadh nas fhaide dhen latha. Bha na bliadhnaichean mòra air a dhol seachad ann am priobadh na sùla bhon a bha

iad san oilthigh còmhla ach chùm iad an-àirde ri chèile is bha
e fhathast na chleachdadh aca a bhith a' tighinn còmhla nuair
a bhiodh cothrom ann. Ged as fhada bho thrèig dreachan an
dà chaileig eireachdail air an taobh a-muigh bha iad a cheart
cho geur nan eanchainn 's a bha iad a-riamh. Bhon chiad
diog a bhiodh iad an cuideachd a chèile bha iad nan cailinean
a-rithist làn spionnaidh is beachdan làidir 's iad a' rèiteachadh
an t-saoghail. Cha robh cuspair ann ris nach suathadh an
còmhradh.

Ach gus an tigeadh iad còmhla b' fheàrr le Màiri a bhith na
h-aonar gun duine na cuideachd a mhaoladh gleus a h-inntinn
is a teanga. Dùinte na saoghal fhèin. Ise is an leabhar aice, agus
cupa cofaidh làidir bho chafaidh a' bhàta air a' bhòrd air a
beulaibh. Bha beachd Màiri mu leabhraichean caran an aon rud
ri a beachdan mu dhaoine, nan robh i gu bhith a' caitheamh ùine
orra b' fheudar dhaibh a bhith tarbhach. Bha teachdaireachd
còmhdach ealanta an leabhair aice follaiseach dha daoine a
chitheadh e; seo leabhar inbheil agus is tuigseach an duine a
leughadh e. Bha an teachdaireachd air a dhaingneachadh le
teisteanas air a' chòmhdach gun deach a thaghadh airson geàrr-
liosta Duais Booker.

Bha Màiri na suidhe ann an oisinn fhalaichte, shàmhach
a' bhàta air cùl a' chidsin far nach bu chòir do dhuine dragh a
chur oirre, a rèir mhodhan an aiseig. 'S iad na modhan seo na
riaghailtean beaga do-labhairt, an ola a chumas cuibhlichean
an eilein a' dol. Tha iad gu sònraichte cudromach air an aiseag
far am bi a h-uile neach a thèid innte na phrìosanach airson
an tamaill a mhaireas an turas. San dòigh seo 's ionann aiseag
Chal Mac is prìosan àrd-thèarainteachd; 's iad na riaghailtean
sòisealta teann a chumas fo smachd an cunnart gun èirich
buaireadh is mì-rian. Ma tha thu nad shuidhe an teis-meadhan
a' chafaidh le snodha-gàire air d' aodann, cuiridh tu fàilte air
cuideachd. Ma tha thu, mar a bha Màiri, nad shuidhe ann an
oisinn dhùinte is gun sùil chàich a choinneachadh, b' fheàirrde
gun a dhol faisg ort.

Ach bu choma le Sìne Nic an t-Saoir modhalachd. Nan robh i airson facal fhaighinn air cuideigin, 's i a gheibheadh e. Nuair a bu lèir do Mhàiri Sìne is i a' dèanamh oirre, chùm i oirre a' leughadh gun a sùilean a thogail bhon duilleig, ach bha fios aice nach biodh dol às ann. Thàinig cupa teatha Sìne sìos air a' bhòrd le brag.

'Daonnan ro làidir!' ghrad-ghlaodh i. 'Nas coltaiche ri teàrr na teatha. Chan eil e gu diofar cia mheud turas a chanas mi ri muinntir a' chafaidh gu bheil mi ga h-iarraidh lag, bidh e an-còmhnaidh an aon rud. Bheir mi flasg leam an ath thuras.' Rinn i suidhe. 'Math d' fhaicinn, a Mhàiri, m' eudail.'

Thog i 'Pàipear an Eilein', am pàipear ionadail, às a' bhaga aice is chuir i air a' bhòrd e ri taobh a cupa tì. 'An aon sgudal a th' ann a h-uile seachdain,' thuirt i. A dh'aindeoin a gearain bha e follaiseach bho staid liorcach nan duilleagan gun deach rùrachadh math a dhèanamh tromhpa. Thòisich i air gach artaigil ath-aithris is a chur ris leis an fhiosrachadh a bha aice fhèin is a bha, dha rèir, fada nas earbsaich co-dhiù. Cha b' e riamh còmhradh ceart a bhiodh ann eadar Sìne is Màiri. 'S e rud dà-thaobhach a th' ann an còmhradh ach is beag an ùidh a nochd Sìne riamh ann am beatha Màiri. A dh'aindeoin a h-uile oidhirp a dhèanadh Màiri gus a seachnadh gheibheadh Sìne thuice air dòigh air choireigin; b' ann mar gun robh comas àraid aig Sìne a dh'innseadh dhi càit an robh Màiri aig àm sam bith na beatha.

Mar a b' fhaide a lean seanchas Sìne 's ann a b' fhaide a chaidh inntinn Màiri air seachran. Dh'fhalbh i gu làithean a h-òige; dhan àm, o chionn fhada an t-saoghail, a bha Màiri is Sìne dlùth dha chèile, is iad san sgoil còmhla. Ach is iomadh car is lùb a thàinig nan rathad bhon uair sin. Bha aon char gu sònraichte a sheas a-mach an inntinn Màiri is a rinn sgaradh nach gabhadh a leigheas. Anns a' bhliadhna mu dheireadh dhen sgoil ghabh Màiri nòisean do bhalach a bha anns an aon chlas. Ri linn 's gun robh i ro dhiùid cha b' urrainn dhi dad a dhèanamh mu dheidhinn is bha an suidheachadh ga buaireadh a latha 's a dh'oidhche. Feumaidh gur ise an tè mu dheireadh sa chlas a fhuair a-mach gun robh Sìne a' falbh le Gòrdan bho ghobaireachd sgreòid de chlann-nighean san trannsa. B' e an rud a bu mhiosa mu dheidhinn gun robh fios aig Màiri nach robh fiù 's ùidh aig Sìne anns a' ghille ach gur e dìreach an aithne is an sodal a bha i a' faighinn a chòrd rithe. Bhon uair sin bha Màiri air an tàmailt is am briseadh-dùil a thìodhlacadh gu domhain an cùl a h-inntinn. Cha robh ann ach amaideas cloinne. Nach e? B' fhada bhon a bha i air cùl a chur ris a' ghnothach, na beachd.

Ach nach iongantach mar as iad faireachdainnean ar tràth-làithean a dh'fhuiricheas leinn fad ar beatha. Fhuair Màiri gun robh na seann fhaireachdainnean sin air snàigeadh a-mach às na faileasan on a thill i dhan eilean; aonranachd, tàmailt is fearg an deugaire a bh' innte an uair sin. Bha fèin-aithne Màiri stèidhte air gliocas is bha e ga buaireadh gun robh i a' smaoineachadh mar chaileag trì bliadhna deug a dh'aois. Feumaidh gun robh dòigh ann na smuaintean fhuadachadh. Bha seann lot air fhosgladh às ùr agus b' i Sìne an salann a bha ga shuathadh a-steach gach turas a chitheadh i am boireannach.

Gus dèiligeadh ris a' mhulad aig an àm ud theann Màiri gu dìcheallach ri a h-obair sgoile. Às dèidh greis fhuair i a-mach gun robh e a' còrdadh rithe is a bharrachd air sin bha i a' faighinn toileachas às a' mholadh is an aithne a gheibheadh i bhon adhartas a bha i a' dèanamh. Ann an ùine gun a bhith fada bha i aig bàrr a' chlas is dh'fhàg i an sgoil na dux.

Lean inntinn Màiri oirre a' siubhal tro na bliadhnaichean. An latha a fhuair i dearbhadh gur i an aon tè anns a' chlas a bha gu bhith a' dol dhan oilthigh. An litir a fhuair i a dh'innis gun robh àite aice san oilthigh a b' annsa leatha is a' ghrian a' deàrrsadh oirre tro uinneagan na sgoile mar shamhla air an t-saoghal ri teachd làn dòchais a dh'fheith oirre. Roghnaich i bith-eòlas mar chuspair air sgàth na spèis a bha aice do nàdar a fhuair i ri linn a h-àraich ann an eilean dùthchail. Nuair a thàinig i dhan PhD aice b' e mycology a thagh i mar chuspair, no a bhith ga chur ann am faclan a thuigeas a' mhòr-chuid: rannsachadh

fungais is bhalgan-buachair. Chuir seo iongnadh air cuid a bha
eòlach oirre 's iad dhen bheachd gur e rud caran mì-chneasta
a th' ann am balgan-buachair le buinteanas ri bàs is grodadh.
Ach do Mhàiri b' e rud mìorbhaileach a bh' ann am fungas le
farsaingeachd de dhiofar ghnèithean, gach tè le adhbhar bith
àraid dhi fhèin. Chan e lus no ainmhidh a th' annta ach rud fa
leth le ròl deatamach do bheatha aca ri choileanadh. 'S iad a
sheasas eadar beatha is bàs. 'S iad a bhreitheas air na tha air
bàsachadh is a chruthaicheas beatha ùr às.

Na beatha phroifeiseanta sgrìobh Màiri grunn math
phàipearan is aistidhean a nochd ann an irisean saidheansail. Bha
i math gu sgrìobhadh is bha fèill mhòr air a cuid sgrìobhaidh am
measg luchd-saidheans ri linn nach robh e cho tioram no duilich
a leughadh ris an sgrìobhadh shaidheansail àbhaisteach. Cha
eil teagamh mura b' e gur e neach-saidheans a bh' innte gur e
deagh sgrìobhadair a bhiodh innte. B' ann às dèidh dhi a h-obair
a leigeil seachad a theann i ri bàrdachd is sgeulachdan goirid.
Bha e na chomharra air cho math 's a bha a cuid sgrìobhaidh
gun deach corra phìos leatha fhoillseachadh ann an iris ealain.

A thaobh Sìne, cha do dh'fhàg ise riamh an t-eilean. Às dèidh
dhi falbh le dòrlach bhalach, phòs i mus robh i fichead bliadhna
a dh'aois. Cha do phòs Màiri idir. Ged a dh'fhalbh i greis le
òigear aig an oilthigh, nuair a thàinig e gu aon 's gu dhà bha a
dreuchd nas cudromaiche dhi is chaidh an dithis air an slighean
fa leth.

Shiubhail Màiri an saoghal an cois a h-obrach is i air àrd a
dreuchd a ruighinn. Nuair a thàinig e gu bhith a' sgur a dh'obair
cha robh ceangal domhain aice ri àite sam bith is roghnaich i
tilleadh gu eilean a h-àraich. Cha b' e na daoine a thàlaidh i air
ais ach am fungas. Ri linn gur e àite tais a th' ann tha am pailteas
fungais de dh'iomadh diofar sheòrsa ri lorg air an eilean. 'S
iomadh latha sona a chur i seachad na h-aonar bhon a ghluais i
air ais gan siubhal am measg nan coilltean is thar nan raointean.

Ged as fheàrr a dh'aithnichear fungas air an cuid bhalgan a
nochdas air uachdar na talmhainn 's e na tha dol fon talamh a

ghlac ùidh Mhàiri. Sin far an tèid an obair a dhèanamh. Sin far an sgap lìonra farsaing de dh'fhileamaidean a' sireadh an stuth organaich a bheir beatha dhaibh, meuran fada a bheanas ris a h-uile rud a bha uair beò no a tha fhathast beò. Bha a ceann làn fiosrachadh iongantach mun t-saoghal fhalaichte seo; gu bheil a h-uile lus an eisimeil fungas gus a bhith beò, gur e aon fhungas a lorgadh sna Stàitean Aonaichte an rud beò as motha san t-saoghal is a tha nas fhaide na trì cilemeatairean bho cheann gu ceann, gu bheil na milleanan de dhiofar ghnèithean fungais a' tighinn beò air talamh. Chan eil fios aig duine air an ainmean uile ach bha Màiri eòlach air cuibhreann math dhiubh. Bha e na chleas aice a bhith a' ruith thairis air na h-ainmean Laideann na h-inntinn nuair a bha i a' faireachdainn an-fhoiseil, no nach b' urrainn dhi cadal, gus a socrachadh fhèin.

Bha inntinn Màiri a-nis a' dol fodha, sìos fon talamh, a-steach dhan lìonra fhileamaidean, a' siubhal tron ùir, a' sireadh na bha air ùr bhàsachadh, ga bhriseadh sìos do na h-eileamaidean bunaiteach. Bha guth a' tighinn thuice tro na fileamaidean; guth fann bho fad às mar gur ann tro thunail fhada.

'A Mhàiri, a Mhàiri!'

Bha an guth a' fàs nas àirde is nas àirde is ge b' oil leatha bha Màiri a' siubhal air ais thuige.

'A MHÀIRI, A MHÀIRI. DÈ DO BHEACHD? INNIS DHOMH! CÙIS AN DOCTAIR ÙIR.'

'Seadh, seadh. Cùis uabhais a th' ann,' fhreagair Màiri. Cha robh sgot aice cò air a bha Sìne a-mach ach bha fhios aice gur e siud an fhreagairt a dh'obraicheadh anns a' chuid as motha de shuidheachaidhean.

Bha fhios aig Màiri gum biodh Sìne air iomraidhean-bàis a' phàipeir a chumail chun an deiridh. B' ann riuthasan a dhèanadh Sìne am mealladh às motha. B' i Sìne fhèin a dh'innis do Mhàiri gun leughadh i a h-uile pìos naidheachd eile sa phàipear mus teannadh i orra, gus am biodh rudeigin aice ris am biodh i a' coimhead air adhart. San àbhaist cha bhiodh annta ach colbh goirid, ach mas e duine aithnichte a choisinn

cliù dhaibh fhèin nam beatha gheibheadh iad leth-dhuilleag
no fiù 's duilleag shlàn le dealbhan, gu tric air a sgrìobhadh le
cuideigin a bha eòlach orra.

Leis gur e neach-saidheans a bh' ann am Màiri bha Sìne dhen
bheachd gun toireadh i barrachd soillseachaidh air adhbhar bàis
na am beagan a rachadh innse sna h-artaigilean. Bha fhios aig
Màiri gum biodh aice ri a h-aire a chumail air a' cheasnachadh
a bha ri thighinn ged a bha fhios aice gur beag a chuireadh i
ris a' ghnothach. Ach cha tàinig e. A rèir coltais cha robh gin
ann an t-seachdain-sa. Ged a dh'aithris Sìne seo ann an dòigh
coma co-dhiù bha fios aig Màiri gur e briseadh-dùil uabhasach
a bhiodh ann dhi is cunnart ann gum milleadh e an t-seachdain
oirre air fad. Bu chòir do dhaoine a bhith a' bàsachadh aig an
àm-sa dhen bhliadhna ghuidh Sìne no, mar a chuir i an cèill e,
'S e deireadh an fhoghair àm buain a' bhàis.'

Ach cha rachadh stad a chur air cainnt Sìne is lean i oirre
a' ruith thairis air a h-uile rud suarach a thachair dhi sna
beagan làithean a chaidh seachad. Dh'fhalbh inntinn Màiri
air iomrall a-rithist. B' e guth àrd boireannaich eile a tharraing
air ais i bhon tuaineal aice an turas-sa. 'Tha sinn gus ar ceann-
uidhe a ruighinn,' ghlaodh an guth neo-chorporra. 'Bu chòir
do dhràibhearan is na tha siubhal còmhla ribh dèanamh air
ur carbadan.' Dh'fhairich Màiri am faochadh 's e a' sruthadh
tro a cuislean mar gun deach eallach a thogail bhuaipe. Leis
nach fhaigheadh i facal a-steach do chòmhradh Sìne air nach
tàinig abhsadh, fiù 's tron fhios-labhairt, thug i a-mach iuchair
a' chàir aice is chrath i air beulaibh Sìne i mar chomharra gum
b' fheudar dhi togail oirre. Dhinn i an leabhar a-steach dhan
phoca-làimhe aice is le snodha-gàire falamh theich i.

* * *

An ath sheachdain, is bha Màiri air ais air a' bhàta anns an aon
shuidheachan is le cupa cofaidh làidir air a beulaibh. Thug i an
leabhar aice a-mach às a baga is chuir i air a' bhòrd e ri taobh

a' chupa. Cha robh i air beantainn ris bhon an t-seachdain a chaidh. Thòisicheadh i às ùr air, is fios aice gun robh deagh thamall de dh'fhois gu bhith fa-near dhi; fios aice nach biodh Sìne ga bodraigeadh an trup sa.

Chaidh Màiri a shàbhaladh bhon dòrainn le aingeal; an 'Destroying Angel' mar a chanar ris sa Bheurla, no Aminita virosa ann an Laideann. 'S e rud bòidheach a th' ann an Aminita virosa; balg-buachair a tha cho geal ris an t-sneachda agus a bheir bàs cho dubh ris an Donas. Às dèidh ithe thig an dìobhairt ort taobh a-staigh latha. An uair sin thèid dòchas fuadain a thoirt dhut le latha no dhà de dh'fhaochadh, mus fàillig d' adha is d' àirnean. Ri linn nach eil mòran blais air, ma thèid làn spàin dheth, is e air a thiormachadh is air a bhruanadh, a chur ann an deoch le blas garg – can cupa tì làidir – chan aithnichear gu bheil e fiù 's ann. Ma tha thu aosta is le trioblaidean adha is àirne agad mar-thà, is do-sheachanta am bàs a thig às a dhèidh, agus cha bhi fios aig duine gur e sin a chur às dhut.

Thug an uair sin Màiri lethbhreac de Phàipear an Eilein às a baga is thionndaidh i do na duilleagan deiridh, gu far an robh iomradh bàis Shìne. Leth-dhuilleag le ainm Màiri aig a' bhonn. Am meadhan an artaigil bha dealbh de Shìne le Màiri ri taobh bho làithean an òige. Leugh i a-rithist e. Deagh artaigil! Bhiodh Sìne air a bhith moiteil às. Sheatlaig i i fhèin air ais san t-sèithear aice is dh'fheuch i ri a h-inntinn a shocrachadh mus teannadh i ris an leabhar aice. Thàinig na h-ainmean am bàrr; an toiseach Aminita virosa is an uair sin ainm a h-uile gnè fungais a bhiodh ri lorg ann an cladh an eilein is a bha a' feitheamh aig an dearbh àm air bodhaig Sìne.

Armillaria mellea, Hypholoma fasciculare, Amanita muscaria, Lycoperdon perlatum, Coprinopsis atramentaria, Aleuria aurantia…

Meur-loidhne na Beatha

BHA I ANNS an àite cheart; Jenny Chaimbeul, aois 79. Sa flat bheag aice aig bonn a' chlobhsa cha robh aice ris an staidhre a dhìreadh is bha i faisg air an doras-inntrigidh. Ach nas cudromaiche buileach dhìse bha i anns an àite far an cumadh i smachd air a h-uile rud a bha a' dol anns a' chlobhsa. B' i a' phrosbaig bheag am meadhan an dorais aice a sùil dhan t-saoghal bheag aice fhèin bhon a chitheadh i a h-uile nì a thachradh san aitreabh.

Is b' ann gu teann an taic ris a' phrosbaig a bha gluc a sùla an-dràsta is am post na sheasamh taobh a-muigh an dorais. Bha fios aice air a' ghnogadh neo-aithnichte nach e am post àbhaisteach a bh' ann. Gu dearbh nuair a chrùb i sìos pìos beag chitheadh i gur e aodann fir òig a bh' ann ged a b' e ìomhaigh fhiar dheth a fhuair i tron phrosbaig. Nuair a dh'fhosgail i an doras fhuair i fear seang le tuar mì-fhallain air a beulaibh an àite a' bhodaich shultmhoir, Seòras, ris an robh i cleachdte.

'Parsail dhuibh,' thuirt e, 's e a' sìneadh bogsa dha h-uchd.

'Bha mi an dùil ri Seòras.'

'Tinn,' fhreagair am post gu h-aithghearr.

Bu toil le Jenny còmhradh a chumail leis an fhear òg, is fios aice gur e caraid feumail a b' urrainn a bhith ann am post. 'S iomadh bloigh fiosrachaidh a fhuair i bho Sheòras còir. Chan e gun canadh e dad a bhiodh gu tur an aghaidh riaghailtean dìomhaireachd, ach is tric a chanadh e gu leòr a thogadh beadachd Jenny. 'Tha coltas dòigheil air Bill an-diugh,' chanadh

e. 'Feumaidh gun d' fhuair e deagh naidheachd.' Bu Jenny an uair sin cù-seilge air tòir fàileadh gus am faigheadh i gu bun na cùise is i a' tilgeil cheistean air ge bith cò a b' urrainn a bhith an sàs sa ghnìomh is iad san dol seachad. Gu tuiteamach bhiodh i daonnan san àite cheart aig an àm cheart. 'Bill, an tusa a th' ann? Cha mhòr gun do dh'aithnich mi thu is coltas cho sona ort an-diugh.' Dh'fhanadh i na tost gus am bìdeadh iad air a' bhaoit. Bha fhios aig Jenny nach eil dad as fheàrr le daoine na bhith a' bruidhinn mun deidhinn fhèin agus 's ainneamh nach fhaigheadh i am fios a bha i ag iarraidh le beagan foighidinn is sodail.

B' e Seòras a chuir an aire dhi gun robh na Moirich shuas an staidhre gus falbh mus tàinig latha an imprig an t-seachdain sa chaidh. 'Tha a' flat ud cho beag 'son teaghlach cho mòr,' bha e air a ràdh. 'Cha chuireadh e iongnadh orm ged a bhiodh iad a-mach à seo ann an ùine gun a bhith ro fhada.' Bha Jenny an dùil san dòchas gum faigheadh i beagan fios bhon phost mu cò an nàbaidh ùr a bhiodh aice. Ach bha sùilean a' bhalaich fad às mar gun robh e fhathast na leth-chadal is dh'aithnich i nach b' fhiach e an oidhirp dad fhaighinn àsan. Cha robh i an dùil ri parsail is cha robh cuimhne aice air òrdugh a chur a-steach 'son greis. Ach 's iomadh rud air nach robh cuimhne aice san latha a bh' ann. Bu bheag an diofar; chòrd e rithe parsailean fhaighinn. Shoidhnig i air a shon is thug i a-steach e dhan flat aice.

Chàraich i am bogsa air bòrd-cofaidh san t-seòmar-suidhe. Bha an telebhisean air. Bhiodh an telebhisean daonnan air. Rinn i cupa teatha dhi fhèin is choimhead i gu deireadh a' phrògraim às an t-sreath lorg-phoilis a b' fheàrr leatha; *Lewis*. Bha i a-nis a' gabhail fadachd am parsail fhosgladh. Fhuair i siosar bhon drathair is gheàrr i gu cùramach an teip bho mhullach a' bhogsa. Phaisg i sìos clibeagan a' mhullaich is ghreimich i ris a' phìos pàipeir dhuinn a chòmhdaich an ulaidh a bha gu bhith a' laighe fodha. Bhean bàrr a corragan ri plastaig sleamhainn: cha b' e an fhaireachdainn a bu thaitniche a bh' ann. Thog i am pàipear is fhuair i aodann boireann a' coimhead suas oirre le sùilean falamh cruinn. Bha Jenny aosta ach cha robh i faoin; bha làn fhios aice dè a bh' ann an doile shèidte.

Chuir i air ais am pàipear is phaisg i sìos mullach a' bhogsa air a mhuin. Thug i sùil dhan t-seòladh; D Brown, an t-ainm a bha air. B' e Daibhidh Brown an nàbaidh aig Jenny dà dhoras shuas aig ceann an trannsa. Fear diùid, dùinte. 'S ann ainneamh a gheibheadh i facal às, a bharrachd air 'latha math'. Ri linn gum biodh e a-mach is a-steach an clobhsa aig uairean neo-chunbhalach b' fhiosraich do Jenny nach robh obair sheasmhach no beatha rianail aig an duine.

**

B' aithne dhi an ath ghnogadh a thàinig dhan doras aice na b' fhaide air an fheasgar. Trì sgailcean pongail, goirid. B' e sin Coinneach, an nàbaidh aice an ath-dhoras. Bha fhios aice air a cheum shlaodach gun robh latha sgìtheil air a bhith aige. Dh'fhosgail i an doras gu fear seang a' teannadh ri meadhan-aois; fear a bha uair eireachdail ach a-nis le coltas rud beag claoidhte air. Ach bha fhathast dealradh na shùilean is bha fios aig Jenny gum biodh barrachd spionnaidh san truaghan mura b' e gun robh e fo dhaorsa aig a bhean. Bha fhios aice cuideachd nach robh cùisean air a bhith cho rèidh eadar an dithis o chionn greis a rèir na h-èigheachd is an troid a thigeadh tro na ballachan. Nam biodh i air a bhith dà fhichead bliadhna na b' òige, dhèanadh i rudeigin ma dheidhinn, 's i a dhèanadh! Bha e na chleachdadh aig Coinneach a bhith a' tadhal air a' chaillich a h-uile trì no ceithir làithean ach an robh dad a dhìth oirre. Sin an seòrsa duine còir a bh' ann.

'Thig a-steach. Thig a-steach.' Chomharraich i dha le làmh an-fhann, rocach.

Chaidh iad tron trannsa dhan t-seòmar-suidhe far an robh am bogsa fhathast na laighe air a' bhòrd. Leig Coinneach an dà phoca Tesco a bha aige na làmhan chun an làir. Dh'fhuasgail e a thàidh is chuir e na phòcaid i. Leig e osna. 'Tha sin nas fheàrr,' thuirt e. 'Ciamar a tha sibh m' eudail?'

'O, tha ceart gu leòr, a ghràidh. Fhathast an seo co-dhiù. Latha trang a bh' agad?' dh'fhaighnich i dheth.

'Bha, bha, mar as àbhaist.' Thug e snodha-gàire sgìth dhi. Ghnog e a cheann an comhair nam bagaichean. 'Dh'iarr Chloe orm na messages fhaighinn air mo shlighe dhachaigh. Tha ise aig coinneamh a' chlub goilf. Gnothaichean deatamach aca ri rèiteachadh a rèir coltais. Feumaidh mi dìnnear ullachadh an ceartair ach ma tha dad a dhìth ort feuch an innse sibh dhomh is nì mi e nuair a bhios mionaid no dhà agam.'

'Uill, chan eil dad a dhìth orm ach 's urrainn dhut teoba beag a dhèanamh dhomh. Seall air siud.' Dh'fhosgail Jenny am bogsa a bha ri taobh is thog i air falbh am pàipear. Chuir i car dhan bhogsa gus an robh aghaidh na doileig a' coimhead gu dìreach an sùilean Choinnich.

'Gu sealladh orm!' ghrad-ghlaodh e.

'Fhuair mi siud aig an doras bhon ghlaoic ud a tha a-nis na phost. Bu chòir dha a bhith air a dhol do Dhaibhidh, an nàbaidh agads'. Tha mi caran air mo nàrachadh mar a bhiodh tu an dùil.' Thog Jenny a sùilean is phlabraich i a ruisg mar chaileag sia bliadhna deug a dh'aois. 'Chan eil dòigh as urrainn dhomh a thoirt dha mar a thuigeas tu. B' fheàrr buileach gur e fireannach a nì e.'

Mus robh cothrom aig Coinneach freagairt thug Jenny dha am bogsa. Chuir e fo achlais e, thog e na pocannan plastaig is chliob e a-mach air an doras fon eallach aige.

* * *

B' ann air a slighe air ais dhan flat aice an ath mhadainn bho bhith a' cur a-mach an sgudal a thachair Jenny ri Daibhidh is e a' tighinn ga h-ionnsaigh. Chuir e iongnadh air Jenny cho bras 's a bha e an-diugh. 'Latha math, a Bhean phòsta Chaimbeul. Tha rudeigin a dhìth orm,' ars' esan.

Mar nach robh fios agam air a sin, smaoinich Betsy, ann am

barrachd air aon dòigh.

'Latha math, a Dhaibhidh.'

'Tha mi an dùil ri parsail nach do nochd.'

'A bheil?'

'Tha, 's e modail trèana a th' ann.'

'Seadh. Modail trèana an e?' Bha na sùilean a' roiligeadh an ceann Jenny ge b' oil leatha.

'Fear sònraichte,' lean Daibhidh air. 'Tha mi air a bhith ga mhiannachadh son ùine mhòir. Cha bu bheag an t-airgead a thug mi air. Chuir mi post-d dhan chompanaidh is thuirt iad rium gun do shoidhnig cuideigin air a shon is nach eil dad ann as urrainn dhaibh a dhèanamh. Ma chì sibh, air thuairmeas, a leithid nach cuir sibh fios dham ionnsaigh.'

San dealachadh thionndaidh Daibhidh air a shàilean is thuirt e ri Jenny, 'Thigibh a chèilidh orm is seallaidh mi dhuibh seata nan trèanaichean agam.' Tha fios gum b' fheudar dha ròlaist air choireigin a bhith aige ach bha e air a dhol na b' fhaide na bu chòir am beachd Jenny. B' iongantach dhi gun robh mac-meanmna aige idir. 'Nì mi sin. Seadh, latha brèagha air choireigin… an latha a dh'fhalbhas mucan air iteig,' chagair i fo h-anail san dealachadh.

* * *

Nuair a thill ceum sgìth Choinnich dhan chlobhsa air an fheasgar sin bha Jenny deiseil aig an doras gus a ghearradh dheth, 'A Choinnich. An tug thu am parsail do Dhaibhidh fhathast?' thuirt i. 'Bha e a' faighneachd dhìom ma dheidhinn.'

Sheall Coinneach mu thimcheall air mar bheathach glacte. 'Tha mi an dùil a thoirt dha cho luath 's a gheibh mi cothrom. Fhios agad, le Chloe mu thimcheall orm fad na h-ùine tha e air a bhith doirbh dhomh.'

Tharraing e anail.

'Uill, chan e sin buileach e. Nuair a thàinig e gu aon 's gu dhà bha cus nàire orm. Tha e fhathast agam, an cùl a' phris-aodaich.'

'A bheil sin glic?' cheasnaich Jenny e. 'Nach eil teans gum faigh do bhean lorg air?'

'Nì mi e. Nì mi e,' fhreagair e.

Goirid às dèidh do Choinneach tilleadh dhan flat aige chuala Jenny tilleadh a mhnà, na sàilean àrda aice a' bragadaich tron chlobhsa. B' i an aon tè sa chlobhsa a chosgadh sàilean àrda is bha fuaim aca mar pheilearan gan losgadh. 'S e fuaim a chuireadh clisgeadh air Jenny gach turas a chluinneadh i e. Chan fhada gus an do thòisich an trod eatorra. Brag an dorais, is nochd na sàilean àrda san trannsa às ùr, na bu riaslaiche an turas sa nan àbhaist. Tron bhragadaich chuala Jenny monmharan ìosal is droch-chainnt na mnà. Cha robh fhios aig Jenny dè bha a' cur oirre ach bha deagh bheachd aice. Bha i a' faireachdainn beagan ciont ach, nas motha na sin, bha an othail ga cur droil. Dh'fhan i cho fada 's a sheasadh i ris is chaidh i a-mach tron doras-aghaidh aice dhan trannsa. Stad a' bhragadaich is spleuchd bean Choinnich air Jenny le sùilean gràineil.

'Gabhaibh mo leisgeul, a Chloe,' arsa Jenny gu modhail. 'Tha fhios agams' nach e mo ghnothach-sa e ach 's dòcha nach eil cùisean buileach mar a tha sibh a' sùileachadh.'

'Chan e ur gnothach-sa', spliathartaich Chloe, 'ach is cinnteach gur ann agaibh a tha barrachd fios mu dheidhinn an duine agam na mi fhèin. Is sibhse a bhios eòlach gu leòr mu na rùintean salach aige, na cur-seachadan dìomhair, an t-airgead a chosgas e, na pacaidean!'

'Gu dè tha sibh a' ciallachadh? Chan ann mar sin a tha cùisean. B' ann do chuideigin eile a bha an doileag feise.'

Thug Chloe ceum air ais, dh'fhosgail i doras a' flat aice agus an làrach nam bonn chaidh i à sealladh. Obair dèanta!

***

Leis nach robh mòran eile aig Jenny ri dhèanamh an ath fheasgar is i seachd sgìth dhen trealaich fhaicinn air an teilidh sa mhadainn thug i sgrìob gu crìoch an t-saoghail bhig aice fhèin taobh thall an trannsa gu flat Dhaibhidh. Gnog i air an doras. Nuair dh'fhosgail Daibhidh an doras bha e fhathast na ghùn-oidhche agus, leis nach robh e air a theannachadh gu math, b' e a' chiad sealladh a fhuair Jenny air an duine imleag air a chuairteachadh le peall ghaoisidean. Spleuchd an cyclops molach air ais oirre. Thog i a sùilean gu clis gu aodann sultmhor an duine. 'Am faigh mi sealladh air an t-seata trèana agad?' B' aithne dhi, ceart gu leòr, gun robh e caran mì-mhodhail a bhith ag iarraidh air cuideigin rud nach b' urrainn dhaibh a choileanadh. Bha taobh mì-mhodhail do phearsa Jenny ach bha adhbhar aice cuideachd. B' e cothrom a bhiodh ann facal fhaighinn air Daibhidh agus 's dòcha beagan eòlais a chur air. Bhiodh e co-dhiù inntinneach an leisgeul aige a chluinntinn.

'Gu dearbh, gu dearbh! Thigibh a-steach,' fhreagair Daibhidh le barrachd togail na ghuth na chuala Jenny roimhe.

Leig i le Daibhidh a treòrachadh a-steach gu seòmar far am faca i aon de na rudan a bu bhòidhche a chunnaic i na beatha. Bha seata nan trèanaichean air cha mhòr an seòmar air fad a ghabhail thairis, ach a-mhàin oisinn bheag far an robh sèithear is an t-uidheam-smachd. Air a' phrìomh-loidhne am meadhan a' bhùird bha trèan-smùide na ruith le sreath de charbadan snasail air a chùl. Bha trèan-smùide eile na thàmh aig aon de na trì stèiseanan. Aig gach stèisean bha dòrlach de mheanbh-dhaoine trang a' giùlan mhàileidean, a' smèideadh no a' feitheamh gu foighidneach. Air iomall a' bhùird dh'fheith grunn thrèanaichean bathair air na meur-loidhnichean a ruith tro achaidhean glasa air an lìonadh le beathaichean solta ag ionaltradh. Bha baile ann le eaglais sa mheadhan is stìoball àrd oirre. Bha e dìreach mar saoghal ann an da-rìribh; ach nas fheàrr, nas fhoirfe. Chuir e an cuimhne Jenny làithean a h-òige.

'Feuchaibh air.' Bha na faclan aig Daibhidh cho fann is gur ann air èiginn a chuala Jenny iad. 'Ma thogras sibh.'

'Cha b' urrainn dhomh, cha b' urrainn,' thàinig an fhreagairt.

'Uill… 'S dòcha, dìreach airson mionaid no dhà.' Bhon diog a shuidh i is a fhuair i an t-uidheam-smachd na làmhan bha Jenny air a beò-ghlacadh is dh'fhalbh uair a thìde gun i carachadh bhon t-sèithear. Rinn an trèan-smùide grunn chuairtean timcheall a' bhùird, a' stad aig stèiseanan an siud 's an seo. Sheall Daibhidh dhi mar a dh'atharraicheadh i na puingean is stiùir i trèan-bathair suas dhan phrìomh-loidhne gu meur-loidhne eile air taobh thall a' bhùird. Bha i a-nis a' fàs dàna. Chuir i gu dol an trèan-smùide eile is thionndaidh i daitheal a thug air an trèan a dhol na bu luaithe is na bu luaithe. Bha na faclan 'na rachaibh ro luath' dìreach a-mach à beul Dhaibhidh nuair a sgèith an trèan far na rèilean aig lùb, a' leagail dà chaora air a shlighe. Deireadh àm cluiche dha Jenny.

Air ais san trannsa thug i an aire do Chloe is i a' dol a-steach doras a' flat; cha robh i fiù 's air na sàilean àrda a chluinntinn leis mar a bha i air a beò-ghlacadh. Thill i gu tèarmann a flat is an teilidh ach cha b' fhada a mhair a fois.

* * *

Cha bu luaithe bha i a-staigh na thàinig na trì gnogan. Mura biodh gun robh fios aice cò e bhiodh i air an doras fhàgail ach thionndaidh i is dh'fhosgail i e do Choinneach.

'M' eudail, nach ann ortsa a tha an coltas airtnealach!'

'Jenny!' ars esan. 'Feumaidh mi rud aideachadh. Fhuair mi parsail nach bu chòir a bhith agam. Dìreach mar a rinn thu fhèin, dh'fhosgail mi e 's mi an dùil gur ann dhòmhsa a bha e.'

'Tha mi an dòchas nach b' e an aon rud a fhuair thu.'

'Cha b' e. B' e modail trèana a bh' ann. Fear cho grinn 's a chunnaic mi nam bheatha. Fios agaibh cò dha a bha e?'

'Daibhidh?… 'S dòcha?' fhreagair Jenny.

''S mi a bha dèidheil air trèanaichean nuair a bha mi òg.' Chaidh sùilean Choinnich bog. 'Bha seata trèana agam a-staigh gus an do thachair mi ri Chloe. Ach mar a thuirt i, cha bhiodh rùm againn airson a leithid sa flat againn a-nis. Ach ghlèidh mi na rèilean sa chùlaist, is cha b' urrainn dhomh an cothrom a dhiùltadh trèan bhòidheach Dhaibhidh fheuchainn. Chuir mi an-àirde na rèilean air làr an t-seòmair-suidhe is mi an dùil gum biodh Chloe a-muigh gu anmoch. Bha mi dìreach air an trèan a charachadh air na rèilean nuair a nochd i; chaidh a' choinneamh aice a chur dheth. Nach i a ghabh diomb, a' cur às mo leth gun robh mi ag òrdachadh stuth gun fhiosta dhi. Bho seo a-mach thuirt i gum biodh a h-inntinn ag obair oirre a' smaoineachadh air na rudan a bhithinn ris nuair a bha i a-mach às an taigh.'

'Na gabh dragh m' eudail.' Dh'fheuch i air a shocrachadh cho math 's a b' urrainn dhi is leig i slàn leis ga stiùireadh a-mach tron doras.

San dealachadh thuirt e rithe, 'Bheir mi an dà pharsail gu Daibhidh sa mhadainn.'

'Feuch gun dèan thu e cho luath 's a thèid agad air. Smèid Jenny air 's i an dòchas nach biodh e ro fhadalach.

* * *

'S gann a chuala i doras Choinnich ga fhosgladh na thòisich an èigheachd. Dhùineadh an doras le brag is lean an trod, na b' àirde buileach na chuala i roimhe. Bha na ballachan a' crathadh. Nuair a chaidh an doras fhosgladh a-rithist dh'fhàs an fhuaim na b' àirde. An uair sin fuaim nan sàilean àrda a' bragadaich tron chlobhsa.

'Leis an nàbaidh an e?' thàinig sgiamhail ròcais na mnà. 'An e sin an ròlaist as fheàrr a th' agad? Mura sàsaich mi do mhiannan grànda, tha e cho math dhomh falbh! Gheibh mi fear plastaig dhomh fhèin nad àite leis cho beag feum 's a tha thus' fo na plangaidean!' Dh'fhalbh na sàilean àrda tro inntrigeadh a' chlobhsa.

Thàinig ceuman cugallach Choinnich às an dèidh is e a' strì ris na brògan aige a tharraing air. Ach bha a bhean air teicheadh. Chaidh Jenny a-mach an doras aice a thabhann furtachd dhan truaghan. Thionndaidh Coinneach rithe is thuirt e gu mabach,

'Nuair a fhuair mi a-steach doras an taighe bha i air rùrachadh tron a h-uile rud san t-seòmar-cadail mus d' fhuair i grèim oirre. Ciamar a bha fios aice?'

'Aig Dia a tha fhios.' Cha b' e breug a dh'innis Jenny. Chan innseadh i breug, neo-ar-thaing nach robh pìos den fhìrinn a dhìth.

Liùg Coinneach air ais dhan flat aige is theàrn sàmhchair dhomhain a bha anabarrach air an àite. An ath mhadainn bha Jenny a' cur crìoch air a bracaist an cuideachd sgioba naidheachd na maidne nuair a thàinig gnog neo-aithnichte chun dorais aice. Dh'fhosgail i an doras gu deise spaideil Burberry is nuair a dh'èirich a sùilean b' e aodann dreachail air a sheubhaigeadh gu dlùth a bha fa-near dhi.

'Thàinig seo tron phost agam,' thuirt an coigreach. Shìn e thuice lethbhreac dhen Radio Times ann an cèis phlastaig thrìd-shoilleir. B' e ainm Jenny a bh' air bàrr an t-seòlaidh. 'Is mise an nàbaidh ùr agaibh shuas an staidhre.' Thabhainn e làmh shìnte dhi.

''S e Dòmhnall m' ainm; Dòmhnall Brown.'

'Nach iongantach gum bi dithis agaibh leis an aon ainm cha mhòr san aon àite.' Cha do rug Jenny air làimh air. Thug i ceum air ais, dhùin i an doras na aghaidh is thill i gu sgioba nan naidheachdan.

* * *

Airson greis thill cùisean dhan àbhaist. Thill pàtaran àbhaisteach nan ceum tron chlobhsa. Thill Seòras a' phuist le shnodha-gàire fialaidh is a bhloighean de naidheachdan inntinneach. Thill bean Choinnich; airson greis.

Dh'fhàs Jenny amharasach mun atharrachadh air fàire nuair a chuala i ceuman Dhòmhnaill, an nàbaidh ùr aice, 's iad a' falbh a' chlobhsa air an leantail le sàilean àrda Chloe mionaid no dhà às an dèidh. An uair sin chualas brunndail Audi Dhòmhnaill. Thachair sin grunn thursan gus an tàinig an latha nuair nach do thill iad is cha robh sgeul air aon seach aon dhen dithis aca tuilleadh san àite. A rèir Sheòrais bha iad a-nis a' fuireach ann an taigh leòmach ann an Newton Mearns.

Bha greis ann bho nach cuala Jenny bho Choinneach is latha a bha siud chuir i roimhpe facal fhaighinn air. Bha a sròn bhiorach ga piobrachadh ceart gu leòr ach leis an fhìrinn bha i cuideachd ag ionndrainn a chuideachd. Nuair a fhreagair Coinneach an doras bha ceap air a cheann.

''S toil leam do cheap,' thuirt Jenny.

Bha an t-àite rud beag nas mì-sgiobalta bho mar a bha nuair a gheibheadh i aiteal air tron doras corra uair is Chloe fhathast an làthair. Ach bha fiamh-ghàire air aodann Choinnich is bha a shùilean a' dealradh.

'Feumaidh ad cheart a bhith air dràibhear trèana,' mhìnich Coinneach is e a' sgrogadh na bonaide. 'Thig is faic!'

Rug e air làimh oirre is thug e a-null an trannsa i dhan t-seòmar-suidhe. Bha an seat trèana air a beulaibh na shamhail den fhear thomadach aig Daibhidh, cha mhòr gun òirleach air fhàgail eadar e is na ballachan, ach a-mhàin far an robh an t-uidheam-smachd. Bha an trèan-smùide ùr, snasail aig Daibhidh na dheann air a' phrìomh-loidhne.

'Ghabh mo leisgeul.' Thog Coinneach walkie talkie bhon bhòrd, bhrùth e air a' phutan is thuirt e; 'Raon an Iar an seo. Luath-thrèana 14.20 a' tighinn troimhe.'

Bha an trèan a' dol a dh'ionnsaigh tunail ach cho fhad 's a bu lèir do Jenny stad an tunail aig a' bhalla gun slighe a-mach. Bha tubaist gu bhith ann! Shluig an tunail an trèan is a h-uile carbad às a dhèidh gun sgeul air tuilleadh. Thàinig bragail tron labhrair is an uair sin guth Dhaibhidh, 'Raon an Ear an seo. Tha an 14.20 air nochdadh.'

'Am bu toil leat fheuchainn air?' arsa Coinneach 's e a' stiùireadh Jenny a dh'ionnsaigh an uidheim-smachd. Rinn Jenny suidhe is chàraich Coinneach a' bhonaid air a ceann. Bha i ro mhòr dhi is a' tuiteam thar a sùilean. Ach bha i coma. Ghabh i grèim teann air an uidheam is chùm i sùil gheur air beul na tunail a' feitheamh air an trèan tilleadh.

'Ma thogras sibh,' thuirt Coinneach is e a' cur a làimhe air gualann Jenny, 'thèid againn air meur-loidhne a chur a-steach dhan flat agaibhse.'

Saor-thoil

'JEN!'

Choimhead an Dotair Rupert Howell suas bhon fhòn-làimhe aige.

Choimhead a bhean suas ris-san bhon bhobhla gràinean bracaist aice.

'Seadh?'

'An sìn thu thugam a' mharmalaid a ghràidh?'

Shìn i thuige a' mharmalaid. Liacair an dotair còmhdach tiugh dhen stuth bìtheanta, cnapach air muin a' phìos tost, thug e bìdeadh às is theann e ri cagnadh gu faramach Cruasb... cruasb ... cruasb, cruasb, cruasb. Nochd rop marmalaid mu bheul a dh'imlich e air falbh le teanga chuairsgeach mus do chuir e an tost air ais air an truinnsear.

'Tapadh leat, Jenny!'

'Dè?'

'Dè dè?'

'Dè dh'èigh thu orm?'

'Jenny. Nach e sin d' ainm?'

''S e... agus chan e. Ach dè thug ort Jenny èigheachd orm an àite Jen a b' àbhaist a bhith agad orm; sin suas gu an-diugh fhèin.'

'Dìreach gur e sin a thàinig thugam. Cò aig a tha brath!' Theann e ri leughadh nan teachdaireachdan air a' fòn aige às ùr. Gun sùil a thogail bhrunndail e, 'Dè a th' ann an ainm co-dhiù.'

Sin mar a thòisich e. Atharrachaidhean beaga, mean air

mhean, gun dad a thogadh cus aire; gu cealgach, carach chanadh tu. An ceann cola-deug bha e air 'f' tostach, cagaireach a chur aig deireadh ainm a mhnà; Jenny...f. An ceann mìos no dhà b' e Jennife agus an ceann mìos eile Jennifer. An uair sin nach ann a theann e ri sgeulachd am beatha còmhla atharrachadh. Cha b' e neach-turais Ameireaganach a thog an dealbh dhiubh ri taobh tùir Eiffel ach tè Eadailteach. Rudan suarach mar sin aig an toiseach. Nach robh cuimhne aice air sin? Nach robh cuimhne aice air mar a thuirt an tè Eadailteach gun cuireadh àirdean tuaineal oirre is nach bu dùraig dhi an tùr a dhìreadh. Bha a h-uile rud a thuirt e cho mionaideach 's nach cuireadh tu ag ann. Cha b' ann an Taigh-òsta Thràigh Karon a chuir iad seachad mìos nam pòg ann an Thailand ach Taigh-òsta Thràigh Kata. Rè ùine dh'fhàs an t-astar eadar na thigeadh à beul an duine agus an fhìrinn na bu mhotha is na bu mhotha gus nach robh ann an taobh seach taobh ach faileas mì-dhealbhach air an fhear eile. An ceann ùine cha b' ann do Pharas a chaidh iad air làithean-saora ach do Phisa. Ciamar a b' urrainn dhi a bhith dhen bheachd gur ann do mhullach an tùir Eiffel a shreap iad nuair a bha cuimhne cho soilleir na cheann, mar gur ann an-dè a bha iad aig mullach an tùir chlaoin ud is neach-iùil ag aithris dhaibh sgeulachd Ghalileo. Thuirt e rithe gun tuigeadh e mar a rachadh i trulainn eadar Thailand is Vietnam far an do chuir iad seachad mìos nam pòg oir tha an dà dhùthaich cho coltach ri chèile, 's e a' dèanamh snodha-gàire truasail rithe. Cha bu bheag an ro-innleachd a thug air dubhadh às fianais sam bith air an fhìrinn, ge bith dealbhan no cuimhneachan a bh' ann is iomlaidean a chur nan àite far an gabhadh sin a dhèanamh.

Gu sealbhach dhàsan, leis cho tric 's a bha iad air imrich nam beatha pòsta, cha robh seann charaidean mu thimcheall air a bhean a chuireadh ceart i. B' iomadh bliadhna on a chaochail a h-athair is bha greis ann bho thòisich inntinn a màthar air seargadh. B' ise an aon leanabh a rugadh dhaibh. Bha obair phàirt-ùine aig Jen ceart gu leòr ach, leis gun robh i ag obair air a ceann fhèin na leughadair-dearbhaidh, cha tug sin mòran cothruim dhi a bhith a' faighinn air falbh bhon taigh is am measg dhaoine eile. An corra uair a bhiodh i ann an cuideachd, b' iad na caraidean no na co-obraichean aig Rupert bu mhotha a bhiodh annta, is i daonnan fa sgàile. Sin mar a bha cùisean air a bhith bho fhìor-thoiseach an càirdeis oir b' ann tron obair aca a thachair iad ri chèile sa chiad dol-a-mach. B' esan an neach-saidheans òg, sgairteil, ise an leabharlannaiche diùid ag obair dhan oilthigh. Choinnicheadh na sùilean aca thar sgeilpichean nan leabhraichean 's e san dol seachad sìos an trannsa, rud a dhèanadh e nas trice is nas trice. Theann e an uair sin ri fiaradh a-steach dhan leabharlann gu cunbhalach 's e an tòir fios no leabhar a bhiodh duilich grèim fhaighinn air. Bho seo a-mach cha robh dol air ais ann. B' iomadh boireannach san àite aig an robh sùil ann. B' ise a fhuair e.

Leis an fhìrinn innse bhon uair sin bha i air fàs cus ro eisimeileach air an duine aice. Sin mar a bha an Dotair Rupert Howell ga iarraidh. Breige air bhreige bha e a' toirt às a chèile bun-stèidh fèin-aithne a mhnà. Ach dè cho fada 's a bheireadh e gus an tuiteadh an aitreabh uile gu lèir? Dè cho fada 's a bheireadh e gus an rachadh a bhean fodha?

***

Ceist inntinneach. Ceist gu sònraichte inntinneach do shaidhg-eòlaiche aig a bheil ùidh ann an saor-thoil mar an dearbh àrd-ollamh an Dotair Rupert Howell. Ach dè seòrsa duine a chleachdas a' bhean aige fhèin mar ghearra-mhuc? 'S cinnteach nach e duine àbhaisteach no, gu dearbh, duine ciallach. Bu bheag an t-sùim a chuireadh an Dotair Rupert Howel an dà chuid ann an àbhaist no ciall oir, mar a bha e ga fhaicinn, bha esan fa leth bhon t-sòisealtas àbhaisteach air nach robh mòran meas aige co-dhiù. Ma bha aon rud ann a dh'ionnsaich e tro bhith an sàs ann an saidhg-eòlas fad còrr is fichead bliadhna b' e sin cho staoin 's a bha inntinn an duine àbhaistich. Ciamar a bhiodh e air a bhith cho soirbheachail mar cheannard air raon saidhg-eòlais an oilthigh mura robh e deònach daoine a làimhseachadh a chùm a leas? Ciamar a bhiodh e air an cliù aige a chosnadh ann an saoghal saidheans tron t-sreath rannsachaidhean a choilean e mura robh e deònach brath a ghabhail gu ìre air na daoine a ghabh pàirt annta. Is math gach gnìomh a nithear a chùm math saidheans; b' e sin an duan aige. Nan robh dia aig an duine idir 's e saidheans a bhiodh ann.

An e ro-òrdachadh no saor-thoil a stiùireas mac an duine? Ro-òrdachadh no saor-thoil? Mar bhàl-teanais tha a' cheist air a bhith a' dol air ais is air adhart thar an lìon bhon a chuir mac an duine eòlas air fèin-aithne gun fhios aige dè an taobh a landas e. Tha còrr is dà mhìle bliadhna air a dhol seachad bhon a fhuair Oedipus bochd a-mach cho beag feum 's a bha saor-thoil an aghaidh ro-òrdachadh na fàidheadaireachd a rinneadh air fiù 's mus do rugadh e; ge b' oil leis mharbhadh e athair is phòsadh e a mhàthair; is mu cheithir ceud bliadhna bhon a chaidh a' cheist fhàgail againn le Shakespeare an e saor-thoil a stiùir làmh Mhicbheatha no an robh a fhreastal fo smachd nam bana-bhuidseach? 'S e ceist, gu dearbh, a tha airidh air a h-àite am measg nan ceistean mòra eile; cò às a thàinig sinn? A bheil crìoch air a' chruinne-cè? Is mar sin air adhart; ceistean a chumas fo imcheist feallsanaichean is fir òga le cus ùine air an làmhan.

Bu chòir do shaidheans an latha an-diugh a bhith air a' chùis a shoilleireachadh ach is ann a tha e air cùisean fhàgail fiù 's nas doilleire. 'Neuroscience'; b' e sin an ortha a bha air bilean gach ceistear o chionn beagan bhliadhnaichean, oir le dòighean-obrach is uidheamachd ùr an cois na gnè saidheans sin chitheamaid a-nis an dearbh mhòmaid a dh'èiricheadh smaoin is mar a shiùbhladh e tron eanchainn mus rachadh a chur an gnìomh. Dhan Dotair Rupert Howell cha b' e ach faoineas a bh' anns a' bheachd sin oir a dh'aindeoin teicneòlas no modhan, aig deireadh gnothaich bhiodh e fhathast an urra ri eanchainn duine measadh a dhèanamh oirre fhèin. Bha sin cho math ri feuchainn air sealladh fhaighinn air taobh a-staigh eanchainn le bhith a' coimhead a-mach tro thelesgop. Dhàsan b' e pearsa cnag na cùise, oir nach ann à pearsa duine a nochdas gach miann is co-dhùnadh. Nan rachadh pearsa atharrachadh fo bhuaidh àrainneachd no suidheachadh chanadh tu nach eil saor-thoil ann.

Thuig an Dotair Rupert Howell gur ann tro bhith a' cur dhaoine ann an suidheachaidhean sòisealta a thig pearsa am follais, agus b' e sin a' phrosbaig a chleachd esan gus sealladh pearsa nan daoine a ghabh pàirt sna rannsachaidhean aige a mheudachadh. Choisinn e cliù an toiseach tron phàipear bhuadhmhor aige 'Group Environmetal Determiners In Personality Manisfestiation And The Excercise Of Free Will' a tha a-nis air a mheas mar shlat-tomhais ann an tuigse a' chuspair. Sin an rannsachadh far an do chuir e an dà bhuidheann de dh'oileanaich ann an dà shuidheachadh eadar-dhealaichte is an dàrna fear a' faighinn a h-uile rud a bu mhiann leotha is am fear eile nach d' fhuair dad a bha iad ag iarraidh is iad air an cumail beò air èiginn fad nan sia seachdainean a mhair an rannsachadh rè làithean-saora an t-samhraidh. Cha chaith mi faclan ann a bhith a' toirt iomradh air na rudan iongantach a dh'èirich às oir tha e cho furasta lorg fhaighinn orra sin a-nis air an eadar-lìon san iomadh measadh is bhidio You Tube a chaidh a dhèanamh air a' chuspair. Ach 's e 's dòcha an ath phàipear a dh'fhoillsich e as motha a thog is a dhaingnich a chliù; 'The Role of Dividend and Depravation, And Their Deliverance In Socially Motivated Personality Development'. B' e cruinneachadh luideach, measgaichte de dhaoine a ghabh pàirt sa phròiseact seo; daoine a bha feumach air a' bheagan airgid a thigeadh na chois air neo a bha a' teicheadh bho rudeigin. Murag a' chinne-daonna mar a chuir e fhèin an cèill e. Bha daoine gun dachaigh ann, bha fear ann a bha air ùr dhealachadh bho bhean is fear eile a bha ann am fiachan. Chanadh tu gun robh iad uile so-leònte ann an dòigh air choreigin agus sin mar a bha an Doctair Rupert Howell ga iarraidh. Bha fhios aige mar a bu mhotha bha iad air an leòn gur ann a b' fhasa a bhiodh e am pearsa aca a làimhseachadh agus ath-dhealbhadh. B' e an rud a thug soirbheachas dhan phròiseact cho simplidh 's a bha e oir cha robhar a' meas ach buaidh dà rud. B' iad sin: peanasachadh; an riochd clisgeadh dealain, agus duais; an riochd cead clisgeadh dealain a thoirt seachad do chàch sa bhuidheann.

Cha b' e rud a chuir sìos no suas e gun robh an rannsachadh aige air a bhith a' faighinn beagan càinidh o chionn greis; chan ann air sgàth teagamh mu dhòighean-obrach no dad mar sin ach air sgàth 's gun robh e air tighinn am follais, a rèir coltais, gun robh cuid a ghabh pàirt anns na pròiseactan fhathast a' fulang ri linn. Ach chuir e dragh air gun robh bacadh ga chur air cuid dhen rannsachadh aige ri linn beusalachd. A' chiad teachdaireachd dhen t-seòrsa sin a fhuair e bho luchd-maoineachaidh na roinne aige, chaidh e troimhe le peann a' dubhadh às am facal 'ethics' a h-uile triop a nochd e – agus cha bu ghann iad sin – mus do chuir e a-steach dhan shredder e. Thill e dhan deasg aige an uair sin is thaidhp e freagairt ag innse dhaibh gun robh 'ethics' na phrìomhachas dha is na bhun-stèidh do gach pròiseact anns an robh e an sàs. Chleachd e am facal ethics aon turas nas motha na chleachd iad fhèin e. Dè a bh' ann an ethics ach cuingealachadh, smaoinich e, is e ga sheatlaigeadh fhèin air ais san t-sèithear aige, rud a bha feumail do shòisealtas 's dòcha ach a chuireadh cuibhreachadh air toradh a chuid rannsachaidh. No, bhon t-sealladh eile, mura h-eil saor-thoil ann, agus b' e sin a bheachd, chan eil ciont ann, is far nach eil ciont ann chan eil beusalachd ann.

* * *

'S e teampall a bh' anns an oifis aig an Dotair Rupert Howell do bheatha-obrach an duine. Air cùl a shèitheir leathair udalain bha na teisteanasan aige air an crochadh agus lìon a chruinneachadh de leabhraichean teacsa is pàipearan na sgeilpichean a chòmhdaich am balla ri thaobh leis na duaisean a ghlèidh e tro na bliadhnaichean son a chuid obrach sgapte nam measg. B' e carragh a bh' anns a' chruinneachadh seo; teisteanas do ghliocas is feallsanachd an duine a chuir ri chèile e fad nam fichead bliadhna a bha e air a bhith anns an dreuchd. Bha àite dligheach aig gach leabhar a rèir mar a mheas An Dotair Rupert Howell am fios na bhroinn is a' bhuaidh a thug e air. Sheas an deasg mòr aige mar altair an teis-meadhan an t-seòmair. Air aghaidh an deasga dhaingnich clàr-ainm glainne cò an duine dom buineadh seo uile is ainm an duine fhèin a' strì son àite air leis an t-sreath de litrichean às a dhèidh. Shuidh an Dotair Rupert Howell aig cùl an deasg seo a' chiad char sa mhadainn a' cur aghaidh ris na dùbhlain a bha gu bhith roimhe; san àbhaist b' e seo an tamall dhen latha a b' fheàrr leis is e na rìgh an teis-meadhan na rìoghachd aige fhèin. Ach an latha sin cha robh cùisean a' dol cho math leis. Bha uisge a' sileadh thar aodainn bho fhalt fhliuch is bha boinneagan bho muinchillean a sheacaid a' driogadh chun a' bhrata fodha. Ruith boinneag seachad air a' choileir aige is sìos a dhruim is an uair sin tron bheàrn eadar mullach a bhriogais is bonn a chnàmha-dhroma gus an deach i na tàmh ann an clais a thòin.

Chroch e a sheacaid air cùl an dorais is chaidh e sìos an trannsa dhan taigh-bheag far an do dh'obraich e le tubhailtean pàipeir is an tiormadair-làimhe gus e fhèin a thiormachadh. Ge bith cò a dh'fhàg a chàr san àite-pàircidh ghnàthach aigesan is a thug air coiseachd bho cheann eile pàirc nan càraichean san dìle, gheibheadh e dìoghaltas orra dòigh air choireigin. Dona 's mar a thachair dha b' e an rud a bhior e chun an smior gur e an aon seòrsa càr ris a' chàr aige fhèin a fhuair don àite-pàircidh; ach gur e am modal as àirde.

Cha do chuidich e shunnd gur e a' chiad duine ris an do thachair e, is e a' tighinn a-mach às an taigh-bheag, an Dotair Fabian Russel. 'An gealltanach' mar a chanadh e ris, oir 's gann gun toireadh iomradh air ainm an duine òig gun am facal 'promising' a bhith air a chleachdadh na chois mar gun robh e mar phàirt dhen ainm aige. Cha rachadh an Dotair Rupert Howell às àicheadh gun robh am fear òg airidh air a chliù oir

dh'aithnich e na shùilean an aon mhiann airson soirbheachadh
a bha air a bhith aige fhèin aig toiseach a bheatha-obrach cho
luath 's a nochd e san ionad o chionn trì mìosan. 'High flyer',
nach e sin a chainte ri a leithid-sa. Bha e air aire a tharraing dha
fhèin fiù 's mus robh e deiseil aig an oilthigh leis an tràchdas
PhD aige air an robh 'The Morality Maze; is morality a choice?'
is bhon uair sin bha e air a bhith a' toirt a-mach caochladh
ghreisean-gnìomhachais aig diofar ionadan cliùiteach, an dà
chuid sna Stàitean agus ann am Breatann, is e an sàs ann am
pròiseactan buadhmhor. B' e bòrd-stiùiridh an ionaid a rinn fìor
spàirn gus a thàladh is iad fo impidh an luchd-maoineachaidh
a bha dhen bheachd, tha e coltach, gun toireadh am fear òg
togail do dh'ìomhaigh an ionaid. Ach bha amharas aig an
Dotair Rupert Howell gun robh iad cuideachd ag amas air an
cumhachd aige fhèin a chlòthadh is bha e ga fhaicinn mar Iùdas
am measg nan deisciobal.

A dh'aindeoin a h-uile oidhirp a dhèanadh e an duine òg
a chumail na àite le bith a' sìor cheasnachadh a dhòighean-
obrach, cha robh dad a chuireadh suas no sìos e. Gach triop a
thachradh e ris bhiodh e a cheart cho modhail is snodha-gàire
air aodann.

'Madainn mhath. Caran mì-chiatach a-muigh nach eil? Ach
is còir gun tig piseach air an aimsir feasgar.'

Daonnan cho misneachail! Ghnog an Dotair Rupert Howell
a cheann. 'Gu dearbh, Gu dearbh,' is shiab e seachad air a-steach
dhan oifis aige.

Air ais na shèithear udalain thug e fhòn às a phòcaid is
chàraich e air an deasg air a bheulaibh e. Le neapraig pàipeir
shuath e air falbh smuaic marmalaid bhon sgrìon is leugh e
a-rithist an teachdaireachd a thàinig troimhe aig àm bracaist.

'Feumaidh mi facal fhaighinn ort mun phròiseact againn.
La Casetta? 12.30f?'

Proifeasair O'Mally a bh' ann.

Chuir e sàmhlaichean òrdaig suas is gnùis air ais mus do
chuir e aghaidh air a' chnap pàipeir a dh'fheith air a bheulaibh.

***

Laigh an taigh-bìdh La Casetta da bhloc air falbh bhon oifis shìos cùl-shràid. Bha coltas caran seann-fhasanta, robach air an àite is an dà chuid an taobh a-muigh is an taobh a-staigh feumach air còmhdach peanta. 'S fhada bhon a chaidh an litir 'E' a dhìth san t-soidhne òs cionn na h-uinneige duslaich a' fàgail faileas fann dheth fhèin air a' pheant far am b' àbhaist dha a bhith. Bha am faileas fhèin a-nis a' seargadh às. Ach bha am biadh math, agus nas cudromaiche na sin, bhiodh an t-àite daonnan caran sàmhach le gun ach dòrlach de na seann regulars a-staigh ann. Cha mhothaicheadh iadsan na bha dol mu thimcheall orra ged a thigeadh ailbhean a-steach an doras 's e a' dannsadh ballet. Rinn an tè-fhrithealaidh a bha a' leigeil taic ris a' chunntair snodha-gàire ris is e a' tighinn a-steach oir bha e fhèin a-nis air a mheas leatha mar fhear de na regulars. Bha proifeasair O'Mally mar-thà a-staigh agus b' e a falt ruadh air bàrr cùl àrd na beingidh san robh i na suidhe a' chiad rud don mhothaich an Dotair Rupert Howell. A h-uile triop a laigheadh a shùil oirre dh'èireadh na h-aon fhaireachdainnean ann ge b' oil leis; faireachdainnean nach gabhadh a smachdachadh. B' iomadh bliadhna a bha am boireannach seo air a bhith mar phàirt de a bheatha, nas fhaide gu dearbh na a bhean, oir cha b' fhada a bha e a-mach às an oilthigh na bha iad ag obair còmhla son a' chiad uair. Ged a thàinig dealachadh is an dithis aca a' siubhal dhreuchdan fa-leth, cha do dh'fhalbh a' chuimhne aige oirrese gu tur. Gun dùil is gun iarraidh nochdadh a h-ìomhaigh na inntinn is shèideadh i troimhe greis mar oiteag bhlàth, gu tric air adhbhar air choireigin, nuair a bhiodh e faisg air a bhean.

Chan iongnadh e gun tachradh iad ri chèile nam beatha-obrach a-rithist, latha brèagha air choireigin, oir 's e saoghal beag anns an robh iad ag obair. Bha sia mìosan ann a-nis bhon a choisich i a-steach dhan ionad mar aisling lainnireach a' lasadh nan seann fhaireachdainnean ann agus cha b' fhada gus an robh iad a' goid ghreisean còmhla aig àm-lòin no às dèidh na

h-obrach. Cia mheud turas a chuir e fios a-nis a dh'ionnsaigh
a mhnà a dh'innse dhi gum biodh aige ri fuireach anmoch aig
obair? Chaidh e a-null an taobh a bha i is dh'fheuch e air pòg
aithghearr a thoirt dhi is e ga obrachadh fhèin a-steach dhan
bheingidh fa comhair. Phut i air falbh e gu h-aotrom.

'Itheamaid is bruidhnidh sinn,' thuirt i.

Dh'òrdaich iad pasta bhon tè-fhrithealaidh is airson greis
cha robh ann ach fuaim cagnadh pasta is gliongadaich forcan
air truinnsear a lìon an adhar eatorra. Bha na liopan aig
a' Phroifeasair Fiona O' Mally a' dol an aon dath ri falt le sabhs
a' phasta gan smiùireadh. Bha sùilean an Dotair Rupert Howell
glacte leotha. Na inntinn bha e a' blasadh orra le liopan fhèin
is ag imlich an t-sabhs le bàrr a theanga. Nuair a bha an t-Oll
O'Mally deiseil, chàraich i an fhorca aice gu cùramach air a
truinnsear is shiab i air falbh an sabhs bho a liopan le neapraig.

'Tha e seachad,' thuirt i.

Rinn an Dotair Rupert Howel gnòsad. 'Dè?'

'Tha e seachad.'

Cha robh i a' nochdadh fhaireachdainnean sam bith. Thàinig
na faclan nan sruth gu neo-theagmhach mar gun robh i air a
dhol thairis orra iomadh turas is iad aice air a teanga. Thuirt
i ris gum b' aithne dhi a-nis cho faoin 's a bha e air a bhith
a' feuchainn ri dol air ais gu bhith na caileag òg a-rithist mar
a bha i nuair a thachair i ris-san son a' chiad uair; nuair a bha
beatha aotrom is gnìomhan gun bhuil. Cha b' ionann fiù 's an
duine aighearrach, sgairteil a bh' ann an uair sin agus an duine
bog leth-shean a bha air a beulaibh.

'Air èiginn a bhiodh d' aire air na bha mi ag ràdh nuair a bha
sinn còmhla is tu daonnan a' feuchainn ri cùisean a stiùireadh gu
ruige feis aig deireadh gnothaich.' Bha a cainnte a' fàs guineach
is gach seantans ga losgadh bho a teanga mar ghath. Bha a
cuid searbhais a-nis a' tighinn am bàrr is i a' cur an cèill cho
grànda 's a bha an fheis sin eatarra; ann an cùl càir no cùlaist no
seòmar taigh-òsta saor; làmhachas cearbach, riasladh aodaich,
co-mheasgachadh faileis is seile, gnòsadaich agus am plosgadh

blàth aithghearr a chomharraicheadh gun robh e seachad aon uair eile. Biorgadh sam bith a gheibheadh i bhon dol-a-mach seo an toiseach; bha e air seargadh gu math luath. Bha i glacte ann an lìon is damhan-allaidh biastail a' sìor dhlùthadh oirre.

'Ach ma tha thu dhen bheachd gur e an aon chaileag lag a th' annam 's a b' àbhaist tha thu air do mhealladh.' Lean i oirre. 'Chan fheith mise gu meata air mo chreach. Le aon chrathadh neartmhor de mo sgiathan bidh mi saor. Chan eil mise gu bhith nam bhoireannach eile tuilleadh.'

Rinn an Dotair Rupert Howell casadaich is shuath e na liopan aige fhèin le neapraig. 'Na bi fo uallach a ghràidh. Ann an ùine gun a bhith fada dealachaidh mise is Jen. No, 's còir dhomh a ràdh gur ise a dhealaicheas riumsa. Tha a h-uile rud os làimh. Cuir earbs' annam.'

'Dè cho fada 's a tha thu air a bhith ag ràdh sin? Cha chuir mi earbs' annad. Chan fhuiling mi nas fhaide e. Cha bhi mi beò ann am breug, a' toirt a chreidsinn gur e proifeasair fireannach a th' annam; proifeasair Fred O'Mally an àite Fiona O'Mally. Abair tàmailt! Gun luaidh air a bhith a-mach air 'a' phròiseact' mas fhìor againn.

Dh'fheuch an dotair ri bruidhinn ach mus tàinig facal às a bheul bha An t-Ollamh Fiona O'Mally air an neapraig aice a chàradh air a liopan ga chasg.

'Na bi a' cosg do sheanchais ann a bhith ag argamaid rium. Tha mi air obair ùr fhaighinn. Falbhaidh mi an ceann mìos.'

Thionndaidh i air a sàilean is dh'fhalbh i gu clisg a' fàgail doras glainne an taigh-bìdh a' luasgadh air a cùl. Dh'imlich An Dotair Rupert Howell air falbh boinneag sabhs-pasta a dh'fhàg a neapraig air liopan mus do dh'èirich e fhèin gus falbh. Am blas mu dheireadh a gheibheadh e dhen bhoireannach. B' e gàire aithneachaidh a thug an tè-fhrithealaidh dha nuair a dhlùthaich e ris a' chunntair is e a' toirt a-mach an sporan aige gus pàigheadh. 'Cha bhodraiginn le sin', thuirt i ris. 'Phàigh ur companach mar-thà. Nuair a bha sibh anns an taigh-bheag.'

* * *

B' e feasgar Dihaoine fada a lean agus gu neo àbhaisteach fhuair an dotair gun robh e a' dèanamh fiughair ris an deireadh-seachdain, oir san àbhaist sin an earrann den t-seachdain a bu lugha air. Air a shlighe dhachaigh sa chàr aige fhuair an Dotair Rupert Howell cothrom cnuasachaidh. Bha teagamh ag obair air is cha robh e cleachdte ri sin nas motha. An robh e air a bhith ro chruaidh air a bhean? Choimhead e air na làmhan aige air a' chuibhle stiùiridh. An e a thoil fhèin a bha gan gluasad no cumhachd neo-fhaicsinneach air an taobh a-muigh, mar nach robh iad ceangailte ris? An robh a bhodhaig dìreach na h-inneal a bheireadh dha an comas a fhreastal a thoirt gu buil? Chitheadh e an sùil inntinn an smaoin 's e a' lasadh na cheann is a' siubhal tro ghàirdeanan. Ach 's dòcha nach robh ann an sin ach fèin-mhealladh; beachd a thugadh dha gus a chumail rèidh. Saoil nan cuireadh e car sa chuibhle is gun rachadh e calg-dìreach an aghaidh na trafaig ag adhbharachadh tubaist uabhasach, am b' urrainn dha, ann an da-rìreabh, a ràdh nach robh gnothach aigesan ri mar a thachair. Saoil nan rachadh e an taobh eile, suas air a' chabhsair a' leagail na màthar a bha a' putadh buggy dha ionnsaigh, no an dithis leannan an achlais a chèile.

'S dòcha nach bu mhiste e beagan slànachaidh a chur an gnìomh rè na deireadh-seachdain. Dè cho fada 's a bheireadh e cùisean a chur air ais gu mar a bha? An gabhadh an cur air ais gu mar a bha a-nis? Bha na smuaintean aige air a dhol nan ioma-ghaoth is iad a' sèideadh tro oisnean dorcha inntinn. 'S dòcha gum bu chòir leanabh a bhith aig a bhean mar a bha i air a bhith ag iarraidh fad grunn bhliadhna a-nis. Cha robh rian nach còrdadh e ris fhèin fear no tè òg a bhith aige a leanadh na cheuman. Bha e air an ìre a ruighinn far an robh e mothachail air dìomhaineachd na beatha aige fhèin. Cuibhle eile a chuireadh e air ghluasad rè na deireadh-seachdain.

Madainn Disathairne is bha an Dotair Rupert Howell air a

chois mus do dhùisg a bhean is sìos an staidhre gun deach e gus
bracaist ullachadh. Nuair a thàinig i mu dheireadh a-nuas bha
a h-uile rud deiseil air a beulaibh; bobhla, gràinean-bracaist is
bainne ann an siuga an àite a bhith air fhàgail sa chrogan mar
as àbhaist. Bha cofaidh deiseil ann an cafetiere agus pìos tost
air truinnsear is e dìreach air a dhonnadh dhan ìre cheart is an
t-ìm air a leaghadh a-steach ann. Thug i pòg dha. 'Tapadh leat,
a ghràidh,' thuirt i gu cadalach. Ged a bha pàipear na maidne a
bha e air togail bho chùl an dorais san dol seachad deiseil aige
ri thaobh cha do bhean An Dotair Rupert Howell ris is e deiseil
son còmhradh. Bha aire oirrese ach cha robh a h-aire airsan.
Cleachdte ri dearmad mar a bha i, bha i air a' fòn làimhe aice
a thoirt a-mach à pòcaid a gùn-oidhche is i ga sgrùdadh.

Thog i a sùilean thuige.

'A ghràidh,' thuirt i, 'rinn mi rudeigin caran gòrach an-dè.
Dh'fhàg mi mo sheacaid aig taigh Seònaid nuair a thadhail mi
oirre. Tha coltas ann gum bi uisge ann feasgar. Saoil am faigh
thu dhomh e?'

Ge b' oil leis thuig an Dotair Rupert Howell gun robh
dol-a-mach a mhnà a' piobrachadh colg ann. Bha a dheagh-
ghean a' sìoladh às gu luath. 'Nach eil pailteas chòtaichean
eile agad?'

'Ach 's e sin am fear as fheàrr leam. Co-dhiù chan eil an
fheadhainn eile gu tur dìonach.'

'Ach tha Seònaid is Peadar a' fuireach taobh thall a' bhaile.'

'Cha toir e cho fada sin dhut.' Shìn i i fhèin thairis air
a' bhòrd is chàraich i pòg air a ghruaidh. 'An dèan thu an aon
rud suarach sin dhomh is cuiridh mise cùisean air dòigh aig an
taigh?' Cha b' e ceist a' bh' ann.

Bha e gus diùltadh gus an tàinig e thuige às ùr gun robh e
air a chur roimhe a bhith solt.

'Tha fios nach eil dad ann nach dèan mi dhut.'

Cho luath 's a bha Rupert sa chàr aige chuir e teachdaireachd
gu Peadar ach am biodh e cho math tighinn a choinneamh ann
am meadhan a' bhaile leis an t-seacaid. Bha cùisean cho teann

dha, thuirt e ris, is nach biodh tìde aige faighinn a-null thuige. Cha robh teagamh aig Rupert gun gèilleadh am buigneag a bh' ann am Peadar ris an iarrtas aige. Shàbhaladh sin fichead mionaid co-dhiù dha.

* * *

Nuair a thill an Dotair Rupert Howell bha càr san dràibh aige. Mura robh e air a mhealladh b' e an aon chàr a ghoid àite-pàircidh air an latha roimhe thoradh cha bhiodh mòran dhe na càraichean sin mu thimcheall, gu sònraichte air an aon dath ghlas-donn mheatailteach. Phàirc e an càr aige fhèin air oir an rathaid air beulaibh an taighe is chaidh e a-steach an doras-aghaidh. Chuala e na guthan is iad a' tighinn bhon chidsin is chaidh e dhan ionnsaigh, thairis air an trannsa leis a' chòta aig Jen paisgte thar a ruighe. Cha bu luaithe a nochd e tro dhoras a' chidsin na bha Jen air a cois ri thaobh is i a' toirt pòg dha.

'Nach tusa m' ulaidh. Fhuair thu e!' ghrad-ghlaodh i. 'Seall cò thàinig a chèilidh oirnn gus pàipearan obrach a thoirt dhut ach An Dotair Fabian Russel còir.' Thug e sùil air an duine òg a bha na shuidhe aig a' bhòrd is muga teatha na làimh. Thuirt mi ris nach b' fhada gus am biodh tu air ais is gum b' fhiach dha feitheamh riut. Bha falt an duine rud beag mì-sgiobalta is lasadh air aodann ach a thaobh sin cha robh dad amharasach mun t-suidheachadh. Cha bhiodh e air tighinn a-steach air an Dotair Rupert Howell co-dhiù gum b' urrainn dha bhean foill a dhèanamh air.

'Halò Fabian. Tha càr ùr agad!' Bu mhiann leis an Dotair Rupert Howell faighneachd dha dè bha iad ga phàigheadh a leigeadh leis càr mar sin a cheannach. Mus d' fhuair an smaoin cothrom at na cheann chaidh a gearradh dheth le guth a mhnà, ''S math gun do nochd thu. Bha e an impis falbh. Thalla Fabian is faigh na pàipearan!'

An ceann còig mionaidean thill Fabian cho falamh 's a dh'fhalbh e.

'Cha chreid sibh mar a thachair. Nach mise an dearbh amadan a thug leam na pàipearan ceàrr! Thig mi a-null nas fhaide air an latha leis an fheadhainn cheart'.

'Coma leat sin,' thuirt an Dotair Rupert Howell ris. 'Chan eil mi an dùil ri bhith ag obair an deireadh-seachdain sa co-dhiù. Gheibh mi Diluain iad.'

***

Madainn Diluain. Latha ùr. Seachdain ùr. Bha An Dotair Rupert Howell na shuidhe às ùr aig an deasg is e deiseil gus fiughair a dhèanamh ris na dùbhlain a bhiodh roimhe. Cha robh cùisean air a dhol buileach mar bu mhiann leis aig an deireadh-seachdain. Bha esan is a bhean air a bhith modhail is rèidh ri chèile ceart gu leòr, ach gun bhlàths, mar dà shrainnsear fo na h-aon chabair, is ise cho fad às. Cha ruigeadh e oirre a dh'aindeoin a dheòin is a dheagh-ghean. Ach cha deach An Ròimh a thogail ann an aon latha is cha rachadh a h-ath-thogail air deireadh-seachdain. Thòisicheadh e às ùr. Sa chiad dol-a-mach leigeadh e seachad cùis an àite-pàircidh. Cha robh am fear gealltanach air pàirceadh san àite aige an-diugh co-dhiù. Dè an cron a dhèanadh e dha coiseachd bho taobh thall an raon-pàircidh? Cò aig a tha fios, 's dòcha gum biodh e math dha is e air a dhol rud beag tiugh mun mheadhan o chionn greis. 'S dòcha gum bu chòir dha an càr a leigeil seachad uile gu lèir.

Aon rud eile, dh'fheuchadh e ri bhith nas rèidh leis an luchd-obrach aige. An àite a bhith gan cumail nan àite nach b' fheàirrde e a bhith gan tàladh dha thaobh le faclan brosnachail. Seadh, sin a dhèanadh e; às dèidh dha dèiligeadh ris an teachdaireachd is na pàipearan air a bheulaibh bheireadh e sgrìob mun roinn aige ach am faigheadh e facal air cuid dhiubh. Bha e mothachail gun robh e air a bhith a' cur seachad tòrr ùine glaiste am broinn na h-oifise aige. Saoil an rachadh aige air facal fhaighinn orra uile ro dheireadh na seachdain? Dhèanadh e a dhìcheall.

Thionndaidh e bho sgrìon a' choimpiutair aige dhan chnap

pàipeir air an deasg, nam measg bha na pàipearan a bha an Dotair Fabian Russel air fhàgail aige is nòta air am muin, 'Duilich mu dheidhinn Disathairne. Còrdaidh cuid de na toraidhean seo riut!' Bha e gus sealltainn riutha nuair a shiab tonn an-fhoise troimhe. Bha rudeigin ceàrr! Thionndaidh e air ais an taobh a thàinig e. Is air ais dhan deasg. Bha e air seo a dhèanamh grunn thursan mus do bhuail e air dè a bh' ann. Dh'èirich e is chaidh e a-null gu sgeilpichean nan leabhraichean aige. Sin e gu dearbh; dearg far am bu chòir uaine a bhith, còmhdach uaine far am bu chòir còmhdach dearg a bhith. Chaidh iomlaid a dhèanamh air dà leabhar. Shlaod e a-mach leabhar a' chòmhdaich dheirg is an uair sin leabhar a' chòmhdaich uaine. B' iad sin dhà de na leabhraichean as prìseile is as teirce a bh' aige a bha e air a chur taobh ri taobh oir bha iad nan cèilean dligheach dha chèile. 'De Libero Arbitrio Diatribe Sive Collatio' no 'Air Saor-Thoil' le fear Desiderius Erasmus a nochd ann an 1524 agus 'De Servo Arbitrio' no 'Air Bhraighdeanas na Toile' le Martin Luther a bha mar fhreagairt don chiad leabhar is a nochd bliadhna às a dhèidh. Rin taobh bha an leabhar aige fhèin, 'Saor bho Bhraighdeanas Saor-thoile.' Thomhais e cuideam an dà leabhar na ghàirdeanan, an dà chuid gu fiosaigeach is gu h-innleachdail, mus do chuir e air ais san òrdugh cheart iad.

'Neònach.' Smaoinich e.

Fois-làrach: Sgeul Gaoil

Pàirt 1: An t-Slighe a-steach

Seonag

NUAIR A THACHAIR Seonag ri Daniel no Dan mar a chanadh i ris b' e gaol aig a' chiad shealladh a bh' ann. Cha b' e Daniel (no, gu dearbh, Dan) a bha air an uair sin. B' e BMW M3 convertible; einseann V8, 30,000 mìltean air a' ghleoc a bh' air, agus bha e na sheasamh aig taobh thall an t-Seòmair-reice. B' e cleas a bh' ann aig Seonag ainmean nan cleasaichean Bond a chur air na càraichean aice. Ro Daniel bha Timothy (Tim) is Roger (Rodge) is Sean (dìreach Sean) ann. Cha robh annta ach ablaichean saora air nach robh i a' saoilsinn mòran. Ach bha Daniel gu bhith diofaraichte. Bha Seonag a-nis aig an ìre na beatha far an robh i feumach air dàimh nas bunaitiche le càr nas earbsaiche. Nan robh e gu bhith eireachdail is luath bhiodh sin na bhònas oir bha taobh aig Seonag riamh ri càraichean luatha. Bha obair sheasmhach aice is tuarastal a bha meadhanach math. B' e Daniel an càr a bha gu bhith ga giùlan dhan ath earrann de a beatha.

B' e suirghe aithghearr a bh' ann eatorra; sgrìob ghoirid mun bhloc is b' e sin e. Cha bu luaithe a chuir i a bròg sìos na chuala i gnòsadaich an einnsein. Chaidh gaoir troimhpe is cha robh dol air ais ann. Fhad 's a bha i a' dràibheadh bha a h-eanchainn a' dèanamh nan suimean. Bhiodh an càr rud

beag nas daoire na bha i an dùil ach le bhith a' caomhnadh
air na chosgadh i air aodach is dol a-mach rachadh aice air
a' phrìs a phàigheadh… air dòigh air choireigin. Cha robh
a' ghliogadaich neo-fhallain bho thaobh a-staigh an einnsein
a' faighinn a-steach gu a h-eanchainn; no nan robh idir b' e
dearmad bha i a' dèanamh oirre.

Bha ise is an càr air am pòsadh goirid às a dhèidh taobh
a-staigh na h-oifise ann am fianais an neach-reice. Le a h-ainm
sgrìobhte air pàipearan an neach-reice, is le iuchraichean na
làimh, a-mach gu cuspair a rùin a dh'fheith oirre gu foighidneach
san àite-parcaidh a ghabh i.

Ged a mhair Seonag dìleas do Dhan, cha robh Dan a cheart
cho dìleas dhìse. An fhuaim bheag nach do mhothaich i aig
an toiseach, dh'fhàs e gu bhith na bhragadaich leantainneach
air nach b' urrainn dhi dearmad a dhèanamh tuilleadh. Taobh
a-staigh cola-deug bha Dan air ais aig a' gharaids, 'Na gabh
dragh. Trioblaid suarach a th' ann,' thuirt an neach-reice.
'Cuiridh sinn ceart e gun dàil.' An aon snodha-gàire nathrach
air 's a bha air nuair a reic e an càr dhi. Bho seo a-mach bha
Dan a-mach 's a-steach às a' gharaids is an aon duan aig an
fhear-reice. Ach b' ann nuair a ruith am barantas a-mach a
thòisich cùisean a' dol bhuaithe buileach is a bha an càr a' cosg
fortan dhi. Bu lugha oirre smaoineachadh air ach bha e coltach
gun robh i air barrachd a phàigheadh ga chàradh na chosg i air
a' chàr sa chiad dol-a-mach.

Cha b' fhada bhon a bha e air tighinn a-steach air Seonag
nach robh na beatha a-nis, cha mhòr, ach an càr is a h-obair. Bha
i a' dol dha h-obair gus cosgaisean a' chàir a phàigheadh. Bha i
a' cleachdadh a' chàir gus faighinn gu a h-obair. Taobh a-muigh
seo cha robh dad a dh'airgead air fhàgail a cheadaicheadh spòrs
no cur-seachad. Ach b' e an smuain a bu tiamhaidhe a bhuail
oirre gum biodh suidheachan a' phasaideir daonnan falamh is
nach gabhadh cuideachd càir àite cuideachd daonna.

Cò ghabhadh an suidheachan? B' fhada bhon a fhuair na
seann charaidean aig Seonag air teicheadh bho bhaile beag an

àraich. Mar a rinn càch bha i fhèin air togail oirre gu colaiste às dèidh na sgoile, ach mun àm a bha iad a' leantainn orra gu beatha a' gheallaidh ann an ceàrnan cèin chaidh ise a tharraing air ais le slabhraidhean neo-fhaicsinneach. Aig ceann eile nan slabhraidhean sin bha a màthair. B' ann aig deireadh an t-samhraidh às dèidh dhi ceumnachadh 's i a' sireadh obair a thàinig am brath gun robh a màthair tinn. Cha leigeadh dìlseachd Seonaig leatha a cuid dhleastanasan a sheachnadh ge b' oil leatha, is thill i dhachaigh gus furtachd a thoirt dha màthair, dìreach gus am biodh i slàn, fallain a-rithist. An àite sin thug i trì bliadhna a' bàsachadh gu màirnealach. Aig an deireadh cha b' aithne dhi fiù 's an nighean ghaolach aice, Seonag.

Bha tìde gu leòr ann an trì bliadhna do Sheonag i fhèin a sheatlaigeadh às ùr san àite le flat beag is obair mar mhanaidsear aig taigh-òsta. Air a seatlaigeadh gu corporra 's dòcha ach na ceann bha i na h-iasg a-mach às an uisge. Cha robh mòran an cumantas aice ris na caileagan a dh'fhuirich. Air an son-san bha iad dhen bheachd gun robh Seonag a' coimhead sìos orra is, ged a bhiodh iad modhail gu leòr rithe san dol seachad, air an t-sràid no anns an t-supermaket cha ghabhadh iad cus gnothaich rithe. A thaobh nam balach cha robh annta, am beachd Seonaig, ach glaoicean is bumalairean. Ceart gu leòr cha do chuir sin stad oirre bho bhith a' dol dhan leabaidh le dithis aca, gach turas às dèidh ran-dan san taigh-seinnse, ach bu mhòr an t-aithreachas aice nuair a dhùisg i an ath latha le ceann goirt is fhios gum biodh na fathannan a' sgèith mu thimcheall is a h-uile duine a' coimhead oirre le sùilean fiosrachail. Cha tug e ro fhada dhi faighinn seachad air sin oir b' aithne dhi gum biodh na fathannan mu deidhinn air iteig ge bith dè bha i ris. B' e an rud a chuireadh cais oirre chun an latha an-diugh mar a bhiodh na fir ud gan giùlan fhèin mar chù an cuideachd galla is an teas oirre, agus sin a dh'aindeoin gun robh aonan dhiubh pòsta is am fear eile le leannan aige. Cha mhòr nach fhaiceadh i an t-seile a' sruthadh bho oir am beòil.

Cha robh àite ann dhan rachadh i san nàbachd far an

coinnicheadh i ri daoine. Bha na làithean aice aig diosgo seachdaineil an taigh-òsta air oidhche Shathairne is puinnsean ioma-dhathte air choireigin na làimh seachad, taing do shealbh. Bu chòir gum biodh i air ceumnachadh gu oidhcheannan anns a' chlub ghoilf mar a rinn càch. Ach do bhoireannach singilte cha robh cus tlachd an lùib a bhith am measg chupallan, is iad a-mach air na làithean-saora no an cidsin ùr aca. Bhiodh iad a cheart cho dallanach aig deireadh na h-oidhche 's a b' àbhaist is iad òg. B' e an aon diofar nach robh mìr spòrs an cois a' ghnothaich. Bha làn fhios aig Seonag gum biodh aice ri iasgach taobh a-muigh an lòin ach dh'ionnsaich i gu clis nach robh anns na h-apps suirghe air an do dh'fheuch i, 's i anns a' bhaile mhòr, ach geama freastail. B' e an t-amadan às a' phaca a fhuair i gach triop.

An latha ud b' e pàipearan a h-obrach a bha air a sgaoileadh air an t-suidheachan phasaideir far an robh iad air a bhith air an tilgeadh a-steach gu cabhagach às dèidh dhi crìoch a chur air latha eile aig an oifis is fadachd oirre faighinn dhachaigh. A dh'aindeoin gur e saor-latha banca a bh' ann bha aice ri obair, mar a bhios an dàn do gach tè is fear a dh'obraicheas do ghnìomhachas na turasachd. Ged nach rachadh a' mhòr-chuid dhan obair aca an latha ud cha chuireadh sin stad orra bho bhith a' falbh nan dròbhan ann an càraichean gus na rathaidean a dhùmhlachadh. Cha tug e fada dhi faighinn tro shràidean a' bhaile shàmhaich ach b' ann nuair a ràinig i am prìomh rathad a thòisich cùisean a' fàs riaslach le càraichean sròn ri tòn a' snàigeadh gu mall. Bhiodh e na bu luaithe coiseachd. Cha robh siud a' còrdadh ri Dan idir is bha fuaim brunndail gearanach a' tighinn bho thaobh a-staigh na bonaide. Bha Seonag mothachail gun robh solas rabhaidh a' priobadh oirre bhon deas-bhòrd. Bha i cleachdte gu leòr ris na solais rabhaidh - 'Na bi a' toirt cus feart dhaibh sin,' a chanadh fear na garaids rithe. Dhèanadh i dearmad orra an dòchas gun rachadh iad às. Uaireannan rachadh, uaireannan cha rachadh. 'Ruigidh each mall muileann,' dh'ath-aithris i ann an oidhirp i fhèin a shocrachadh. Ach nuair a las solas dearg am meadhan an deas-bhùird leis an fhacal STOP air, bha fhios aice gum b' fheudar dhi stad.

Bha am fois-làrach dhan deach i mar na mìltean de dh'fhois-làraichean air na ceudan de rathaidean air feadh Bhreatainn; àite gruamach gann de dhòchas. Thàinig am planntrais truagh air iomall an làraich am follais an solais a' chàir le pìosan sgudail is an trealaich a bha ga sgeadachadh a' dealradh mar loinnearan. Cha robh ach aon chàr eile san làraich. A dh'aindeoin a h-èiginn thàinig e gu aire Seonaig, is i cho dèidheil air càraichean luatha, gur e càr caran leòmach a bh' ann; Aston Martin mura robh i air a mealladh. Chan fhaiceadh i duine na bhroinn is cha do smaoinich i barrachd mu dheidhinn. Thàinig an càr aice gu stad. Le beagan rùrachaidh sa bhaga aice bha a fòn na làimh is àireamh na companaidh cobhair a' seirm. Am measg a' chruinneachaidh bhig de dh'àireamhan air a fòn, b' e sin an àireamh as trice a chleachdadh i. Bha iad anabarrach trang an oidhche sin, thàinig an teachdaireachd bhon tè taobh thall na loidhne; ri linn saor-latha a' bhanca is a h-uile càil. Bhiodh feitheamh ro Sheonag mus fhaigheadh i cobhair. Am b' urrainn don bhoireannach innse dè cho fad 's a bhiodh sin? 'Duilich a ràdh.' Thàinig an fhreagairt; 'uair a thìde 's dòcha, uair gu leth.' Bha e follaiseach do Sheonag nach robh diù a' choin aig a' bhoireannach co-dhiù.

B' ann nuair a chuir i a fòn air ais dhan bhaga is a smàil a sholas às a dh'èalaidh an aonranachd iomlan oirre leis an dorchadas. Sna sgàthain aice chitheadh i an sreath sholas is iad a' sruthadh gu mall seachad oirre; sreath theaghlaichean a' tilleadh gu dachaighean seasgair no taistealaich a' tilleadh do dhlùth is dàimh, smaoinich i. Bha beatha a' dol seachad gun fhiosta dhi. Bhris an snàth caol a bha ga cumail an-àirde. Thuit i mar chloich. Chaidh i na bàl is theann i ri gal.

B' e fuaim gnogadh air uinneag a' chàir a dhùisg i bho a mulad. Nuair a choimhead i suas fhuair i dà shùil fhiadhaich a' dearcadh oirre is iad suidhichte am peall de dh'fhalt ruadh a lìon an uinneag uile gu lèir, cha mhòr. Fon dà shùil bha dà bhile ag obair mar bhoiteagan 's iad a' snàigeadh am measg an fhuilt a' toirt am follais fiaclan buidhe donn, is bloighean bìdh steigte riutha. Ge bith dè na faclan a bha a' tighinn asta cha robh iad a' ruighinn cluasan Seonaig. Mas e creutair no duine a bh' ann cha robh i cinnteach. 'S dòcha measgachadh dhen dhà. Thàinig sgreuch aiste. Bha a làmh air chrith nuair a thog i a fòn an turas-sa is a dh'fhòn i gu na poilis a dh'innse dhaibh gun robh i an cunnart a beatha.

Ruaraidh

'Tha sinn mar dà shoitheach air an oidhche': b' iad sin na faclan mu dheireadh aig cèile PC Ruaraidh Grannd nuair a bha e a' fàgail an taighe an latha ud. Bha na faclan air a bhith a' dol na cheann bhon uair sin. Nam b' e nach robh firinn annta b' urrainn dha a bhith air an cur dhan dàrna taobh ach bha fhios aige gun robh iad fìor is gur esan as motha a bu choireach. Leis an t-seòrsa obrach a bh' aige, na phoileasman trafaig, cha robh na h-uairean-obrach aige cunbhalach is bhiodh e gu tric ag obair air an oidhche. Nuair a bha obair seachad bu tric a dh'fhàgadh i sgìth e agus ann an droch-thriom. Chuir na faclan clisgeadh air is e air tighinn gu aire gur dòcha gur e dealachadh a bha gu bhith fa-near dhan dithis aca. B' fheudar do chùisean atharrachadh, gu sònraichte anns an dòigh a bha e ga ghiùlan fhèin smaoinich e, ach, às dèidh saor-latha banca trang, bha e cho claoidhte 's a bha e a-riamh is a cheann gus sgoltadh. Cha robh e air a bhith na chuideachadh dha gun robh aige ri dhol tron latha gun fhios aige dè bha gu bhith a' feitheamh air aig an taigh; aonranachd no rèiteachadh.

Bhon a bha Ruaraidh na mhàgaran 's e a' putadh dhèideagan càir mun làr bha e air a bhith air a bheò-ghlacadh le càraichean. Tro làithean òige ghabh e ùidh ann an rud sam bith san robh iad an sàs bho rèisean càir air an teilidh gu na h-irisean càir air an cosgadh e an t-airgead-pòcaid aige. Chòrd na filmichean ris anns an robh na càraichean nan rionnagan cho mòr ris na cleasaichean, far an rachadh cur às do dh'fheachdan an ana-ceartais le bhith gan ruagadh tro chùl-shràidean is bealaichean beinne ann an càraichean luatha is far an coinnicheadh iad ri breitheanas ann an cruth spreadhadh mòr às dèidh sreath de char a' mhuiltein.

B' e an ùidh sin a thug air Ruaraidh cur a-steach gu roinn na trafaig nuair a theann e ri obair na phoileasman. Fhuair e a-mach gu h-ealamh nach robh beatha a' phoileasmain trafaig idir mar a bha sna movies. Fhuair e an càr luath a bha e a' miannachadh ceart gu leòr ach b' fhìor ainneamh a thigeadh air a dhràibheadh aig astar. Son a' chòrr dhen ùine bhiodh aige ri a làimhseachadh ann an dòigh stòlda is e a' siubhal dhràibhearan a bha a' dol ro luath, aig nach robh na ceadan no àrachas mar as còir no a bha fo bhuaidh dhrugaichean no dibhe is mar sin air adhart; obraichean beaga, suarach, gach tè le tòrr obair-pàipeir na lùib aig deireadh an latha.

Bha an latha ud air a bhith nas miosa nan àbhaist ri linn gur e saor-latha banca bh' ann is na rathaidean trang. B' aithne do Ruaraidh an seòrsa latha a bha gu bhith roimhe nuair a chaidh a ghairm a' chiad char gu glaoic a ghlas iuchraichean am broinn a' chàir aige fhèin air dòigh air choireigin nach robh Ruaraidh buileach a' tuigsinn. Bho seo a-mach b' e sreath de thubaistean beaga is bristidhean sìos a dh'fheith air. An aon rud a bha aig gach tachartas an cumantas, b' e sin gun robh gach duine a bha an sàs annta ann an droch-thriom is Ruaraidh na rèitiche sa mheadhan.

Bha e air a shlighe air ais dhan stèisean is deireadh an latha san amharc dha nuair a thàinig an gairm troimhe. Chuala e grocail bhoireannach air an rèidio mar ealtainn fhitheach air a ruagadh tron labhrair. 'Tha fios air tighinn thugainn mu dhràibhear boireann ann an suidheachadh èiginneach. Is sibhse an t-oifigear as fhaisge tha coltach. Bheil sibh gam chluinntinn oifigeir…?'

'Tha. Tha.'

'An tèid agaibh air stad air ur slighe air ais?'

Bha làn fhios aig Ruaraidh gur e òrdugh a bh' ann an riochd ceist is nach gabhadh a sheachnadh.

'Seadh. Wilco. Roger That. Nì mi sin. Over!'

Nuair a ràinig e an t-àite a chaidh a shònrachadh dha, gheàrr e a-steach dhan fhois-làraich. Cha b' urrainn dha gun a bhith a' mothachadh dhan Aston Martin aig beul na làraich san dol seachad. Lean e air gu taobh eile na làraich is thàinig e gu stad air cùl a' BHMW shnoig. Dh'fhàg e an càr aige is thug e sùil aithghearr mun àite. Cha robh sgeul air duine. Nuair a thug e sùil a-steach dhan Aston Martin bu lèir dha an sgudal is an trealaich a lìon e. Bha poca-cadail ann, aodach, canaichean falamh, is pasganan. Cha robh teagamh nach b' e càr air a ghoid is an uair sin air a thrèigsinn a bh' ann. Dhèiligeadh e ri seo mus fhalbhadh e, ach an toiseach b' fheudar dha faochadh a thoirt don bhoireannach na h-èiginn.

Thill e dhan BHMW is leig e fhaicinn don tè na bhroinn gur e oifigear-poileis a bh' ann mus do dh'fhosgail e doras a' chàir is a chrùb e sìos ann. Cha bu luaithe a bha an doras sraointe fosgailte na bhuail tuil fhaclan e ann an spreadhadh bho bheul na mnà is i a' cur às a corp mu mar a thachair dhi. B' aithne do Ruaraidh a seòrsa; tè fhrionasach a ghabhas feagal ron fhaileas aice fhèin. Nam faigheadh e air a socrachadh gheibheadh e air falbh cho luath 's a nochdadh am meacanaig a bu chòir a bhith air a shlighe thuice aig an dearbh àm.

Seumas

B' ann air an 12mh Cèitean a stad beatha Sheumais. Aig 6.15f. Ged a bha e air a bhith a' tarraing anail san dà mhìos bhon uair sin, bha a bheatha seachad, no sin mar a bha e a' faireachdainn. B' e sin an uair a thilg a bhean a-mach e. Bha e air fàs cho dòrainneach, thuirt i. B' e obair is a chàr an dà rud anns an robh ùidh aige. Cha robh iad a' dol a-mach mar a b' àbhaist. Cha robh spòrs ann dhaibh a bhith còmhla tuilleadh. Carson nach b' urrainn dha mullach an toidhleit a thogail mus dèanadh e dileag? Agus aon rud eile; bha i air a bhith a' falbh le fear eile son greiseag. Ciamar fon ghrèin nach do mhothaich e? B' e seo dìreach dearbhadh eile air an dearmad a bha esan a' dèanamh oirre. Leis gach facal a thàinig à beul a mhnà, chunnaic Seumas pìos de dh'ìomhaigh a bheatha a' tuiteam às an togalach a bha roimhe cho seasmhach gus nach robh air fhàgail dheth ach tobhta. Chaidh e a-mach air doras an taighe gun facal a ràdh. Cha robh dad ann a chanadh e.

Anns an àite-parcaidh air beulaibh an taighe air an dràibh rìomhach aca a bha air ùr-thogail, fhuair e an Aston Martin aige na sheasamh. B' e an càr seo, a bha roimhe na shamhla dha de a bheatha shoirbheachail, a-nis an aon rud a bha air fhàgail dheth. Leum e a-steach is chuir e car dhen iuchair. Leig e le gaoir ìseal a' chàir plosgadh tro a chorp mus do dh'fhàg e an dràibh aig astar.

Dhràibh e is lean e air a' dràibheadh. Chaidh e tro na sreathan de thaighean air iomall a' bhaile, breicean ruadh is feansaichean panail. Chaidh e tro achaidhean loma is doireachan dorcha. Lean e claon-rathad a thug e suas air an M1 is chùm e air, seachad air làraidhean spàirneach is càraichean èasgaidh. Bho astar phriob solais bho bhailtean beaga neo-aithnichte air. Cha tug e for do shoidhnichean, cha robh ceann-uidhe aige. Chaidh e seachad air a' chrìch le Alba is thug am mòr-rathad suas e tro mhòinteach uaigneach mus do leig e sìos e ann an crios gnìomhachail meadhan na h-Alba. Bha e a' fàgail Shruighlea air an A9 nuair a las an solas rabhaidh ag innse dha gun robh e gus ruith a-mach à peatral. Stad e an càr air a' ghualann chruaidh. Chaidh e gu cùl a' chàir is thug e a-mach an cana peatrail a bha aige sa chiste air earalas. Dhòirt e am beagan a bh' ann a thanca a' chàir, is air dha an cana plastaig a thilgeil air ais dhan chiste, chùm e a' dol cho fada 's a bu dùraig dha mus do tharraing e a-steach gu fois-làrach.

Bha e air a bhith ann bhon uair sin. Rè ùine thàinig seòrsa de ghnàthachadh na bheatha. Dhùisgeadh e nuair a dh'fhàsadh an rathad ri thaobh na bu trainge is na b' fhuaimniche aig àm a' choimiutaireachd. Cha robh feum aige air cur uime; chaidleadh e na aodach làitheil. Choisicheadh e an uair sin sìos taobh an rathaid na beagan cheudan mheatairean dhan chafaidh rathaid. Mun àm a ruigeadh e bhiodh a' choimiutaireachd seachad is an t-àite sàmhach. An sin gheibheadh e bracaist anns a' chafaidh; cupa cofaidh lag is rola hama an cuideachd na tè-fhrithealaidh a dhèanadh snodha-gàire fhrionasach ris ach nach canadh facal ris, is dràibhear-làraidh no dhà a bhiodh mar e fhèin na shuidhe an saoghal fa leth leotha fhèin. Bheireadh e ùine mhòr a' mealtainn gach pìos blonaig is fèithe righinn na chòmhdach taois bhuig air a sgoladh sìos le deagh bhalgam cofaidh flodach mus fhalbhadh e is a ghearradh e tarsainn air an achadh aig cùl a' chafaidh suas dhan rathad bheag. Leanadh e seo dhan bhaile a laigh mu mhìle shìos an rathad. Is aig iomall a' bhaile rachadh e a-steach dhan Tesco Metro far am faigheadh e a chuid bìdh son an latha. Bheireadh e beagan ùine a' spaidsearachd nan sràidean mus rachadh e seachran thar mhòintich is choilltean. Shuidheadh e greis fo chraoibh no air latha fliuch am fasgadh balla no drochaid is dh'fheuchadh e air na smuaintean buaireasach fhuadachadh bho inntinn. Nuair a dh'fhàilleachadh sin air thilleadh e dhan chàr aige far an cuireadh e seachad beagan uairean ag èisteachd ris an rèidio shaor a cheannaich e aig Tesco air a' chiad sheachdain. Radio 4 a bhiodh aige. Cho fad 's a bha muinntir an rèidio a-mach air poilitigs no ealain no saidheans no cuspair trom-chùiseach eile cha bhiodh rùm aige na cheann son nan smuaintean aige fhèin.

An latha ud thàinig atharrachadh air cùisean. B' e coltas an eagail an sùilean a' bhoireannaich a chuir clisgeadh air. Cha tàinig e a-steach air gun toireadh a choltas a' bhuaidh sin air srainnsear. Bha e dìreach airson cobhair a dhèanamh oirre. Nuair a thàinig am BMW aice a-steach dhan fhois-làraich b' aithne dha air fuaim mhì-rianail an einnsein gun robh rudeigin fada ceàrr. Mar chuideigin a bha fiosraichte mu chàraichean bha beachd aige gum b' urrainn dha cuideachadh. Ach thachair rud eile aig an aon àm ris nach robh e an dùil. Nuair a fhuair e sealladh air an tè a bh' ann is a bhuail a bòidhchead air, dh'èirich faireachdainn ann nach robh air a bhith aige fad greis.

Chaidh e air ais dhan chàr aige fhèin is thug e sùil dhan sgàthan. Son a' chiad uair chunnaic e an ìomhaigh sgràthail a bha càch a' faicinn; chunnaic e cho fada 's a bha e air a dhol bhuaithe. Mar dà mhòr-thìr a' suathadh ri chèile ghluais rudeigin na bhroinn a dh'adhbharaich crith-thalmhainn. Bha an t-àm ann a bheatha atharrachadh. Chaidh e gu cùl a' chàir is thug e a-mach am baga leis an stuth phearsanta aige na bhroinn a bha air a bhith ann nuair a dh'fhalbh e. Le sin na làimh choisich e dhan chafaidh. Bha an t-àite làn is cha do mhothaich duine don fhear luideach is e a' dol a-steach dhan taigh-bheag. Taobh a-staigh an taigh-bhig thug e a-mach siosar bhon bhaga aige is rinn e rùsgadh clis air a ghruaig. Thug e an uair sin snasadair dealain às a bhaga is, le lann àireamh a ceithir, sgioblaich e na bha air fhàgail. Shiab e am falt a-steach gu poca plastaig a chuir e dhan a' bhion. Bheàrr e dheth an fheusag le ràsar is thug e seachad co-dhiù còig mionaidean a thìde a' toirt deagh sgùradh do na fiaclan aige. 'S dòcha nach robh iad cho geal ris an t-sneachd às a dhèidh ach bha iad air taobh geal a' bhuidhe an àite air an taobh dhonn is cha robh mìr bìdh steigte annta. Chaidh e a-steach an uair sin do chiùbacal far an do chuir e a chuid-aodaich dheth is a chuir e air aodach ùr bhon bhaga. Bha an t-aodach caran preasach ach bha e glan. Chuir e an seann aodach caithte dhan bhion air a shlighe a-mach às an taigh-bheag.

Air ais anns a' chafaidh mhothaich an tè-fhrithealaidh do fhear àrd eireachdail, air èideadh gu spaideil an lèine strìopach is chinos glasa is e a' dèanamh air an doras a-muigh. Sìos an gualann chruaidh a ghabh Seumas 's e a' feuchainn an turas-sa air na slobain is steallaidhean salach bho charbadan a sheachnadh. Nuair a dhlùthaich e ris an fhois-làraich bu lèir dha gun robh trì càraichean a-nis san làraich. Bha e pìos beag na b' fhaide shìos an rathad mus tàinig e a-steach air gur e càr poilis a bh' anns an treas càr, is am bann solasach orains air cliathaich a' chàir a' boillsgeadh ann an leòis nan carbadan a bha san dol seachad. Bha Seumas gus èaladh a-steach dhan chàr aige a bha air cùl an dà chàir eile 's e an dòchas nach deach fhaicinn nuair a nochd fireannach bhon BHMW. Bha e ag èigheachd air Seumas, 'Stad dìreach far a bheil sibh!' 's e ag èirigh na sheasamh bhon BHMW. Cha robh e a' tighinn ri càil Sheumais mar a bha an duine a' bruidhinn ris. Cha robh e a' tighinn idir ris an fhèin-spèis a bha Seumas dìreach air lorg às ùr. Lean Seumas air a' crùbadh a-steach dhan chàr aige mar nach cuala e an duine. ''S e poileasman a th' annam!' Bha am bumalair ag èigheachd aig àrd a chlaiginn a-nis, 'Thigibh dham ionnsaigh le ur làmhan ri ur taobh air neo thèid cùisean am miosad dhuibh!' Gu màirnealach chaidh Seumas a-null gu far an robh am poileasman. Chàraich am poileasman a làmh am bonn druim Sheumais is phut e a dh'ionnsaigh a' BHMW e. Dh'fhosgail e doras a' chàir. 'An e seo am fear a chunnaic sibh?' thuirt e ris a' bhoireannach a bha na suidhe am broinn a' chàir.

Nuair a choimhead Seonag suas choinnich na sùilean aice ri sùilean an fhir. Bha rudeigin car eòlach mun duine, ach an àite a' chaoich a chunnaic i anns na sùilean roimhe b' e bàidh a fhuair i anns an fheadhainn a bha a-nis air a beulaibh. Bha iad seo suidhichte ann an aodann dreachail, grinn. 'Chan e,' fhreagair i.

Dh'innis am poileasman do Sheumas gum bu chòir dha tilleadh dhan chàr aige ach gun a bhith a' falbh, 'Gheibh mi facal oirbh an ceartair,' thuirt e. Bha guth a' phoileasmain a-nis nas airtnealaiche na bha e buaireasach.

Air ais sa chàr aige shuidh Seumas air cùl na cuibhle dràibhidh, 's e a spleuchdadh tron uinneig air solais na trafaig a bha a' snàmh fa chomhair. Thàinig fras aithghearr a leagh na solais am measg a chèile. Ged a bha bodhaig Sheumais na thàmh cha robh inntinn. Bha an fhearg air mu dhol a-mach a' phoileasmain is an suidheachadh san robh e a' bogadaich mu a cheann mar bhàlla ann an cùirt sguais, 's e a' togail neart le gach buille. B' ann mar gun robh na seachdainean de dhroch fhaireachdainnean a bha air a bhith fo ghlais an cùl inntinn a-nis uile air an leigeil mu sgaoil. Mar a dh'fhàs fhearg dh'fhàs a mhiann faighinn air falbh. A-nis, is gun robh e air co-dhùnadh falbh, cha robh e airson gun tigeadh dàil anns a' chùis air eagal 's gun atharraicheadh inntinn.

Ach ciamar a gheibheadh e air falbh is gun ach drùdhag pheatrail san tanca. Bhiodh an ath stèisean connaidh co-dhiù grunn chilemeatairean air falbh. Cha robh cus miann aige coiseachd air falbh air a' ghualainn-chruaidh is an càr gaolach aige fhàgail air a chùl. A bharrachd air seo nach mothaicheadh am poileasman gun robh e ri teicheadh is bhiodh e nas miosa dheth buileach an uair sin.

Mar lasair thàinig an smuain thuige gun robh am fuasgladh na laighe air a bheulaibh; gun robh tanca peatrail an sin dìreach beagan mheatairean air thoiseach air. B' e an aon duilgheadas gun robh an tanca sin am broinn càr poileis. Nam faigheadh e am peatrail sin bho thanca càr a' phoileis gu tanca a' chàir aige fhèin bhiodh e air dà amas a choileanadh aig an aon àm; gheibheadh e air falbh is chuireadh e stad air a' phoileasman bho bhith a' dol air a thòir. Bha e na bhònas dha gur e dòigh a bhiodh ann nàire a chur air an dòlas duine.

Nan deigheadh leis bha fhios aige gur e plana cunnartach a bhiodh ann. Ach b' e fear a shiubhail dhan grunnd is cha b' urrainn dha a dhol na b' ìsle. Cha robh dad ann a chuireadh eagal air: poileas, prìosan, no cùirt ann no às. Ach ciamar a rachadh leis? Dh'fhàg e an càr aige fhèin is shnàig e a-null do chàr a' phoilis. Le solas a' chàir fhathast a' priobadh cha rachadh fhaicinn leis an dithis sa chàr a bha air thoiseach air, cho fhad 's a chumadh e e fhèin sna failleasan. Mar a bha e an dùil bha doras-dràibheir a' chàir gun ghlasadh agus dh'fhosgail Seumas e dìreach gu leòr airson a ghàirdean a leigeil a-steach is rinn a chorragan sporghail gus an do lorg iad air an làr am bioran beag a bha iad a' sireadh. Dh'innis am brag bho chùl a' chàir dha gun robh an tanca air fhosgladh. Às dèidh dha a chorragan altachadh rud beag dhùin e an doras gu socair is dh'èalaidh e air ais dhan chàr aige fhèin.

Bha tanca càr a' phoileasmain fosgailte; bha cana peatrail falamh aig sa chiste fhathast, ach ciamar a gheibheadh e am peatral bhon dàrna tè dhan tè eile? Thàinig am fuasgladh thuige mar chomharra bho Dhia no freastal gun robh E a' cur taic ris a' ghnothach. Shuas ann am preas, ri taobh a' chàir, am measg nam botal plastaig is pasganan pàipeir, mhothaich e gun robh pìos tiùb air a chrochadh. Thug Seumas a-nuas e is leis a' chana aige san làimh eile bha e air ais aig càr a' phoileasmain. B' aithne do Sheumas gun robh siostam ann an càraichean ùra, bhalbh air choireigin, a chuireas stad air nithean bho faighinn a-steach dhan tanca, ach thàinig e thuige gum faca e bhidio Youtube uair no uaireigin a dh'innis dha mar a gheibheadh e seachad air a' bhacadh le tiùb caol righinn is beagan foighidinn. Shìn e an tiùb a-steach dhan toll is dh'obraich e greis air, ga thoinneamh is ga phutadh gus an do dh'fhairich e an gèilleadh a dh'innis dha gun robh e air a dhol am broinn na tanca. Chuir e ceann eile an tiùb eadar a bhilean is le tarraing fhada air theann am peatral air drùidheadh a-steach dhan chana, a' dèanamh fuaim mar dhileag. Thilg e a-mach am beagan peatrail a fhuair a-steach air a' bheul is a bha a' losgadh a theangaidh. Leis gun robh an tiùb cho tana b' ann gu mall a bha an cana ga lìonadh. Air eagal 's gun toireadh am poileasman sùil anns an sgàthan is gum faicte e chuir Seumas an cana am falach air cùl a' chàir is thill e dhan chàr aige fhèin greis. Nuair a bha e dhen bheachd gum biodh an cana làn rinn e air càr a' phoileasmain a-rithist. Chuir e snaidhm anns an tiùb mus do thill e aon uair eile dhan chàr aige fhèin is a-steach dhan tanca aige le toradh a shaothrach.

Mar as motha de pheatral a bhiodh anns a' chàr aigesan, is mar as lugha ann an càr a' phoileasmain 's ann as fheàrr. Thug e sgrìob eile a-null gu càr a' phoileis is chàraich e an tanca fon tiùb a-rithist. Bha e na shuidhe anns a' chàr aige fo sheun aig solais na trafaig san dol seachad is e na thuaineal a' meòrachadh air na bha gu bhith roimhe nuair shoillsich solais làraidh an tanca pheatrail air cùl a' chàir phoileis is a thug e an aire gun robh e a' cur thairis.

Dùghall

Bhon chiad latha a stob Dùghall a cheann fo bhonaid a' chàir còmhla ri athair 's e na chnapach cha robh latha air a dhol seachad nach robh comharra ola ri fhaighinn air a làmhan, fo ìnean no eadar preasan; a dh'aindeoin sgoladh is sgùradh. Bha Dùghall riamh math le einnseanan is a h-uile rud meacanaigeach. Cha robh e cho math air sgoilearachd is nuair a dh'fhàg e an sgoil gun teisteanas a b' fhiach cha robh roghainn aige ach gun rachadh e a dh'obair aig garaids bràthair-athar. B' ann nuair a chaochail uncail is a dhùin an garaids a lorg e obair mar mheacanaig a' siubhal nan rathaidean.

Ged a chòrd saorsa an rathaid ris an toiseach, bha an obair air fàs searbh dha o chionn greis. Bhon a chaidh a' chompanaidh aige a reic le investor mòr bhathar an dùil gun dèanadh e barrachd is barrachd obraichean anns nas lugha de thìde. Bu tric a bhiodh e a' faireachdainn mar nach robh e comasach dha a dhleastanasan a choileanadh mar bu mhiann leis. B' iad na saor-làithean banca na làithean a bu mhìosa buileach. Thigeadh na teobaichean a-steach nan tuil gun stad is bhiodh e daonnan air dheireadh. Chailleadh e ùine gun chiall air rathaidean tranga is nuair a ruigeadh e an obair mu dheireadh thall mar as tric b' e daoine am fìor dhroch thriom a bha a' feitheamh air.

B' ann bho bhoireannach ann an staid èiginneach a thàinig an gairm mu dheireadh is i na h-aonar ann am fois-làrach a rèir coltais. A bharrachd air seo bha an t-àite san robh i air a shlighe is cho-dhùin e gun rachadh e thuice mus frithealadh e air càch a bha a' feitheamh air. Ach a dh'aindeoin a dheagh rùn b' ann gu mall a bha e a' faighinn thuice. Stad, a' dol; stad, a' dol. Le gach stad chitheadh e an sreath de sholais breice 's iad a' sruthadh dha ionnsaigh gus mu dheireadh a thigeadh air fhèin stad, a' sìneadh na teachdaireachd ann an dearg dhan fheadhainn air a chùl.

Bha grèim teann aige air a' chuibhle-stiùiridh is na rùdain aige geal. Ann an oidhirp e fhèin a shocrachadh leig e às a ghrèim is shìn e làmh dhan chairt-phuist a bha air a chàradh air mullach an deas-bhùird. Shuath a chorrag ris an tràigh bhuidhe eadar am muir tuirceas is an t-adhar gorm gus an do ràinig e doire pailm aig ceann na tràghad, mar gur ann le bhith a' dèanamh seo gun rachadh a ghiùlain dhan àite. Is nan rachadh bhiodh e an uair sin a' toirt sgrìob suas iomall an t-sàile is na casan rùisgte aige a' sluaisreadh san uisge bhlàth gus an ruigeadh e am pìos talmhainn aig cùl na tràghad. B' e seo am pìos talmhainn a cheannaich e o chionn beagan bhliadhnaichean ann an Tobago, thall sa Charibbean, nuair a bha e san àite air làithean-saora. Thogadh e garaids bheag an seo a fhrithealadh muinntir an àite is luchd-turais. Cho fad 's a rachadh aige air tighinn beò cha bu mhòr am beud mas e gum biodh làithean sàmhach ann. Bheireadh e sgrìob bheag an uair sin sìos an ùtraid dhan tràigh le leabhar san dàrna làimh is cana leanna san làimh eile. Sin an t-àite dhan rachadh e nuair a bhiodh gu leòr a dh'airgead aige air a chaomhnadh sa bhanca 's a bhiodh e comasach dha cùl a chur ri obair. Bha an t-àm a' dlùthachadh air. 'S dòcha gun robh an t-àm ann; rachadh aige air tighinn beò air dòigh air choireigin.

Ach b' e an trioblaid as motha ann am beatha Dhùghaill agus an rud as motha a bha ga lèireadh na bhiodh e ris às dèidh latha obrach. Nuair a fhuair Dùghall lorg air 'Èibhleag' is apps eile dhen leithid o chionn beagan bhliadhnaichean bha e mar gun robh e air tuiteam a-steach gu saoghal an iongantais. Fhuair e a-mach gun robh feise le coigrich a' toirt faochadh dha bho obair is bho aonranachd. Ach b' ann gu math ealamh a dh'fhàs e gu bhith mar leanabh ann am bùth suiteis. Cho luath 's a bhiodh e air blasad air aon dhiubh bha e airson blasad fhaighinn air fear eile gus nach gabhadh a shàsachadh a dh'aindeoin àireamh de chèilean no gnèithean feise. Bha e air a bheò-ghlacadh is gun dol às. A-nis bha an dol-a-mach seo a' dèanamh a cheart uimhir de dhragh dha 's a bha obair; agus bha e a cheart cho aonranach. B' fhada bhon a chuir e roimhe sgur ach bha an fheòil lag.

Chaidh a' fòn-làimh aige dheth is thàinig dealbh troimhe; dealbh de ghlas-làimh is comharra-ceiste fòidhpe. Fhreagair Dùghall le samhla-gnùis is òrdag a' stobadh suas.

Bha e dhen bheachd nach robh na bheatha a-nis ach breugan; na breugan a bhiodh e ag innse dha fhèin no dha na cèilean aige, is na breugan a dh'innseadh e dhan obair aige. Thug e a-mach toitean bho a phòcaid is las e e. Breug eile. Bha e air innse dhan luchd-fastaidh aige nach robh e ri smocadh is fios aige nach robh e idir ceadaichte aig obair. Gu math clisg a gheibheadh e a' bhròg nam faigheadh iad a-mach. Thug e corra tharraing domhain air. Nuair a theann e ris an fhois-làrach b' e an Aston Martin a ghlac aire an toiseach. Chunnaic e gun robh am BMW beag snog air a phàirceadh pìos beag shuas an rathad is gun robh càr poilis air stad air a chùl, air adhbhar air choireigin. Bha àite bàn ann air beulaibh a' BhMW a bha dìreach mòr gu leòr airson a' bhana aige. Sin far an stadadh e. Dh'fhosgail e uinneag a' bhana is thilg e a-mach na bha air fhàgail dhen t-siogaireat aige.

Pàirt 2: An t-Slighe A-mach

Ruaraidh

Las taobh a-staigh a' BhMW aig Seonag le solas buidhe-orains. Bu lèir do PC Ruaraidh Grannd san sgàthan bàl teine, is e ag èirigh bhon chàr aige air a chùl gu ruige na speuran. Ge b' oil leis leig e sgreuch beag às. B' e an làmh aigesan a-nis a bha air chrith nuair a thog e an rèidio aige is a dh'èigh e a-steach ann 'Cùis èiginn! Cobhair a dhìth! Thathar a' toirt ionnsaigh oirnn! Mo chàr na smàl!'

Sheall Seonag air Ruairidh le sùilean ceasnachail. Cha deach facal eadar an dithis is lean sàmhchair a bha neònach. Bha na càraichean a bha rin taobh air an rathad air slaodachadh ach am faigheadh na bha nam broinn sealladh air an ùpraid. Bha sreath de dh'aodannan a' spleuchdadh orra san dol seachad. B' e srann fann an heileacoptair àrd os an cionn a' chiad sanas air an othail a bha gus leantainn. Chaidh dorchadas na h-oidhche fhuadachadh le spot-solais geal dallanach a' heileacoptair. 'Fanaibh far a bheil sibh!' ghairm guth neo-chorporra bho na speuran. Dh'fhiar an sòlas air falbh an uair sin gu ruige nan raointean mun timcheall is thuit dorchadas orra a-rithist, nas doimhne na bha e roimhe. B' e fuaim nan conachagan a-nis a chuir ris a' chòisreadh, is dh'fhàs an fhuaim mar orcastra a' ruighinn crescendo. San sgàthan bu lèir do Ruaraidh sreath de sholais a' boillsgeadh is iad nan deann suas a' ghualann chruaidh. Sgreuchail thaidhrean, brag dhorsan. Leum na poilis bho na càraichean is sgap iad air feadh an àite mar sgaoth speachan feargach.

Thàinig brag cruaidh air doras a' BHMW. Nuair a dh'fhàg Ruaraidh an càr is a dh'èirich e na sheasamh fhuair e e fhèin aghaidh ri aghaidh ri aodann sultmhor ruadh is dà shùil bhiorach ann a bha ga dhùr-choimhead. Bha ad air a bha sgeadaichte le stiallan geala. B' e sin agus na bha de stiallan air gàirdeanan an fhir a dh'innis do Ruaraidh cho àrd 's a bha an duine air a bheulaibh na dhreuchd. Thog Ruaraidh a làmh gu lethcheann a thoirt urram dhan duine.

'Na bi a' bodraigeadh le sin.' Thàinig guth ìosal ùghdarrasail bhon ghnùis ruadh. 'Innis dhomh mar a thachair.' Thuislich na faclan a-mach à beul Ruaraidh air muin a chèile. Dh'innis e dhan àrd-chonstabal, mar a b' fheàrr a b' urrainn dha, mar a bha duine fiadhaich, 's e gun chiall, mu sgaoil san nàbachd a bha a' feuchainn ri cur às dhaibh. Bha e air ionnsaigh a thoirt air a' bhoireannach is bha e a-nis air an càr aigesan a chur na theine. ''S cinnteach,' thuirt e, 'gun robh gnothach aige ris an Aston Martin aig cùl na fois-làraich a bha air a bhith, gun teagamh, air a ghoid'.

Cha tàinig ach gròc bho bheul an àrd-chonstabail mar fhreagairt mus do dh'fhalbh e.

Bha an teine air sìoladh a-nis a' fàgail fhaileasan smùide a dh'èirich gu h-athaiseach bhon chàr is fàileadh searbh, mùchaidh. Bha sgioba de cheathrar ann an deiseachan geala air nochdadh is theann iad ri mion-sgrùdadh air ablach a' charbaid. An ceann greis nochd làraidh tobhaidh is thugadh an càr air falbh air a muin.

Son a' chiad uair na dhreuchd dh'fhairich Ruaraidh mar gun robh e aig teis-meadhan aon de na movies gaoir-sgeòil a b' fheàrr leis, ach cha robh an gnothach idir a' còrdadh ris. Mar bu mhotha a lean cùisean, b' ann a bu mhotha a bha e a' faireachdainn dòrainn ag èirigh na bhroinn. B' e an aon rud math mu dheidhinn an t-suidheachaidh nach robh for aige a-nis air na bha a' feitheamh air aig an taigh; bha sin a-nis cho suarach dha an coimeas ris na bha a' dol mu thimcheall air. Dh'fhalbh co-dhiù leth-uair a thìde mus do thill an t-àrd-chonstabal gu far an robh Ruaraidh a-nis na sheasamh ri taobh a' chàir aig Seonag. Bha aodann fiù 's nas ruaidhe an turas-sa. Nochd an smaoin an inntinn Ruaraidh gun rachadh a chorrag a losgadh nam feuchadh e air beantainn ris.

'Lean mise! Tha mi ag iarraidh facal ort,' thàinig an guth ìosal. Lean Ruaraidh an duine gu dlùth, mar gun robh e ceangailte ris le teadhair, gu oir na làraich. Stad an t-Àrd Chonstabal air a bheulaibh na charragh neo-ghluasadach. 'Tòisicheamaid aig an toiseach is nam bithinn nad àite chumainn mo chlab dùinte. Chaidh sinn a bhruidhinn ris an 'duine chraicte', mas fhìor, am broinn an Aston Martin is dè fhuair sinn ach duine sgiobalta, duine modhail, tuigseach. Agus smaoinich, nach ann leis-san a tha an càr! A h-uile pìos pàipeir is teisteanas aige an òrdugh mar as còir a rèir nan clàraidhean againn. Chan eil rian gur esan a chuireadh an càr agad na theine. Gu dearbh, cha b' e.' Bha an t-Àrd-Chonstabal a' cagnadh gach facal na bheul mus tigeadh e a-mach mar gun robh e a' smuaiseadh gach pìoc blais asta. 'Tha e coltach gur e tubaist a dh'èirich dhuinn. Ach chan eil sin a' ciallachadh nach eil gnothach aig duine ris mar a thachair; nach eil duine ann a tha ciontach gu ìre bheag no mhòr.'

Dh'fhosgail Ruaraidh a bheul gus faighneachd cò. 'Dùinte, thuirt mi!' ghlamh an t-Àrd Chonstabal is e a' càradh corrag air a bhilean.

'Chan eil fhios fhathast dè dìreach a dh'adhbharaich an teine. 'S dòcha sradag no bun toitein bho charbad san dol seachad. Tha tòrr phlanntrais tioram ri taobh an rathaid gun luaidh air trealaich dhen a h-uile seòrsa. Bha pìos sgudal plastaig fon chàr a rèir coltais. Droch-thuiteamas chanadh tu ach 's ann nuair a thachras droch-thuiteamas le mì-chùram a thig cùisean gu droch-bhuil. Chaidh farbhail tanca a' chàir agad fhàgail fosgailte.'

'Bidh rannsachadh ann.' Le sin dh'fhàg an t-Àrd Chonstabal Ruaraidh na aonar; nas aonranaiche na bha e a-riamh na bheatha.

Seonag

Nuair a chrùb an t-oifigear òg eireachdail a-steach dhan chàr aice dh'fhairich Seonag an t-iomagain a bh' oirre a' traoghadh aiste is faochadh a' gabhail àite. Bha coltas laghach, earbsach air an daoine is snodha-gàire fialaidh air aodann. Thilg i stuth a h-obrach dhan chùl is rinn an duine suidhe ri taobh. Choimhead e gu dìreach na sùilean is dh'iarr e oirre innis dha mar a thachair. Nuair a thòisich na faclan ri taomadh às a beul cha robh i a-nis cho cinnteach asta. Le bhith a' coimhead air ais dh'aithnich i gun robh, 's dòcha, an t-eagal a bh' oirre gun mòran stàth. Dh'fhairich i na gruaidhean aice a' rudhadh.

Dh'èist an t-oifigear rithe gu foighidneach mar gun robh e a' toirt a-steach h-uile facal is làn earbs' aige sna bha i ag ràdh. Nuair a bha i ullamh thuirt e rithe gum feitheadh e gus an nochdadh fear na garaids is theann e ri còmhradh aotrom. Bha fhios aig Seonag gur e seo an dòigh a bh' aige air a socrachadh. Ach bha i coma; bha an dol-a-mach seo a' còrdadh rithe.

Nuair a chaidh an càr air an cùlaibh na theine is a leig am poileasman ri taobh sgreuch às chuir seo iongnadh oirre.

Ach b' e an rud a bu mhotha a chuir iongnadh oirre nach do ghabh ise eagal. Fhad 's a chaidh an ceòl air feadh na fidhle mu thimcheall oirre shuidh Seonag gu balbh a' coimhead air na bha a' tàrmachadh mar gun robh i a' coimhead air movie. Bha i air an taobh a-muigh a' coimhead a-steach. An àite an eagail a bu chòir dhi a bhith a' faireachdainn dh'èirich rud eile bho dhomhain na broinn, rud nach b' aithne dhi a bh' innte. B' e sin misneachd. Agus leis a' mhisneachd thàinig soillearachadh. Dhrùidh e a-steach orra, nan robh i airson atharrachadh a thoirt air a beatha, nach robh sin an urra ri càr no cuideachadh bho dhuine eile leithid a' bhuigneag poileasmain a bha air a dhol bho churaidh gu ciathalan am priobadh na sùla.

Nuair a dh'fhalbh am poileasman an cois an Àrd Chonstabail cha do thill e. B' e an t-Àrd Chonstabal a thill na aonar is a dh'fhosgail doras a' chàir. Bha e duilich mar a thachair thuirt e rithe. 'Sreath de thachartasan mì-shealbhach,' mar a chuir e an cèill e. Ach bha a' chùis seachad a-nis. Mus fhalbhadh e dh'iarradh e air a' mheacanaig coimhead ris a' chàr aice. Mura faigheadh e air a chàradh bheireadh e tobh dhi. Ghnog e a bhonaid is dh'fhalbh e.

Bha Seonag na h-aonar a-rithist ach b' e boireannach air atharrachadh a bh' innte. Cha robh i gus feitheamh air na bha an dàn do fhreastal dhi. Bha beatha a' feitheamh oirre. Bhiodh i a-mach à seo cho luath 's a ghabhadh is chan ann anns a' chàr shuarach, neo-earbsach aice a bhiodh sin. Bha an dithis aca seachad. Dh'fhàg i an càr is thog i oirre suas an làrach air a cois. Aig oir na làraich mhothaich i do chruth a bha air crith san dorchadas is fuaim dìblidh às.

B' e sin PC Ruaraidh Grannd na ghurraban is e a' gal mar leanabh.

Seumas

Nuair a chaidh càr a' phoilis na smàl air a bheulaibh cha b' e ciont a dh'fhairich Seumas ged a bha làn-fhios aige gur esan a bu choireach. Bha fhios aige nach robh am poileasman am broinn a' chàir is nach deigheadh duine a ghoirteachadh co-dhiù. Ged a chuir am bumailear ud cais air cha robh e airidh air dìoghaltas cho sgràthail ri sin. Ach neo-ar-thaing thug e beagan toileachais bhon ìomhaigh a nochd na cheann dhen phoileasman na shuidhe am broinn a' BHMW is sealladh a' chàir aige air ithe le lasraichean fa chomhair. Cha b' e eagal a ghabh e nas motha. B' e fearg an fhaireachdainn a dh'èirich ann ri linn na dàlach a b' fheudar dha fhulaing a-nis mus fhaigheadh e air falbh. Ged a thàinig e a-steach air teicheadh bha fhios aige gum fàgadh seo fo amharas e.

Fhad 's a bha e a' feitheamh thug e an cothrom an sgudal a bh' anns a' chàr aige a chartadh dhan bhion ri taobh a' chàir is a' chòrr dhen trealaich aige a chur anns a' chiste. Nuair a thàinig oifigear poileis gus a cheasnachadh fhuair e fear grinn, sgiobalta am broinn càr spaideil, glan. Thug e faochadh do Sheumas gun robh a chead-dràibhidh fhathast am broinn sporain far an robh e air a bhith na thàmh car ùine nuair a dh'iarr an t-oifigear air a shealltainn dha, is bha pàipearan a' chàir fhathast paisgte am broinn seotal nam miotagan. Nuair a chuir an t-oifigear a dh'iarraidh fios thar an rèidio aige mu àrachas, MOT is eile fhuair e brath gun robh a h-uile rud mar bu chòir. Thug Seumas taing gun robh e air na cùisean sin a chur air dòigh mus deach a bheatha bun-os-cionn. Dh'fhàg an t-oifigear soraidh leis gu modhail 's e a' nochdadh an t-seòrsa urraim dham biodh duine aig an robh Aston Martin airidh is dh'fhàgadh Seumas aig fois mar sin.

Bha cùisean air socrachadh is a' chuid as motha dhe na poilis air falbh nuair a nochd an t-aingeal air beulaibh Sheumais. Bha i mar ìomhaigh à nèamh a nochd à lasairean ifrinne; agus b' ann airsan a bha i a' dèanamh. Nuair a shoillsicheadh a gnùis ann an solas fann na trafaig b' aithne do Sheumas gur i tè a' BHMW. Mas e aisling a bh' ann cha robh Seumas airson dùsgadh. Dh'fhosgail e an doras.

'Bha mi riamh airson spin fhaighinn ann an Aston Martin,'

thuirt i. 'Am faigh mi lioft?

Mus robh cothrom aige freagairt leum am boireannach a-steach. ''S mise Seonag. Cò th' agam ri mo thaobh?'

'Seumas.'

'Seumas Bond, tha mi an dùil?'

'An dearbh fhear.' Rinn e snodha-gàire rithe a bha gòrach. 'Ciamar a tha thu co-dhiù? Às dèidh a h-uile càil a thachair, tha mi a' ciallachadh.'

'Shaken but not stirred!' fhreagair i is theann an dithis ri gàireachdainn mar leanabain.

Chaidh an gàireachdainn a bhàthadh le raoic ìosal bho v8 an Aston Martin is a-mach às an fhois-làraich a ghabh iad.

Dùghall

Nuair a thilg Dùghall am peacadh beag aige a-mach air an uinneig spreadh teintean ifrinn ri thaobh. Nan robh comharra rabhaidh a dhìth air mun dol-a-mach aige cha b' urrainn dha a bhith na bu shoilleire. Bha dà roghainn fa chomhair Dhùghaill a-nis; cumail a' dol mar a bha no dol a-steach dhan fhois-làraich is feitheamh air breitheanas. Thug e car dhan chuibhle-stiùiridh is stad e air beulaibh a' BHMW shnoig. Dh'fhosgail e uinneagan a' bhana greis gus na bha air fhàgail de thoit an t-siogaireit a leigeil mu sgaoil. Bha na h-uiread de cheò a' sgèith mun àite co-dhiù, smaoinich e, is gum biodh e duilich aithneachadh gun robh toit siogaireit idir ann. Anns na sgàthanan aige chitheadh e bloighean de na bha a' tachairt air a chùl; lasairean a' leum, is an ceann beagan ùine, boillsgeadh solais nan càraichean poilis, casan phoileasman a' ruith air ais is air adhart is solais an cuid bhiùganan 's iad a' siubhal na làraich.

Chunnaic e faileas a' phoileasmain a thàinig an taobh a bha e gus a cheasnachadh. Dh'innis e dha a h-uile rud dìreach mar a thachair, ach gun robh e air aon rud suarach fhàgail a-mach. Mar a bha e ga fhaicinn chan e breug a th' ann gun a bhith ag innse rudeigin. Gu fortanach bha am poileasman ullamh le cheasnachadh nuair a thàinig an teacsa gu Dùghall bho 'ghlas-làimh'. 'Cà' bheil thu?' Bha a' choinneamh aca air a dhol glan às chuimhne Dhùghaill. Chuir e teacsa air ais ag innse nach biodh e comasach dha tighinn ann idir. An àite am briseadh-dùil a bha e a' sùileachadh b' e faochadh a thàinig air. Sheatlaig e e fhèin air ais san t-suidheachan aige gus feitheamh.

Air a bheulaibh bha dealbh na tràghad air a' chairt-phuist a' priobadh anns na solais ga thàladh thuige. Cha b' urrainn do dh'ìomhaigh na tràghad ghlain fon ghrèin a bhith nas diofraichte bhon àite truaillte, ifrinneach san robh e. Carson nach robh e air imrich a-null roimhe, smaoinich e. Leis an fhìrinn bha gu leòr airgid air a bhith aige son greis a-nis, agus 's fhada bhon a dh'fhàs e searbh dhen chaitheamh-beatha aige fhèin. Bha fhios aige gur e eagal a bha ga chumail air ais. Bha eagal ron aineol ann, ach gu sònraichte b' e eagal ro aonranachd a chuir bacadh air. Bha e riamh dhen bheachd gum biodh cèile aige mus fhalbhadh e; ach cha tàinig cèile na rathad a mhair nas fhaide na seachdain no dhà. Bhiodh e nas miosa a bhith na aonar an dùthaich chèin far nach biodh fiù 's na caraidean aige ri làimh.

Chunnaic Dùghall sna sgàthain aige gun robh cùisean a' socrachadh air a chùl nuair a nochd àrd-oifigear an aodainn ruaidh ri thaobh a dh'fhaighneachd dheth an dèanadh e cobhair a-nis air tè a' BHMW. Ach nuair a theàrn e bhon bhana aige is a chaidh e a-null dhan chàr chunnaic e nach robh i ann.

Thionndaidh e gus innse dhan oifigear, ach bha esan a' falbh aig astar an cuideachd a' chorra phoileasman a bha air fhàgail. Abair gun robh deifir air an duine ud faighinn air falbh. Tro fhuaim na trafaig chluinneadh e sgiùgan tiamhaidh. Thug e sùil gu far an robh an fhuaim a' tighinn bho oir na làraich, is bu lèir dha truaghan an èideadh poileasmain. Choimhead aghaidh riaslach an truaghain suas ris. Cha leigeadh a chogais le Dùghall fhàgail is thug e fiathachadh dha dìreadh a-steach dhan bhana aige greis. A-staigh sa bhan theann am poileasman ri gal às ùr is a' cur às a chorp mu mar a bha bheatha seachad. Bha a bheatha-obrach seachad is bha a bheatha gaoil seachad; cha robh mòran air fhàgail.

Nuair a thachair an sùilean ri chèile las rudeigin eatorra, ris nach robh Dùghall an dùil, thuig e an sin gun robh an dithis aca a' tarraing air an aon ràmh. B' e gluasad dàna a bh' anns an ath rud a rinn Dùghall. Bha fhios aige air sin ach bha fios aige cuideachd nach robh dad aige ri chall. Chuir e ghàirdean mu ghualann an fhir ri thaobh is chuir e cagar na chluais, 'An robh thu riamh ann an Tobago?'

Air am beulaibh, aig ceann an rathaid bha grian ùr a' briseadh thar na fàire.

Saighdear an Fhortain

CHA DO MHOTHAICH duine seach duine don fhear gheal nuair a nochd e air iomall a' bhaile bhig aca 's e air muin baidhsagail. Mun tac seo den latha, air an fhionnairidh, bha a' ghrian a bha rè an latha na ball-teine foireigneach, a-nis a' meathadh is a' teàrnadh gu màirnealach tron sgleò air an fhàire. Bhiodh cuid de na boireannaich fhathast ag obair nan achaidhean beaga a bha sgapte mun bhaile is cuid eile anns an iodhlainn a' deasachadh bìdh; a' pronnadh casàbha no ag uallachadh èisg bheaga chnàmhach a bheireadh blas do stiubha na h-oidhche nochd. Bha cuid mhath de dh'fhireannaich a' bhaile air falbh sa bhaile-mhòr no thall thairis an ceann cosnaidh. Agus an fheadhainn a dh'fhàgadh aig baile, bhiodh iad an cuideachd nam bodach a' gabhail fasgadh bhon ghrèin anns an iodhlainn no cruinn còmhla fon chraoibh bhaobab is iad a' cnàmh na cìre. Bha clann an àite nan sgaothan a' ruith eatorra 's a' cur dragh air na h-inbhich.

Chàraich an duine am baidhsagal aige an taic preas sgòdach is lean e air, air chois, gu ruige a' bhaile. B' e am baidhsagal is am beagan aodaich is an teanta air a chùl a' chuid a bha air fhàgail aige dhen t-saoghal, agus sin mar a bha e ga iarraidh. Cha chanadh e fiù 's gun robh duine air fhàgail a bhuineadh dha. B' iomadh bliadhna bhon a dh'fhàg a bhean. Uair dhan robh an saoghal bha gaol neartmhor ann eatorra agus bha, co-dhiù aigesan dhìse, chun an latha an-diugh, ged nach canadh e sin ri duine sam bith. Ach cha b' e riamh càirdeas rèidh a

73

bh' ann agus bha fhios aige gur esan a bu choireach oir b' iad na deamhain aige fhèin a nochdadh an riochd dighe no feirge a chuireadh stad air bho bhith a' gabhail rithe ann an dòigh a bha iomchaidh no mar bu mhiann leis sna tamaill a bhiodh e air a bhàthadh an aithreachas dorcha. Fiù 's sna greisean a bha socair eatorra bhiodh na deamhain sin an làthair is iad a' dannsadh gu magach mu cheann. Bhon a dh'fhàs an dithis nighean aca suas cha robh adhbhar ann tuilleadh dhaibh bruidhinn ri chèile. Bha am beatha fhèin aig an dithis sin a-nis; Ishy pòsta shìos ann an Surrey is Suzy a' teagasg Beurla thall thairis ann an Korea a Deas. Ged a gheibheadh e facal orra corra uair air a' fon b' e an aon duan a bhiodh aca: 'Tha mi cho trang a Dhadaidh, thig mi a chèilidh oirbh nuair a bhios tìde agam. Uill 's mithich dhomh falbh a-nis.' Cha chuireadh e an coire orrasan, bha e airidh air an cuid dearmaid. Bha e toilichte gun robh beatha shoirbheachail aca agus, a rèir coltais, nach do lean na deamhain aige fhèin riutha.

Thog cù a bha na shìneadh san duslach sùil leisg dha. Thuit ceann a' choin air ais dhan ùir is dh'fhalbh e às ùr leis a' chadal. Cha robh san latha a th' ann fiù 's de làthaireachd aig an duine mheadhan-aoiseach, mheadhanach àrd a thogadh aire coin smaoinich e. Nuair a landaig e san dùthaich o chionn dà mhìos bha a chraiceann geal, bog is bha mionach air. Ach an ùine gun a bhith fada bha am mionach air falbh is a chraiceann air a dhol ciar-dhonn, tioram is preasach. Cha b' ionann an duine seo is an duine òg sgairteil a nochd san dearbh bhaile trithead bliadhna roimhe.

An dùil an aithnicheadh e gin de na daoine? Bhiodh na daoine a bha nan inbhich an uair sin nan cailleachan is nam bodaich a-nis; sin nan robh iad fhathast beò oir sa chumantas chaochladh muinntir an àite mun aois a bha e fhèin. B' ann gu h-obann a bhris an t-sìth nuair a nochd buidheann de chloinn mhireagaich aig ceann an rathaid is a dh'èirich an cuid iolaich.

Mzungu! Mzungu!

Gu h-ealamh bha iad air dòmhlachadh mu thimcheall air,

braoisgean is sùilean cruinne a' coimhead suas ris gach taobh dheth. A' chiad uair a thachair seo chlisg e, ach a-nis bha e cleachdte ris, oir 's e an aon rud a thachradh sa h-uile baile dhan deigheadh e. Chòrd e ris a bhith a' faicinn clann bheothail, aoibhneach oir an turas mu dheireadh a bha e anns an dùthaich 's gann gum faca e pàiste idir oir bhiodh iad air am falach. An fheadhainn a chunnaic e, bhiodh iad crùbte ann an oisean is eagal nan sùilean. Thug e a-mach dòrlach shuiteas bho phòcaid. Thug e fear an toiseach don nighinn a bu bhige aig cùl na buidhne is e a' toirt snodha-gàire fialaidh dhi aig an aon àm, is an uair sin fear do gach fear is tè bhon fheadhainn a b' òige suas dhan fheadhainn a bu shine is a bu bhragaile. Le suiteis nam beòil sguir an èigheachd. Rug fear de na gillean air làimh air le làmh dhustach is threòraich a' bhuidheann e suas an aona shràid ùrach a lean eadar na taighean iriosal aca a bha air an aon dath ris an ùir mar gun robh iad air èirigh às an talamh. Aig ceann na sràide sheas craobh Bhaobab thomadach na freiceadan air a' bhaile. Thug a' chlann a dh'ionnsaigh na craoibhe e gu far an do thàrmaich buidheann bhodach às an fhaileas is iad nan suidhe air froiseadh shèithrichean plastaig. Dh'èirich am fear a bu dlùithe air na sheasamh a chur fàilte air. Rug e air làimh air.

'Myo weba.'

'Myo weba, Udi bishi? Mulu Kayi?'

Bha e na chleachdadh am measg nan daoine seo, chan ann a-mhàin a bhith a' cur seachad beagan tìde a' faighneachd mu chor càch a chèile ach cuideachd cor an teaghlaichean, cor a' bhaile dom buineadh iad, mar a bha buain is fàs is mar sin air adhart mus rachadh còmhradh àbhaisteach air adhart. Bha e air na faclan iomchaidh a ghleidheadh an cùl inntinn gun fhiosta dha gus an tàinig iad am bàrr nuair a bha feum aige orra. Bhon a bha e air nochdadh san dùthaich às ùr bha e air lìomh is gleus a chur orra gus a-nis shruth iad bho bhàrr a theangaidh gu siùbhlach. Chòrd sin ris na fireannaich a rèir a' ghàire a thug iad dha is mar a bha iad a' gnogadh an cinn.

Airgead. B' e sin pàirt dhen adhbhar a thàinig e dhan àite

na òige oir bha an t-airgead math. Ach cha b' e seo am prìomh adhbhar. Bha fios aige co-dhiù nach robh an t-airgead a chaidh a ghealltainn dha fiù 's cinnteach. B' e euchd is dànachd a bha e ag iarraidh.

Na bhalach bha e air a bhith beò air comaigean is filmichean cogaidh is gillean-cruidh mar a bha a h-uile balach beag eile sa bhaile bheag mèinnearachd san deach a thogail. Cho luath 's a bhiodh latha na sgoile seachad, siud e a-mach às an èideadh-sgoile is e a' ruith ris a' ghràisg is gunna mas fhìor nan làimh; maide no pìos meatailt no ge bith dè bha ri làimh is iad an tòir càch a chèile tro na sràidean no mu na torran treamsgail. Feumaidh gun do chuir e às dhan a h-uile caraid sgoile aige co-dhiù mìle turas. Cha robh dad fa-near do ghin dhiubh an uair sin ach a bhith nan gaisgich le gunna nan làimh. Ach bha an fhìrinn daonnan na seasamh os an cionn an cruth crann dorcha na mèinne aig ceann an t-sluic a shluig an athraichean mar a shluig e an athraichean romhpa is mar a shluigeadh e iadsan. Nuair a thilgeadh e iad às aig deireadh am beatha cha bhiodh mòran air fhàgail dhiubh. Ach cha rachadh am bruadar a smàladh ann gu tur oir cha b' esan an seòrsa balach a bha gu bhith a' cur seachad a bheatha fo bhraighdeanas dùil no na ginealaichean a dh'fhalbh is theich e cho luath 's a bha e a-mach às an sgoil.

Ach bliadhna de shiubhal chosnaidhean cugallach le pàigheadh ìosal nan cois agus a' fuireach ann am fàrdaichean mì-chàilear, chuireadh sin duine sam bith droil. Ro cheann na bliadhna thug e a-mach an aon roghainn a bha air fhàgail aige, mar a bha e ga fhaicinn, is ghabh e dhan an arm. Chòrd e ris a bhith mar phàirt de theaghlach san arm is rinn e gàirdeachas ris a' chuideachd a bha air a bhith a dhìth air bhon a dh'fhàg e am baile. Ach nan robh e an dùil ri triall is sabaid cha b' e seo a fhuair e ach tòrr trèanaidh is uairean gun chiall air raon a' phairèid. Nuair a thug caraid dha cuireadh tighinn còmhla ris gu taobh a-staigh dorcha Afraga gu dùthaich le ainm nach cuala e riamh roimhe cha b' e ruith ach leum.

Nam biodh fhios aige gum pàigheadh e le anam. Cha robh eòlas aige air fìor ghnè cogaidh no mar a thèid mial-choin a' chogaidh a leigeil mu sgaoil is nach tèid an sàsachadh gus am faigh iad grèim air is a bheir iad am follais droch-nàdar gach duine a tha an sàs ann. Bha eud aige riamh on a thill e dhachaigh ris an fheadhainn a dh'fhuirich aig an taigh is nach do chuir eòlas air an dorchadas a thàmhas taobh a-staigh gach duine.

Nochd na fireannaich eile às an fhaileas a' sìneadh an làimh thuige. Le fàilteachaidhean mu dheireadh thall seachad chaidh a threòrachadh a-steach gu iodhlann far an tug na daoine air suidhe còmhla riutha an sin. Chuir cuideigin coire air a' phràsair. Bha briathrachas a' choigrich caithte a-nis is bhathar a' cumail a' chòmhraidh a' dol tro mheasgachadh de Bheurla bhriste is Frangais. Bha iad an impis ithe, thuirt am fear ris an do choinnich e an toiseach a bha na cheannard air a' bhuidhinn a rèir mar a bha càch a' leigeil leis bruidhinn às an leth. Am biodh e cho math fuireach is ithe còmhla riutha? Chuireadh e iongnadh air uair is uair cho fialaidh 's a bha na daoine a dh'aindeoin an cuid bochdainn is na dh'fhuiling iad. Cha robh e airson dad eile a thoirt bhuapa is dhiùlt e, ag innse dhaibh gum biodh aige ris an teanta aige a chur suas mar leisgeul gus nach gabhadh iad mar oilbheum e. Ach ghabhadh e cupa tì còmhla riutha thuirt e. Thàinig barrachd dhaoine a-steach gus sùil a thoirt air is a cheasnachadh, mun dachaigh aige, mu phoilitigs na dùthcha, mu chuid siubhail is mu spòrs; gu sònraichte mu bhall-coise. Thuirt cuideigin gun robh e a' leantainn Celtic. Dh'fhalbh an duine sin is thill e le seann lèine Celtic robach air. Theann a h-uile duine ri gàireachdainn.

Cha b' aithne dha duine nam measg agus, a rèir coltais, cha b' aithne do dhuine acasan esan na bu mhotha. Ach bha e mothachail gun robh cailleach a bha na seasamh a' pronnadh chasàbha a' cumail sùil air. Thug e sùil oirre. Chùm i oirre a' pronnadh is cha do thionndaidh i bhuaithe mar a bhiodh boireannaich an àite sa chumantas ach lean i oirre a' geur-choimhead na shùilean. Bha sgeulachd beatha na dòrainne sgrìobhte am preasan a h-aodainn ach, ged a bha i crùbte bha neart anns gach buille a thug i leis an smiste mhòir. Thàinig e thuige an uair sin, oir dh'aithnich e an fhearg sin na sùilean. B' e seo an dearbh ìomhaigh a bha glacte an cùl inntinn, oir stad tìm an latha ud is bha e air bhith beò sa mhionaid ud bhon uair sin. Ise a' coimhead airsan le fearg na sùilean. Cha b' e fearg ris an robh e an dùil no na bha e ag iarraidh an uair sin. B' fheàrr leis gur ise a bha a' faireachdainn an eagail agus nach b' esan. Dh'fhairicheadh e fhathast mar a ghreimich a làmh air meatailt chruaidh a' ghunna.

An-diugh cha robh dad aige leis an cuireadh e dìon air fhèin. Bha e lomnochd ro bhreitheanas mar gum biodh. Nan robh i airson cur às dha dhèanadh i gu clis e oir bha sgianan nan laighe làimh rithe is machette air a stobadh a-steach gu stob craoibhe ri taobh. Le grad leum bhiodh faobhar mu amhaich no air a shàthadh fo asnaichean a-steach gu a chridhe agus esan na shìneadh san duslach a' sileadh na fala mar ghobhar ìobairt air latha-fèille. No le sanas bhuaipe an cluas nam fireannach bhiodh iad uime ga reubadh na stiallan. Bha e leigte ri freastal. Dh'aom e cheann.

Bha a h-uile rud air tachairt cho luath an latha ud. Cha chanadh e gur e co-dhùnaidhean a rinn e oir cha robh tìde ann a cheadaicheadh co-dhùnaidhean, dìreach gluasadan neo-thoileach, mar a nì ainmhidhean ann an suidheachaidhean cunnartach. Gluasad beag san oisean. Daoine a' ruith mu thimcheall. Èigheachd is sgreuchail. Air ais aig a' champa an oidhche sin is truinnsear stiubha na làimh an tac teine cha do smaoinich e mòran mu na thachair. B' ann tro na mìosan is na bliadhnaichean a bha e air ithe a-steach air. Bha na smaointean buaireasach air fàs nas miosa buileach nuair a bha clann aige fhèin.

Cha tàinig a' bhuille. Dh'èirich a shùilean às ùr ri sùilean a' bhoireannaich. Bha an fhearg fhathast annta ach air cùl sin bha sgìths; agus rudeigin eile. An e truas a bh' ann? An aithne 's dòcha gun robh an dithis aca air an ceangal, ge b' oil leotha, le rud oillteil a thachair ann an eachdraidh; gun robh an dithis aca air fulang ri linn. 'S dòcha gur e sin dìreach na bha e ag iarraidh fhaicinn. Dh'èirich e ag ràdh ris a' chuideachd gun robh an t-àm aige falbh nan robh e gu bhith a' faighinn air an teanta a chur suas ro bheul na h-oidhche. Thug e taing dhaibh is thog e air a-mach às an iodhlainn le sgaoth chloinne a-rithist na chois. Aig iomall a' bhaile thug e suiteas eile dhan a h-uile pàiste is chùm e air gam fàgail air a chùl. Sin am baidhsagal aige fhathast na thàmh an taic a' phris far an do dh'fhàg e e. Ach cha do bhean e ris. Chùm e air air chois a-mach gu farsaingeachd na dìthreibh is na camhanaich.

***

Beagan mhìosan nas fhaide air adhart is chuir e iongnadh agus toileachas air muinntir a' bhaile nuair a nochd an t-airgead gus ionad-slàinte a thogail, oir cha robh fhios aca cò às a thàinig e. Ach bha fios aig aona chailleach. B' ise a chuir an t-iarrtas gum biodh an t-ionad air ainmeachadh air balach a chaidh às an rathad nuair a thàinig an aimhreit dhan bhaile aca o chionn trithead bliadhna.

Linne Dhomhain

Nuair a chaochail m' athair cha robh mi ga ionndrainn mar bu chòir, no mar bu dual. Bha sinn dlùth dha chèile, ceart gu leòr, is rinn sinn a h-uile rud a tha gnàthach do dh'athair is mac. Is iomadh greis shona a chuir sinn seachad, is sinn a' breabadh ball mun ghàrradh cùil, a' togail mhodailean no ag iasgach còmhla. Tha na seann fhotografan ann mar dhearbhadh air sin 's iad air an tasgadh ann am bogsaichean plastaig. Mise is esan taobh ri taobh; air an tràigh no ri taobh amair-snàimh air làithean-saora; mise le ball nam làimh no dèideag; an latha a ghlac sinn biast de dh'iasg; sinn ri taobh eathair, braoisg air m' aodann is corp fleòidhte a' chreutair bhochd sìnte thar mo ruighean is na sùilean falamh cruinn geal aige a' coimhead suas dhan chamara. Mise aig diofair àirdean a rèir nam bliadhnaichean bho bhith nam chnapach aig àirde glùin m' athar gus an robh mi nas àirde na esan sna fotografan mu dheireadh.

Bha daonnan an aon fhiamh air aodann; fiamh-ghàire mhodhail nach do nochd na faireachdainnean a bha air a cùl. Nan rachadh aodann a ghearradh bho aon dhealbh is a chur air muin deilbh eile cha mhòr gum mothaicheadh tu an diofar mura b' e gun robh fhalt a' sìor-fhàs nas gainne.

Thàinig e a-steach orm gur e an rud a bha mi ag ionndrainn a' phàirt a chluich m' athair nam bheatha is nach e an duine fhèin. Ach nuair a smaoinich mi mu dheidhinn bu bheag an t-iongnadh sin. Cha b' aithne dhomh cò e an duine.

***

Seachd mìosan bhon a chaochail athair Chaluim MhicAlastair nochd e ann an Eilean Arainn.

Bhiodh an t-eilean na shìneadh an àiteigin a-muigh an siud taobh thall na h-uinneige. Ach b' e an aon rud a bu lèir do Chalum MacAlastair balla geal dìobairteach de cheò. Bhon gheal nochd boinneagan uisge air an tilgeil air aghaidh na glainne. B' ann mar sin a bha e air a bhith na sheasamh fad greis a-nis le a làmhan air an t-sòla is e air a bheò-ghlacadh leis na boinneagan. Ghlacadh tè mu seach a shùil ga tarraing air a slighe sìos; gu seachranach, mall aig an toiseach gus an tachradh i ri deur eile is a dh'fhalbhadh iad nan stiall chun a' bhuinn.

B' e an oiteag fhionnar air gaoisidean a ghàirdeanan a dhùisg bhon tuaineal e is thionndaidh e air ais gu seòmar-leapa a' Bh&B; dhan phàipear-balla dhìtheanach is fàileadh blanndaidh mìle bhracaistean a dh'fhalbh. Leis gur e deireadh seusan na turasachd a bh' ann cha robh aoigh eile a' gabhail còmhnaidh san aitreabh agus b' e an aon fhuaim a chluinneadh e tro chrònan na gaoithe air an taobh a-muigh, brunndail socair telebhisean nan sealbhadairean bho shìos an staidhre.

Chlisg Calum ron duine a nochd san sgàthan san dol seachad; bha coltas cho claoidhte, sean air. Ged a b' fheàrr leis gun a bhith a' gabhail ris gur e duine leth-shean a bh' ann cha diùltadh e teachdaireachd an sgàthain. Ach nas miosa na sin, b' ann mar a bha coltas athar a' laighe air a-nis; mar a bha fhalt a' tanachadh san aon dòigh 's e a' maoladh aig na cnuacan is mar a bha sgraing dhomhain bhuan air nochdadh eadar a mhalaidhean.

Chuir e cùl ris an sgàthan is aghaidh ri sealladh mì-sgiobalta a chuid aodaich fhliche a bha e air a shìneadh air gach pìos àirneis san t-seòmar. Ged nach robh ann ach deich mionaidean de choiseachd eadar am port-aiseig is an leabaidh is bracaist chaidh a bhogadh. Bha fhios aige gun robh an iomairt aige faoin is nach dèanadh teasadair-dealain suarach an t-seòmair mòran feum dhaibh. Gus e fhèin a chumail blàth dhìrich e a-steach dhan leabaidh aige is shlaod e a' chuibhrig ma thimcheall. Ghluais e a làmh fon phlangaid, a-steach do phòcaid a lèine gus an do rug a

chorragan air a' bhad pàipeir chnapach is tharraing e a-mach e.
Dh'fhosgail e am pàipear is thog e a-mach an fhàinne-chluaise a
bha na bhroinn is chàraich e air bòrd na leapa i gu cùramach leis
a' phìos pàipeir ri taobh. Air a' bhileag bha bàrdachd sgrìobhte
le làimh-sgrìobhadh cuimir.

*That I did always love
I bring thee Proof
That till I loved
I never lived enough*

*That I shall love alway
I offer thee
That love is life
And life hath immortality*

*This, dost thou doubt, sweet
Then have I
Nothing to show
But Calvary*

Aig bonn an dàin bha teachdaireachd ann, sgrìobhte le làimh
nas neo-fhoirmeile.

*Cha bhi fàinne-chluaise slàn às aonais cèile. Cha bhi mise
slàn às d' aonais. Glèidh seo, mo ghaoil, gus am bi sinn còmhla,
slàn a-rithist. Aig deireadh na teachdaireachd bha an litir – R.*

B' e sin a thug dhan àite e.

Bha e an dùil ri leughadh bhon leabhar aige a bha air a chur
air a' bhòrd leapa ri thaobh, ach ann an ùine nach robh fada
bha a shùilean dùinte.

* * *

*B' aithne dhan a h-uile duine m' athair mar fhear-teaghlaich
coileanta. Rachadh e a-mach a dh'obair a h-uile latha-seachdain,*

chuir e airgead mu seach, chaomhain e. Gach sgillinn a bha air fhàgail aige chuir e gu ruige sunnd àil is cha robh riamh dìth ormsa no air mo dhà phiuthar. B' e duine dìleas dealasach a bh' ann bho nach cluinnte gearan. An latha a chaochail mo mhàthair b' esan a chuir a h-uile rud air dòigh is ged a thuirt e gun robh toll mòr na bheatha lean e air.

Nuair a ghluais e a-steach gu còmhnaidh dìdeanach cha robh rùm ann ach airson nan rudan a bha luachmhor dha; teilidh, rèidio, a' chathair-uilne a b' annsa leis, am bòrd-sgrìobhaidh, bogsaichean nan dealbh is trealaich eile a bhiodh riatanach dha. A-nis, is e air eugadh cha robh luach annta idir. Bha fhios agam gum bu chòir dhomh a bhith air an toirt seachad do bhuidheann charthannais no aon de na companaidhean a bhios a' clìoradh thaighean ach cha b' urrainn dhomh. Bha mi a-mach is a-steach às an rùm aige a' rùrachadh tromhpa fon leisgeul gun robh mi gan sortadh a-mach is fios agam gur e an aon rud a b' fhiach gleidheadh bogsaichean nan dealbh anns am biodh ùidh 's dòcha aig a' chloinn agam fhèin latha-eigin. Bha mi a' sireadh rudeigin gun fhios agam dè a bh' ann, no fiù 's gun robh mi ga dhèanamh.

B' e an latha ron cheann-latha a bhiodh agam ri flat m' athar fhàgail a chuir mi fios dhan Chrois Dheirg a dh'iarraidh orra an stuth a thogail. B' ann an uair sin a fhuair mi e. Bha mi air drathair a' bhùird sgrìobhaidh a thoirt a-mach gus fhalamhachadh. Shìn mi mo làmh a-steach don bheàrn ach an do thuit dad air cùl an drathair is bhean mo chorragan air a' phìos pàipeir le oibseact cnapach na bhroinn.

* * *

Nuair a dhùisg Calum bha e fhathast na aodach làitheil. Bha am bracaist 'Full Scottish' a fhuair e mar fhàileadh an àite air a thoirt beò, is sguab e sìos e le grunn chupannan cofaidh lag. B' fheàrr leis ithe na aonar ach cha b' e sin a bha fa-near do bhean an taighe a dh'itealaich mu thimcheall air mar chuileag leantalach. Leis gur esan an aon aoigh fhuair e làn a seanchais:

mun aimsir – dona; staid nan aiseagan – truagh; is cho taingeil
's a bha i gu bheil deireadh an t-seusain a' teannadh dlùth is
gun robh i gu bhith a' faighinn cuidhteas luchd-turais son greis.
Fhuair e air siabadh air falbh nuair a dh'fhalbh i dhan chidsin is
bha e a-mach an doras mus robh cothrom aice greimeachadh air.

Shìn Calum a làmh a-steach gu pòcaid a lèine gus dèanamh
cinnteach gun robh an fhàinne-chluaise fhathast ann is thog e
air taobh a' chladaich gu ruige an taigh-tasgaidh ionadail taobh
thall a' bhàigh. Bha e air tighinn a-steach air gur e seo an aon àite
dhan rachadh e. Cha b' urrainn dha dìreach a bhith a' gnogadh
air dorsan muinntir an àite. Leis gur e cùis a bhuineadh dhan àm
a dh'fhalbh, nach e taigh-tasgaidh an t-àite a bu fhreagarraiche
gus a shireadh a chur air bhonn?

Bha an ceò air a sgiort a thogail gus na roinnean ìseal dhen
eilean a nochdadh ach bha na beanntan greadhnach a gheall
an t-sanasachd dha fhathast air fhalach. Thug e a-mach an
ceum fiar a dh'iadh creag is boglach tron bhann eadar muir is
sgòth. A-mach air goilearaich nan eun air an do chuir e ruaig,
is monmhar na fairge bha an t-àite na thàmh gun duine ri
fhaicinn is b' e an aon fhianais gun robh duine beò san àite
idir brunndail a' chorra chàir aig astar. Nuair a ràinig e an
taigh-tasgaidh bha e a cheart cho sàmhach. Bha uisge fhathast
a' sileadh bhon innealraidh àiteachais àrsaidh ann an iodhlann
an t-seann thaigh-tuathanachais a bha a-nis na dhachaigh don
taigh-tasgaidh.

Dh'fheuch e air an doras is fhuair e glaiste e. Dh'fhairich e
tonn de theagamh mun ghnìomh aige a sguab tro a chorp. Thuit
a chridhe na b' ìsle nuair a mhothaich e don t-soidhne ag innse
dha gun robh an t-àite a-nis dùinte son an t-seusain. Ciamar
a b' urrainn dha a bhith cho gòrach 's nach do smaoinich e
air sin? Ach bha e air a bhith cho beò-ghlacte leis an iomairt
aige, mar eathar beag ann am bras-shruth, is nach robh e
a' smaointinn gu rèidh.

Nuair a thionndaidh e gus falbh thàinig lainnir dòchais air
ais thuige. Bha solas air anns an rùm gu h-àirde. Ghnog e gu

dian air an doras agus b' e faochadh mòr a-nis a shruth troimhe nuair a chuala e na ceuman brisg 's iad a' tighinn sìos staidhre. Nuair a dh'fhosgladh an doras fhuair e cailleach thana le falt liath na bhuna air a bheulaibh.

'Tha mi duilich; tha sinn dùinte.' B' iad sin na faclan loma a thabhainn i dha.

Chuir e air na sùilean grìosach a b' fheàrr a bh' aige is theann e ri mìneachadh mu na mìltean mòra a shiubhail e gu bhith na sheasamh an seo. Bhogaich an tuar righinn aig a' bhoireannach rud beag is bha fhios aig Calum gur ann leis-san a bha làmh-an-uachdair. Sheas i gu aon taobh ga leigeil a-steach is i a' sìneadh a làimhe an comhair na staidhre air am beulaibh. Aig mullach na staidhre fhuair e e fhèin aig ceann trannsa le sreath de sheòmraichean beaga air gach taobh dheth. B' iad sin na h-oifisean is na tasglannan aig an taigh-tasgaidh; bha na seòmraichean-taisbeanaidh shìos an staidhre fòdhpa, mhìnich an neach-iùil aige. Anns gach seòmar bha aon duine fa-leth mar bhall-sampaill ann an cèis. B' iad sin cuid den chomataidh. Thug a' chailleach iomradh air na dreuchdan aca san dol seachd. Neach-cunntais – tè bheag an-fhann; am fear a bha an urra ri obair-chàraidh – àrd le tuar fallain ruadh; rùnaire – tè aighearach le broilleach a bha anabarrach mòr; an cathraiche – fear maol le mionach a bha anabarrach mòr. Bha iad uile suas ann am bliadhnaichean mar a bha ise, daoine a bha air an obair fhàgail is a bha a-nis gan cumail fhèin trang le obair shaor-thoileach. Ged a bha an taigh-tasgaidh a-nis dùinte bhiodh iad fhathast a-mach 's a-steach gach latha gus cùisean a rèiteachadh is a stòradh ron gheamhradh.

Fan comhair aig ceann eile na trannsa bha doras le leòsan trìd-dhoilleir is am facal 'Prìomh Thasglann' sgrìobhte fodha. Na bhroinn bha an tasglannaiche, banrigh na tasglainn, na suidhe san rìgh-chathair aice air cùl coimpiutair is i air a cuairteachadh le sgeilpichean làn seann leabhraichean is faidhlichean. Thug i sùil cheasnachaidh air Calum thar nan speuclairean aice. Bha coltas seann thidseir-sgoile oirre; gramail ach coibhneil. Rug e air làimh oirre is ghabh e suidhe san t-sèithear a chaidh a chomharrachadh dha.

Thug e seachad ainm dhi.

Chuir na cuibhlichean an inntinn na mnà corra char eile mus tug i sùil fhiar, mhì-riaraichte air mar gur e freagairt cheàrr a bh' ann. 'Chan fhaic mi buinteanas aig an ainm sin ris an eilean.'

'Tha fhios nach eil. Am bu chòir dha fear a bhith ann?'

Rinn i siot-ghàire, 'Gabhaibh mo leisgeul. 'S e an cuid sinnsireachd a bhios a' chuid as motha de na daoine a thig tro ar dorsan a' sireadh. 'S e an obair a th' agam a bhith a' toirt dhaibh an àite dhligheach a th' aca ann an sloinneadh ar n-eilein. Tha sinn uile nar snàth ann am brat mòr. 'S e mo shonas a bhith a' fighe dhaoine eile a-steach dhan bhratach.'

'Co-dhiù. Dè ur gnothach-sa rinn?'

Dh'aithris e an sgeulachd a bha deiseil aige na cheann.

'Tha mi an sàs ann an obair-rannsachaidh do bhuidheann sgrùdaidh neo-eisimeileach mu bhàthaidhean ann an sgìrean dùthchail. Tha sinn airson barrachd fhaighinn a-mach mu dè a b' adhbhar dhaibh is nam b' urrainn dhaibh a bhith air an seachnadh. Tha mi a' siubhal fios mu tè a chaidh a bhàthadh an seo o chionn caogad bliadhna; Ròs NicNaois.'

Cha robh e cleachdte ri breugan innse ach cha ghabhadh an fhìrinn innse.

* * *

Dh'fhosgail mi am pàipear a fhuair mi aig cùl an drathair air mullach a' bhùird. Na bhroinn bha fàinne-chluaise, dìreach aon dhiubh, gun chèile. Thug mi seachad ùine mhòr ga coimhead. Bha mi air rudeigin a lorg, ach thog e barrachd cheistean na fhreagair e.

A rèir mar a bha an t-òr air a dhol doilleir b' e oibseact sean a bh' anns an fhàinne-chluaise, A dh'aindeoin gur e pìos ealanta a bh' ann cha chanadh tu gun robh i bòidheach. Bha i ann an cumadh sgèithe am broinn cearcaill le coron os a cionn is air

*a feadh bha measgachadh de leugan dhen a h-uile dath air an
seatadh san òr; clach rùbaidh air dath na fala san sgèith air a
cuairteachadh le clachan striopach liath is clachan riabhach
buidhe is smàrag. Mar nach robh sin gu leòr bha an seudair air
clach orains-bhuidhe a sheatadh aig a' bhonn. Dhearbh an dàn
anns an robh i paisgte gur e cùis gaoil a bh' ann.*

*Air dhomh tilleadh dhachaigh phaisg mi an fhàinne-chluaise
sa phàipear a-rithist is chuir mi air cùl drathair e anns an taigh
agam fhèin an oidhirp a cur às mo cheann; ach b' e oidhirp gun
fheum a bh' ann. Bha a làthaireachd gu leòr gus mo bhuaireadh.
An ceann greis bha i a-mach 's a-steach às an drathair, is mi
a' feuchainn ri lorg fhaighinn air na tùsan aice, le taic bho
Ghoogle. Bha mi iomadh uair air mo bhogadh le solas fann
a' laptop agam sa chùlaist cùl an t-seòmar-leapa againn,
ceann eile an taighe bho mo bhean. 'S ann tha thu air inneal
na mallachd ud gun sgur na làithean-sa,' chanadh i rium aig
deireadh na h-oidhche. Aig amannan b' iad sin cha mhòr na
h-aon fhaclan a rachadh eadarainn. Ach bu choma leam sin,
bha mi air mo bheò-ghlacadh, is bhithinn mar sin gus am biodh
soillearachadh agam.*

*B' e an aon tuairmse a bh' agam an litir R a bha sgrìobhte aig
bonn an dàin, rud nach biodh gu mòran feum, aig an toiseach co-
dhiù. Bha mi dhen bheachd gum biodh barrachd cothruim agam
leis an fhàinne-chluaise. Bu chinnteach e nach biodh a samhail
ann is thug sin beagan dòchais dhomh gun robh a cèile ri lorg
an àiteigin. Fhuair mi a-mach an toiseach mar a leughainn na
hallmarks is thog mi orm air an t-slighe seilge fhada a bheireadh
suas is sìos mi. Fhuair mi a-mach gun deach an fhàinne-chluaise
a chruthachadh le ceàrdach bheag ann an Dùn Èideann eadar
1860 is 1880 – suas; a rèir coltais bha seudraidh dhen aon
seòrsa meadhanach pailt aig an àm – sìos; bha luach anns na
pìosan agus leis gur e pìos òir a bh' ann cha robh e coltach gun
rachadh a thilgeadh a-mach, a dh'aona-ghnothach co-dhiù –
suas. Chaidh mi tro chlàraidhean thaighean nan reicean-tairgse
gus an robh deilbh seudraidh a' nochdadh nam bhruadaran.*

Uaireannan, nuair a dhùininn mo shùilean, nochdadh ìomhaigh cailèideasgoip le coimeasg leugan a' cur charan mu mo cheann. Lorg mi grunn phìosan dhen aon seòrsa dreach 's iad uile gu dòigheil fhathast leis na cèilean aca ach cha do lorg mi ise – sìos rud beag nas fhaide. Fad na h-ùine bha làn fhios agam nach robh rian nach biodh i fhathast na laighe aig bonn bogsa no drathair is nach fhaighinn lorg oirre gu bràth. Bhiodh duine nas ciallaiche na mise air toirt suas. Ach bha e a-nis eu-comasach dhomh seo a dhèanamh.

Bha mi an impis ruith a-mach à roghainnean nuair a dh'fhosgail mi an làrach-lìn aig 'George P Smout; Auctioneers, Valuators and Removals, Family run since 1958' ann an Inbhir Àir. Bhrùth mi a-steach na faclan buntainneach dhan bhogsa-siridh aca is mar thruaghan ro inneal cearrachais dh'fheith mi air toradh a' chrannchuir. Feumaidh gun robh freastal a' làimhseachadh chorragan an duine a sgrìobh tuairisgeul na fàinne-chluaise is a chleachd a h-uile facal a chuir mi a-steach dhan bhogsa aca:

Characterful **single earring** (partner missing). **Gold** with **mixed** semi precious **stones**. Believed to be **Scottish Victorian**. Would be suitable for conversion to brooch or other jewellery item.

Os a chionn bha dealbh dhen fhàinne-chluaise. Dh'fhairich mi mar chuideigin a tha air eòlas às ùr a chur air neach-dàimh caillte. Nochd i an cois nan artaigilean a chaidh a reic mar phàirt de chlìoradh-taighe. Gu fortanach dhòmhsa chaidh an rùp a chraobh-sgaoileadh beò air an eadar lìon is bha am fios fhathast aca shuas air an làraich. Bha an fhàinne-chluaise am measg nan grunn phìosan a bha rud beag na bu luachmhoire nan àirneis is trealaich eile a fhuair dealbh fa leth is tuairisgeul. B' ann an cois na naidheachd mun rùp slàn aig ceann na duilleige a fhuair mi an soilleireachadh a bha mi ag iarraidh.

'We are delighted to offer for sale this varied collection of items secured from a former manse house on the Isle of Arran'. *Mu dheireadh thall bha rudeigin agam air am b' urrainn dhomh greimeachadh. Shuidh mi air ais san t-sèithear agam is leig mi osna sàsachaidh. Ach leis an toileachas dh'èirich annam teagamh. Nuair a dhùin mi an laptop bha mi ann an dorchadas a bha iomlan. Chluinninn brunndail an telebhisein bhon t-seòmar-suidhe far am biodh mo bhean na sìneadh air an t-sòfa, is eadar mise is ise an dà nighean agam nan suain cadail san t-seòmar aca. Aon uair is gun rachadh iad a laighe, a h-uile h-oidhche cha mhòr a-nis, bhithinn mar mhanach sa chill bhig agam. Cha robh na leisgeulan a thabhainn mi gu mo bhean ag obair tuilleadh; obair a bharrachd a bh' agam ri choileanadh, cunntasan ri rèiteachadh, fios a bha dhìth orm. Chuireadh i às mo leth gun robh mi ri cearrachas no nas mìosa. Chluinninn gaoth m' athar nam cheann a' cur ris a' chàineadh, 'A mhic, gu dè tha thu ris? Ma tha thu dhen bheachd gur ann às mo leth-sa a tha thu a' dèanamh seo tha thu air do mhealladh.' Bha fhios agam gun robh rudeigin air a dhol fada ceàrr nuair a thòisich mi air an eachdraidh siridh agam a chleith. Is cha robh mi aig ceann na slighe fhathast.*

Bha an samhradh a' dlùthadh oirnn. Leiginn seachad an iomairt greis mus rachadh mo bheatha bhuaithe buileach. Thug mi fa-near do làithean-saora, deireadh-seachdainean air falbh bhon taigh, is tìde a chur seachad an cuideachd mo theaghlaich. Bhithinn nam fhear-teaghlaich coileanta.

***

Reoth an tasglannaiche tiotan mar bheathach glacte nuair a thug Calum iomradh air bàs na tè bhochda. Cha robh e air tighinn a-steach air gun tugadh luaidh air boireannach òg a chaidh a bhàthadh o chionn fhada buaidh mar seo oirre. B' e creutair a' bhaile-mhòir a bh' ann an Calum far nach robh daoine ceangailte ri chèile san aon dòigh.

'Cùis uabhais a bh' ann gu dearbh,' thuirt i. 'Bha i cho laghach.' Mus robh cothrom aig Calum a thruas a nochdadh dhi bha i air an àrc a chur air ais am botal a faireachdainnean. Lean i oirre. 'An do dh'fheuch sibh air lethbhreacan a' phàipeir ionadail? Tha iad sin uile thall air an sgeilp.' Nuair a dh'innis e dhi gum faca e iad air an eadar-lìon chuir i a dh'ionnsaigh chlàraidhean na h-eaglaise e. 'Bha a h-athair na mhinistear, nach robh? Cha eil rian nach fhaigheadh sibh rudeigin anns na pàipearan sin. Bhiodh e cho math dhuibh tòiseachadh leothasan,' thuirt i. Bha na clàraidhean rin lorg ann an sreath de dh'fhaidhlichean bogsa leis na cinn-latha sgrìobhte orra. Shlaod e a-mach am fear a bha air a chomharrachadh 1955–1960, ga leigeil sìos dhan bhòrd a bha fodha is theann e ri rùrachadh tro chunntasan is geàrr-chunntasan choinneamhan na h-eaglaise.

Aig a' mhionaid uarach a dh'èirich spòg an t-seann ghleoca a bha crochte air a bhalla gu h-àirde aig aon uair deug nochd a' chòrr dhen chomataidh san tasglann is na brògan aca a' bragadaich air an ùrlar fhiodha is ghabh iad suidhe anns na sèithrichean a bha sgapte aig oir an t-seòmair. Chaidh fear a' mhionaich a chur air a' choire san oisinn is thabhainn e pìos aran-milis bhon tiona a thàmh ri taobh a' choire dhan a h-uile duine san rùm.

Cha robh Calum ann an sunnd airson cuideachd no cabadaich. B' fheàrr leis cumail air ach ciamar a b' urrainn dha suidhe an sin is a dhruim ris a h-uile duine? Thionndaidh e, is mus robh cothrom aige dhiùltadh bha cupa teatha aige na làimh.

'An gabh sibh siùcar?' dh'fhaighnich an cunntasair dheth.

'Cha ghabh… tapadh leibh.'

'An gabh sibh pìos aran-milis?'

'Cha ghabh.'

'Is cinnteach gun gabh, 's mi fhèin a rinn e!'

Fhuair e pìos aran-milis.

Rinn iad iomlaid air na h-ainmean aca.

'Bha mi dìreach ag innse dar caraid mu mar a tha sinn uile co-cheangailte ri chèile an dòigh air choireigin,' ars an tasglannaiche a bha, a rèir mar a ghèill càch rithe, na ceannard neo-oifigeil don bhuidhinn.

Ghabh a' bhuidheann ri seo mar chuireadh na ceanglaichean aca a chur an cèill – iar-ogha sinn-seanar, nighean bràthar-athar a dh'fhalbh a dh'Ameireagaidh is a thill, fear de chlann 'ic Mhuirich cùl a' chnuic a bha càirdeach do na Robastanaich taobh Bhaile Mhìcheil. Nach bochd mar a chaidh dithis dhen chloinn às an rathad leis a' ghriùthlaich! Ann an ùine gun a bhith ro fhada bha iad air tapais ioma-fhillte a chruthachadh a dh'fhigh iad uile còmhla. Bha e follaiseach gur e cuspair a bheireadh toileachas mòr dhaibh nuair a thogadh e ceann. Air a shon-san cha do dh'fhairich e riamh cho mòr air an iomall. Feumaidh gun do dh'aithnich an tasglannaiche sin air is bhris i a-steach air a t-sloinntearachd.

'Na gabhaibh dragh. Le beagan ùine is cinnteach gun lorg mi rudeigin a cheanglas tu rinn is ris an àite. Tha ar caraid-sa a' dèanamh rannsachadh air bàs Ròs NicNaois bhochd.'

Thuit sàmhchair dhomhain air an rùm. B' ann mar gun robh corp na h-ìghne air nochdadh air an làr am meadhan an t-seòmair. Chrath tè a' bhroillich a ceann mar gun robh i a' feuchainn ris a' chuimhne a chrathadh bhuaipe. 'Cùis uabhais a bh' ann!' thuirt i. 'B' e call mòr a bh' ann da h-athair. Cha d' fhuair e a-riamh seachad air.'

'Uill. Nach mithich dhuinn tilleadh a dh'obair.' Gheàrr am fear-càraidh a-steach, is leis a sin shiab iad a-mach an doras a' fàgail air an cùl am fear-cunntais a bha ri glanadh nam mugaichean aig a' mhias san oisinn. Cho luath 's a bha esan a-mach an doras thill Calum gu obair.

Cha d' fhuair Calum ann am bogsa chlàraidhean na h-eaglaise ach fiogairean is cunntasan lom. Ach nuair a chuir e air ais air an sgeilp e mhothaich e do bhogsa eile le 'Parish News' sgrìobhte air. Thug e a-nuas e. Na bhroinn bha sreath de bhileagan, gach tè mu thrì no ceithir duilleagan a dh'fhaid a bha air an stapallachadh còmhla is a bha buidhe le tìm. Aig bàrr na ciad duilleige bha suaicheantas na h-eaglaise is fodha clò-sgrìobhadh fann, mì-rèidh. Chuir e na chuimhne na duilleagan-làimhe a gheibheadh e anns an sgoil.

Thòisich e air an tè a bhuineadh do àm na tubaiste is lean e air gus an d' fhuair e am pìos a bha e ag iarraidh. Cha robh ceann-naidheachd air.

'The congregation was devastated earlier this month by news of the tragic drowning of Rose, daughter of the Rev McNeis. She was a much loved young woman and a familiar face at church events where she was always ready to offer her father a helping hand. She will be greatly missed. At this difficult time our thoughts are with the reverend McNeis and with her fiancè to whom this must be a particularly severe blow coming so soon after their engagement.

'I will fear no evil, for you are with me; your rod and staff they comfort me.'

Bha i fo ghealladh-pòsaidh; bha an naidheachd seo ùr dha. Leum ìomhaigh gun iarraidh a-steach na cheann de athair a' càradh fàinne air corrag na nighinn. Bha ise òg, bòidheach, fìorghlan. Bha esan aosta seargte, mar a bha e air fhaicinn air leabaidh a' bhàis.

Dh'fheumadh e àileadh glan gus na smaointean buaireasach a sguabadh bho a cheann. Dh'iarr e air an tasglannaiche a leigeil a-mach. A-muigh bha an ceò air togail is cha robh air fhàgail dheth a-nis ach curraicean sgòtha air na mullaichean. Bha plangaid ceò fhathast na laighe thar a' bhealaich mar gun deach a chàradh an sin gu cùramach. Dh'aithnicheadh e a-nis bòidhchead an àite a chaidh gealltainn dha. Ach cha b' e sòlas a bh' ann dha; b' fheàrr leis gun robh an ceò fhathast a' falach na tìre is eagal air gum foillsicheadh dha na rùintean oillteil a laigh na h-uchd.

***

B' e samhradh math a bh' ann; aon de na samhraidhean a bu teotha a chaidh a chlàradh a rèir coltais, is mun àm a chaidh na nigheanan air ais gu cròileagan is sgoil bha ar cinn làn chuimhneachan cùbhraidh a chumadh a' dol sinn tron gheamhradh. Bha sinn mar theaghlach slàn aon uair eile.

Ach le oidhcheannan dorcha an fhoghair a' teàrnadh thuig mi aig a' cheann thall nach b' urrainn dhomh an sireadh fhuadachadh bhom cheann. B' ann nuair a dh'fhalbh mo bhean air cùrsa trèanaidh an cois a h-obrach dà latha san t-Sultain a ghèill mi ris a-rithist. Cha bu luaithe a bha mo nigheanan nan laighe bha an fhàinne a-mach bho chùl an drathair is an laptop fosgailte agam air a' bhòrd. Bhiodh mo rannsachadh nas cuimsichte a-nis is làrach sònraichte agam a chuirinn fon phrosbaig; sin Eilean Arainn. Cha tug e fada dhomh faighinn a-mach gun robh seann lethbhreacan a' phàipeir ionadail an 'Arran Pilot' ri fhaotainn air loidhne, taing do dh'iomairt buidheann rannsachadh eachdraidh ionadail. Thòisich mi air a' bhliadhna a phòs m' athair is mo mhàthair, sin 1966 is dh'obraich mi air ais. Mus do thill mo bhean bha mi mion-eòlach air beatha nan eileanach aig an àm ach cha robh mi air dad bunaiteach a lorg. Cha robh mi air siubhal ach sia mìosan air ais an tìm.

Cha b' fhada gus an robh mi ris an t-seann chleas is mi nam phrìosanach gach oidhche don laptop. Thug e corra sheachdain eile mus do lorg mi paragraf beag aig deireadh a' phàipeir. Bhithinn air ruith seachad air mura b' e gun do ghlac na faclan aig a cheann, 'Lost Earring', mo shùil.

A distinctive gold earring with assorted coloured stones is believed to have been lost in a tragic accident on the Rosa Burn earlier this year. The piece is of great sentimental value to the owner's family. If anyone has found this item could they please inform Brodick Church Convenor, Mr Banks.

B' e am facal 'accident' a chuir gaoir tromham. Bha mi an dùil gur e, 's dòcha, aithreachas no tàmailt a gheibhinn an cois an sgeòil ach a-nis bha coltas ann gun robh droch-bhuil gu bhith mar phàirt dhith. Dhùin mi an laptop ach cha b' urrainn dhomh am fios a dhùnadh a-mach às m' inntinn. Bha mi air a bhith a' siubhal tro thunail dhorcha is airson a' chiad uair bha mi air aiteal fhaighinn air na bha a' laighe aig an deireadh, is cha robh coltas càilear air an rud. Ach bha e cus ro anmoch gus tionndadh air ais.

***

Thog Calum air an taobh a thàinig e, ach an turas-sa a' dol gu dìreach tron bhaile an àite a bhith a' leantainn ceum lùbach a' chosta. Chùm e a shùilean ris an talamh gus nach biodh aige ri sùilean duine eile a choinneachadh san dol seachad. Na cheann chluinneadh e guth athar 'Thalla Dhachaigh! Thalla dhachaigh! Gu dè an gnothach a th' agad ris an àite-sa.' Nuair a ràinig e an leabaidh is bracaist liùg e a-steach is chuir e a chuid aodaich, a bha fhathast fliuch, air ais dhan bhaga aige. Ged a bha e air oidhche eile a chur air dòigh dh'fhàg e an fhàrdach gun facal a ràdh do dh'fhear no bhean an taighe is lean e air gu ruige a' chidhe. Air dha an cala a ruighinn mhothaich e don bhùth charthannais taobh thall an rathaid is thàinig beachd na cheann. Sporghail e tro phòcaid gus an do rug e air an fhàinne-chluaise, thug e a-mach na dhòrn e, is dh'imich e tarsainn an rathaid.

Bha e an impis dol tron doras nuair bhrùth faram an einnsein a-steach air aire. Thionndaidh e is fhuair e ablach de phick-up air a bheulaibh is e a' tighinn gu stad ri a thaobh. B' ann air èiginn a chuala e comhartaich an dà chon-chaorach a bha anns a' chùl. Bha an uinneag shìos is bha an dràibhear a' glaodhadh rudeigin ris, ach cha robh smid dheth a' ruighinn a chluaise. Chuir e a cheann a-steach don uinneig ach an cluinneadh e faclan an duine. Bhuail samh garg an àiteachais a chuinnleanan. Fa chomhair bha bodach le craiceann air dath nan sian. Bha am beagan fuilt a bha air fhàgail air a cheann mì-rianach le gaoisidean dheth a bha air a dhol iomrall gu diofar cheàrnan de aodann. Bha doireachan tiugha dheth a' gasadh bho gach toll cluaise is sròine.

'Leumaibh a-steach!' Ghreimich e air faclan an dràibheir, 'Tha rudeigin agam ri shealltainn dhuibh!' is leis a sin sguab am bodach an trealaich a bha a' laighe air an t-suidheachan pasaideir sìos dhan tobar-coise fodha. Shad Calum a bhaga dhan chùl leis na coin, dh'fhosgail e an doras le dìosgail is bha e a-staigh mus robh cothrom aige tighinn dhan cho-dhùnadh ghlic nach e deagh bheachd a bhiodh ann leum a-steach gu càr le srainnsear air an robh coltas a' chaoich. Cha tuirt am bodach bìog fhad 's a shiubhail iad air ais tron bhaile, seachad air an taigh-tasgaidh is a-mach air ceann eile a' bhaile. An sin ghabh iad rathad beag gu ruige nam mòr-bheanna is lean iad seo gus an tàinig e gu crìoch aig feansa fèidh aig beul a' ghlinn. Stad am bodach an carbad gu mì-sgiobalta le aon chuibhle shuas air taobh na bruaiche.

* * *

Chaidh cruth deimhinnte na cùise a shoillseachadh dhomh le artaigil eile a fhuair mi oidhche na b' fhaide air an t-seachdain.

'Arran was devastated this week by news of the tragic accidental death of Rose McNeis. Rose's body was found at the weekend in one of the deep pools of the Rosa burn and it is believed that she drowned after slipping into the water.

'Rose was well loved and respected by all who knew her. Few on the island will not have encountered her kind smile at Marchelino's Restaurant, where she worked as a waitress during the summer months or at church events where she was an enthusiastic assistant to her father. As a child she was a diligent scholar who showed great potential and was planning to study Nursing.

'"To live in the hearts we leave behind is not to die." Thomas Campbell.'

Aig bonn na h-artaigil bha fios mun tìodhlacadh.

Thàinig e a-steach orm a-nis gun robh mi aig deireadh an t-siridh agam tron eadar-lìon, ach bha fhios agam nach robh mi faisg air deireadh mo shlighe. B' e Eilean Arainn a bha a-nis na shìneadh air faire. Sna beagan làithean a lean chuir mi air dòigh siubhal dhan eilean is àite-còmhnaidh a lorg. Dh'innsinn dha mo bhean gum biodh agam ri dhol ann an cois m' obrach. Bha cùisean aig an ìre a-nis eadarainn is gum biodh i coma co-dhiù.

***

An seo thug am bodach, le Calum na chois, a-mach an ceum a shìn tro ùrlar a' ghlinn leis an allt fhaondrach a lean gu cridhe nam beann. Dh'fhalbh na coin gu gach taobh an starain a thrusadh chaorach nach robh ann. An oidhirp facal fhàsgadh bhon bhodach theann Calum ri còmhradh, 'Bha mi shìos sa bhaile na bu thràithe a' sireadh fios bho mhuinntir an taighe-thasgaidh. An iadsan a chuir brath thugaibh mu mo dheidhinn-sa.'

'Iadsan!' Thilg e a-mach am facal mar smugaid. A-nis, is gun robh a bheul fosgailte dhòirt na faclan às a dhèidh, 'Gràisg de ghlaoicean a tha iad ann. Gabhaibh mo leisgeul mur toil leibh mo chainnt dìreach ach mar a tha mis' ga fhaicinn 's e an gnìomh aca eachdraidh ath-chruthachadh nan ìomhaigh fhèin. Ach gu buidhe dhuibh a-nis, tha sibh an cuideachd cuideigin aig a bheil fìor eòlas air an àite.' Shìn e a-mach a ghàirdean mar gur ann leis-san a bha h-uile rud a bha san t-sealladh dhuinn. 'Tha mise air a bhith a' siubhal nam firichean is nam mòintichean bho bha mi nam bhalach beag is mi a' ruith chaorach is chrodh.' Bha am bodach a' bruidhinn ris na beanntan mar nach robh duine eile an làthair. 'Chanadh tu gu bheil mi pòsta aig an àite is gur aithne dhomh i anns gach uile triom a th' aice. B' eòl dhomh an iomadh latha a thàinig a-steach gu meata mar naoidhean is a dh'fhalbh na dhoinnean mar an donas e fhèin. Chunnaic mi na h-uain is iad a' mireadh air latha earraich is chunnaic mi iad nan closach dìblidh air cùl creige'.

Chaidh e na thost tiotan.

'An latha ud b' e rìbhinn òg a fhuair mi marbh. Bu mhise a lorg Ròs bhochd.'

Gu grad gheàrr am bodach slighe a-steach don fhraoch is theàrn e don allt gu far an robh eas beag a taomadh a-steach do linne. Cha robh an linne mòr ach bha i anabarrach domhain. Bha an grunnd air chall san dorchadas is dh'fhairich Calum mar gun robh e a' coimhead a-steach tro dhoras gu saoghal eile. Sheas an seann chìobair air leac a chroch a-mach thar an uisge. Nochd na coin aige bhon fhraoch is shuidh iad air gach taobh na lice mar fhreiceadan dha is dhùr-choimhead an triùir aca a-steach dhan doimhneachd dhuibh mar gun robh iad fo sheun aige. Thug Calum ceum suas air an lic is sheas e ri taobh a chompanaich.

Thog am bodach a sheanachas às ùr. A-nis b' ann ris an uisge a bha e a' bruidhinn. 'Am measg a h-uile eun a sheinn gu binn is a h-uile dìthean cùbhraidh ris an do thachair mi sa ghleann b' ise a thug bàrr orra uile. Bu tric a bhithinn ga faicinn is i air cuairt tron ghleann. Bha i dèidheil air nàdar is a' bhlàr a-muigh, mar a bha mi fhèin. B' e seo an t-àite dhan tigeadh i nuair a bhiodh sòlas is fois a dhìth oirre.'

Thachais e toll a chluaise, a chorrag a' bruthadh a' steach tro ghaoisidean peallach, is chrath e a cheann mar chù-chaorach a' feuchainn ri cuidhteas fhaighinn de dheargannan.

'Seo far am biodh i na suidhe air an lic a' leughadh no na sìneadh a' gabhail na grèine. Ged a bha mi na b' òige na ise cha rachainn às àicheadh gun robh nòisean agam dhi. Ach cha robh a-riamh de mhisneachd agam a leigeadh leam bruidhinn rithe. B' ann bho astar a mholainn i. Gille gòrach a bh' annam, mar a tha sinn uile aig an aois sin gu dearbh.'

'Agus seo far an d' fhuair mi i.' Thomh am bodach corrag dhamnachaidh dhan linne. 'Tha e cho soilleir dhomh an-diugh an sùil m' inntinn 's a bha e an latha ud ged nach robh mi ach sia bliadhna deug a dh'aois aig an àm. Cha tèid rud mar sin às do chuimhne gu bràth. Bha i a cheart cho bòidheach na bàs 's a bha i 's i beò is na dualan fada, bàna aice a' falbh leis an t-sruth.

'Rinn dithis spaidsear a thàinig a-nuas an t-slighe goirid às mo dhèidh cobhair orm is shlaod sinn a-mach i. B' ann an uair sin, is i na sìneadh air a' bhruaich, a thraogh an àilleachd aiste, a' fàgail closach fuar is a gruag a-nis mar fheamainn sgèideach mu a guailnean. B' e sin ìomhaigh a lean rium fad mo bheatha mar sgòth dhorcha dhe nach fhaighinn cuidhteas.'

Gus an t-sàmhchair mhi-chofhurtail a lean a lìonadh bhruidhinn Calum, ''S cinnteach gur e cùis uabhais a bh' anns an tubaist.'

'Tubaist!' Thàinig am facal às a' bhodach mar osna. 'Cha b' e tubaist a bh' ann! Mas e 's gur e tubaist carson a bha còta mòr oirre air latha teth samhraidh is carson a bha na pòcaidean aige làn rèilean?'

Thill iad an taobh a thàinig iad, air ais dhan phick-up gun facal eatarra. Sa charbad, le fuaim an einnsein, bhiodh còmhradh air a bhith dùbhlanach, fiù 's nam biodh miann ann air a shon ach nuair a stad am bodach an càr taobh a-muigh na leapa is bracaiste ghreimich e gu cruaidh air ruighe a phasaideir. Gheur-choimhead e gu dìreach na shùilean, 'Is sibhse an aon duine ris an do bhruidhinn mi mun rud seo bhon a thachair e. Cha robh duine ann a dh'èisteadh rium.' Bha a làmh air chrith. Nuair a fhuair Calum mu sgaoil is a dh'fhàg e an càr bha marbh-phian fhathast a' plosgadh tro ghàirdean far an robh cròg a' bhodaich na ghreimeadh uime. Thog e a bhaga bho chùl a' charbaid. Cha robh fhios aige dè chanadh e; cha robh na faclan aige a fhreagradh ris an t-suidheachadh. Gun tionndadh dh'fhàg e soraidh leis a' bhodach is thug e roid tro dhoras na fàrdaich.

Shuas san t-seòmar aige thug Calum an t-aodach fliuch às a bhaga is sgaoil e thairis air gach pìos àirneis iad. Bha coltas an àite air ais gu mar a bha nuair a dh'fhàg e o chionn beagan is uair a thìde. Cha rachadh aige air e fhèin a shocrachadh is bha e mothachail gun robh e a-nis a' spaidsearachd suas is sìos air an ùrlar mar bheathach ann an cèidse. Bha guth athar a' feuchainn air bruthadh a-steach air inntinn. ' A mhic, a mhic, nach èist thu rium!' Cho fad 's a lean e air a' gluasad rachadh aige air a chumail a-mach. Bha coltas an duine a nochd san sgàthan le gach sgrìob a thug e a cheart cho sgiolta ris an duine a nochd ann an oidhche roimhe ach a-nis bha caoch na shùilean is coltas riaslach a' laighe air aogas. Stad Calum is choimhead e greis air an fhaileas. Cha b' aithne dha am fear air a' bheulaibh tuilleadh; b' e srainnsear a bh' ann dha.

Dh'fhairich e teannachadh na mhionach is thàinig e a-steach air nach robh e air dad ithe bho àm bracaist. An ath sgrìob a thug e thar an ùrlair thog e a sheacaid far na cnaig is lean e air tro dhoras an t-seòmair, sìos an staidhre is a-mach dhan t-sràid 's e an tòir air biadh. Cha d' fhuair e ach dà thaigh-bìdh air a' phrìomh rathad a bha fhathast fosgailte aig an àm-sa dhen bhliadhna. Bha coltas leòmach air a' chiad fhear ris an do thachair e. Nuair a rinn e dìdearachd tron uinneig chunnaic e gun robh dà bhuidheann ri mireadh aig gach ceann dhen 'designer interior' is iad air am bogadh le solas bho ghrioglachan de spot-sholais. Dh'aithnich e cathraiche an taighe-thasgaidh an cois na buidhne as fhaisge air, am mionach aige air a dinneadh air cùl a' bhùird. Bha boireannach seang, seargte na suidhe ri thaobh. Feumaidh gur i a bhean. Bha fiamh a' ghàire air aodann a' chathraiche. Bha gruaim air a bhean. 'S dòcha gum faigheadh e oisean doilleir, sàmhach eadar an dà chòmhlan, smaoinich e. Thug e sùil air a' chlàr-bìdh. B' e a' chiad rud air an do laigh a shùil: 'Monkfish tail wrapped in parma ham with lemon sabayo, served with a chiffonade of watercress' le prìs ri thaobh a cho-fhreagair ri sòghas a' bhìdh. 'S e bha a dhìth air rud simplidh a lìonadh toll is a chumadh e a' dol.

B' ann aig pìos beag shìos an rathad a fhuair e an taigh-bìdh Eadailteach. Bha coltas rud beag robach air ach bu choma leis, bha clàr-bìdh aca a thuigeadh e aig prìsean reusanta. Nuair a chaidh e tro dhoras an taighe-bìdh chaidh Calum tro dhoras ann an tìm gu àite a bhuineadh do linn a chaidh seachad. Bha na bùird ann am bothain le beingean air gach taobh dhiubh, is iad sgeadaichte le bhaidhneil air dath na fala, mar shlabaidean feòla. Air an sgeilp os an cionn sheas sreath de sheann bhotail gogaideach Cianti nan sgiortan connlaich le coinnlean a' stobadh a-mach às an cinn is gruag cèire leaghte mun guailnean. Eatorra chaidh brataichean Eadailteach is Albannach a chàradh ann an crogan. Aig cùl an rùim dhuirche bha cunntair tomadach de dh'fhiodh dorcha. B' e an aon rud nua-aimsireach san àite an tè òg a bha na seasamh air cùl a' chunntair.

Bha e na fhaochadh dha gur esan an aon chustamair, ged a thàinig e a-steach air gur dòcha nach b' e deagh chomharra a bh' ann a thaobh inbhe a' bhìdh. Cha tug a' chaileag-fhrithealaidh feart dha is bhon t-solas fhann a dh'èirich bho chùl a' chunntair bha e follaiseach dha gun robh i air a fòn-làimhe. Shuidh e aig bòrd faisg air an doras is thug e sùil air a' chlàr-bìdh; aon duilleag phàipeir dubh is geal air a dinneadh am broinn còmhdach tiugh bhaidhneil dearg. Bha an tè òg a-nis na seasamh os a chionn is a fòn aice taisgte na pòcaid cùil. Na àite bha peann is leabhar-nòtaichean na làmhan is a sùilean a bha o chionn mionaid a' dùr-choimhead air a' fòn a-nis fad às. Rinn iad iomlaid fiamh-ghàire dhìomain is dh'òrdaich e na buill feòla le spaghetti. 'Is gabhaidh mi leth charaf de dh'fhìon dearg!' dh'èigh e às a dèidh. Bha e feumach air.

Nochd an t-searrag air a' bhòrd le brag, is bha a' chiad ghlainne sìos a shlugan mus robh cothrom aige am blas a mhealtainn, is an dàrna tè gu clis air a tòir. Gun bhiadh na mhionach is an sgìths a' maoladh aigne bhuail an deoch eanchainn mar dhroga làidir ga chur na thuaineal. Chòrd an fhaireachdainn ris. Bha a' chaileag-fhrithealaidh air a dhol à fianais tro dhoras a' chidsin bhon a dh'èirich drumaireachd nam panaichean air an stòbha is na h-innealan orra a' cur chiombalan rithe. Theagamh gur e am faram a dhùisg rudeigin na inntinn; an t-ainm a bha air a chlò-bhualadh air còmhdach a' chlàr-bìdh ann an òr, b' e sin ainm an taigh-bìdh far am biodh Ròs a' frithealadh: Marchelino's. Bha e, gun fhiosta dha, san dearbh àite. Feumaidh gur beag a dh'atharraich an t-àite bhon uair sin smaoinich e.

* * *

On a fhuair mi an naidheachd sa phàipear mun dòigh san do bhàsaich Ròs bhiodh i daonnan nam chuideachd. Nuair a shuidhinn gu biadh le mo theaghlach bhiodh i an sin mar-thà is i na suidhe san t-sèithear bhàin aig ceann a' bhùird no a' ceumadh gu h-an-fhoiseil umainn. Bhiodh i rim thaobh air an t-sòfa is sinn a' coimhead teilidh no eadar mi fhèin is an sgrìon. Nuair a dhùininn mo shùilean bhiodh i an sin air mo bheulaibh a' coimhead orm is sinn aig bonn linne dhomhain. Bhiodh a dualan air an togail leis an uisge is iad a' luasgadh gu sèimh mu h-aodann. Air a greimeachadh gu teann na bois bhiodh an fhàinne-chluaise. Shìneadh i thugam i, 'Leatsa a tha seo,' thigeadh a guth tiamhaidh.

* * *

Nuair a thill a' chaileag le truinnsear làn spaghetti na làmhan b' e Ròs a chunnaic Calum na inntinn tro cheò na dibhe. Bhiodh i air a bhith mun aon aois. Nuair a thug e sùil mu thimcheall air bha an t-àite air bhoil le buidheann aig gach bòrd. B' aithne dha gach uile duine a bha an làthair. Bha buill comataidh an taigh-tasgaidh uile ann is iad sgapte am measg nam bòrd an cuideachd dhaoine a bha e air fhaicinn air an t-sràid no anns na bùthan. Bha an seann chìobair thall taobh na h-uinneige 's e na aonar a' toirt sùil gu h-amharasach gràineil air càch. Aig a chùl san dubharachd bha fear òg 's ged nach fhaicte a shùilean tron dorchadas dh'fhairich Calum gur ann airsan a bha e a' dùr-choimhead. Bha rudeigin na làimh a bha e a' roiligeadh eadar a mheòirean is a ghlac an solas fann le gach car. Air èiginn chitheadh e na leugan ioma-dhathte. Gun fhiosta dha bha na corragan aige a' sporghail na phòcaid ach an robh an fhàinne-chluaise fhathast ann.

B' e guth fireannaich a thàinig bho a chùl a dhùisg Calum bhon bhreislich. Nuair a thionndaidh e ris a' ghuth chunnaic e gun robh òigear air nochdadh tro dhoras an taigh-bìdh. Bha na gàirdeanan aig sìnte, is theann e ri seinn aig àrd a chlaiginn, 'We've gotta get outa this place if it's the last thing we ever do...' Cha robh e air mothachadh gun robh custamair fhathast an làthair. Chlisg a' chaileag a bha air tilleadh gu sàbhailteachd a' chunntair is i a' strì ri smachd a chumail air a gàire.

'Ist amadain! Tha smùid ort,' thuirt i.

'Deiseil fhathast, hot lips! Tha mis' tuilleadh is deiseil air do shon-sa.' Rinn e lachan a bha grànda.

Ghnog i an comhair Chaluim, a bha leth-fhalaichte air cùl druim àrd a shuidheachain, a chomharrachadh dhan duine òg nach robh iad nan aonar mar a bha e an dùil, is thog i còig meuran. Chruthaich na bilean aice na faclan; 'ann an còig' gu h-os ìosal. Cha b' urrainn dhi a bhith cho follaiseach fiù 's nan robh i cho toirmeil ris an fhear òg aice.

Chliob an drongaire a-mach air an doras is thill an t-àite dha staid dualach sèimh. Nuair a bhlais Calum orra bha na buill-feòla na b' fheàrr na bha e an dùil. Mar a chanadh athair ris, 'Is math an cidsin an t-acras.' Bha seanfhacal aig athair airson gach uile suidheachadh. Chan e spaghetti am biadh as fheàrr a fhreagras air an duine acrach ge-tà. Thug gach grèim dùbhlan dha ga fhuasgladh bhon chòrr is ga thoirt da bheul gun bhutarrais a dhèanamh dheth. Dh'fhairich e an ròp a bha a' fàs mu bheul le sreangan na spaghetti a' toirt slaic air oir a bhilean san dol seachad. Bha e mothachail gun robh fuaim slupraich a' tighinn bhuaithe le gach làn-fhorca. Bha e coma. Bha is a' chaileag-fhrithealaidh is a h-aire fad air falbh.

Nuair a ràinig am biadh a mhionach dh'fhairich e a rian a' tilleadh thuige. Is còmhla ris thàinig an sgìths. Bha e air a bhith a' ruith air beulaibh thonn fad an latha a bha a-nis a' greimeachadh air, ga leagail gu làr. B' e leabaidh an rud a bha dhìth air a-nis. Phàigh e is dh'fhalbh e gun dàil.

An ath mhadainn, nuair a dhùisg e, bha an leabaidh aige a' tuiteam tron domhan fodha gun dad a chuireadh stad oirre no air an greimicheadh e. Bhon a thàinig e dhan eilean bha a h-uile pìos fiosa a fhuair e a' fosgladh barrachd cheistean na dh'fhuasgail e. Bha e caillte. Chuir e car dheth fhèin a' tarraing a chasan às a' chuibhrig is far na leapa. Bha e deiseil gus leum dhan t-sloc. Ach an àite sin fhuair òrdagan an làr is bha e air a chasan. Cha robh ach beagan uairean air thoiseach air mus feumadh e falbh air an aiseag is gun for aige dè dhèanadh e leotha.

Leis a full Scottish breakfast air muin spaghetti na h-oidhche a-raoir na bhroinn fhuair e e fhèin a' dol taobh an taighe-thasgaidh a-rithist gun bheachd aige càite eile a rachadh e. Air dha an taigh-tasgaidh a ruighinn thuirt e riutha gun robh beagan fios fhathast a dhìth air is theann e ri sporghail tro phàipearan air na sgeilpichean gun fios aige ciod dha-rìribh a bha e a' sireadh. Bha an tasglannaiche na h-àite air cùl a deasg is i a' toirt sùil air fhiaradh air thar a speuclairean. Bha an sgeann aice a' tolladh cùl a chinn. Rinn i casad, 'Am faod mi facal fhaighinn oirbh,' thuirt i.

'Faodaidh.' Chuir e iongnadh air Calum cho fiamhail 's a bha am facal nuair a nochd e às a bheul. Dh'fhairich e mar phàiste-sgoile a chaidh a ghairm gu oifis a' cheannaird. Bha e a' sùileachadh fhaclan cruaidh bhuaipe ach bha maothachd na guth nuair a bhruidhinn i, is tomhas de cho-fhaireachdainn.

'Tha mi air a bhith ag obair an seo fada gu leòr gus fios a bhith agam nuair a tha cuideigin air cheann gnothaich practaigich, is nuair a tha gnìomh pearsanta na lùib. Tha mi dhen bheachd gur ann air adhbharan pearsanta a tha sibh fhèin an seo... a bheil mi ceart?'

Bha tamall de shàmhchair ann. Dh'fhàs diogadh a' ghleoc nas àirde leis gach pong gus an robh an fhuaim na fharam 's e a' bocadaich an ceann Chaluim.

'Tha mi an amharas gur e m' athair am fear a thug gealladh-pòsaidh do Ròs'. Bhrùchd na faclan a-mach às a bheul mu dheireadh mar abhainn casadaich mus robh iad air tàrmachadh na cheann.

Rinn an tasglannaiche osna fhada. 'Cha b' e. Cha b' e. Is duilich leam sin a ràdh mas e sin am fios a bha sibh ag iarraidh.'

'An urrainn fios a bhith agaibh; le cinnt, tha mi a' ciallachadh?'

''S urrainn. B' e Eanraig còir, ar cathraiche, a thug gealladh-pòsaidh dhi. Creid e no na creid, b' e fear eireachdail a bh' ann na òige. 'S iomadh tè aig an robh sùil ann, mi fhèin nam measg. Sin mus d' fhuair ise a spògan air.'

Theàrn sàmhchair throm air an dithis a-rithist anns an do

ghin is a dh'fhàs diog a' ghleoca às ùr.

Cha robh ach an aon chairt air fhàgail aig Calum a ghabhadh cluich. Rùraich e na phòcaid is thug e a-mach an fhàinne-chluaise. Dh'fhuasgail e às a còmhdach pàipeir i is chàraich e air a' bhòrd i eatorra leis a' phìos pàipeir ri taobh. Ghlac na seudan solas fann an t-seòmair is thilg iad air ais ceud faileas ioma-dhathach.

Diog, diog, diog. Cho-mheasgaich duan a' ghleoca le buille a' chuisle na chluasan.

Dh'aom an tasglannaiche a ceann mar gun robh i a' cnuasachadh. Theann a guailnean ri crathadh. Nuair a thog i a ceann bha na deòir a' sruthadh bho a sùilean.

'Mo nàire! Tha mi duilich. Cha ghnàth leam a bhith a' rànail mar nighneag ach b' ise an caraid a b' fheàrr a bh' agam is tha fhathast chun an latha an-diugh ged is fhada bhon a chaidh i às an rathad. Rugadh sinn an ath-dhoras do chàch a chèile is b' eòlach sinn dha chèile bho mus robh cuimhne agam. Bha sinn cho dlùth ri truaill do chlaidheamh.'

Chàraich i corrag air an fhàinne-chluaise le maothalachd mar gun robh earrann de dh'anam Ròs fhathast a' tàmh na broinn.

'B' iad sin na fàinneachan-cluaise a thug a h-athair dhi. Tha mi deimhinnte às. Chan eil an samhail ann. Ron a sin bhuineadh iad dha màthair. Chaochail ise nuair nach robh Ròs ach ochd bliadhna a dh'aois. Chaidh Ròs a thogail le h-athair le cuideachadh bhon tè a ghlèidh an taigh dha. Ciamar fon ghrèin a fhuair sibh grèim oirre?'

'Feumaidh gur e call uabhasach a bh' ann dha a h-athair. B' ise an aon leanabh a bh' aige nach b' i?'

'B' i. Ged a dh'fheuch am ministear ri cumail a' dol mar nach robh dad air tachairt cha robh air fhàgail dheth ach slige fhalamh. Sguir na daoine a dhol do na searmonan aige is chaidh a chur do choithional air tìr-mòr. Ach gu ìre b' esan a bu choireach. Bhon a chaill e a bhean bha e air fàs gu bhith na dhuine rag, righinn. Dèiligidh sinn uile le càs a thig nar rathad nar dòigh fhèin. 'S e a rinn am ministear gun do chuir e dìon air fhèin le bhith a fàs daingeann na bheachd is gun a bhith a' leigeil le faireachdainnean fhaighinn a-steach. B' esan a' chraobh nach lùbadh leis a' ghaoith, gus am briseadh e. Ach cha b' e a bhris. B' e a nighean a bhris. Cha sheasadh esan ris an naidheachd a bh' aice is bha fhios aice air a sin.'

'Gu dè an naidheachd sin?'

'An naidheachd gun robh i trom. 'S mise an aon duine aig an robh am fios sin … chun an latha an-diugh. Tha e air a bhith ann bhon uair sin, gam ithe bhon taobh a-staigh, gam lèireadh. Thug i orm gealltainn dhi nach innsinn do dhuine. Nochdaidh e gun iarraidh an cois gach smuain is gach rud a nì mi. Is sibhse a-nis an dàrna fear aig a bheil am fios mallaichte.'

'Ach bha i fo ghealladh-pòsaidh. Cha b' e rud cho oillteil sin ged a bhiodh i rud beag air thoiseach air cùisean.'

''S e an rud nach b' e Eanraig a b' athair don leanabh. Bha fear eile ann.'

Thraogh an fhuil bho ghnùis Chaluim is fios aige nach b' urrainn dha sin ciallachadh ach aon rud. Mus fhaigheadh an t-sàmhchair neo-fhulangach làmh-an-uachdair air a-rithist chuir e bacadh air le ceist, 'Cò ris a bha e coltach, an duine ud?' Cho luath 's bha na faclan a-mach bha fios aige gur e mearachd a bh' annta.

'Gabhaibh mo leisgeul ma dh'innseas mi an fhìrinn, mar a tha i dhòmhsa co-dhiù. Fear suarach a bh' ann; fear bragail a bha làn dheth fhèin. Ghabh e brath oirre mus do theich e. B' e gille-frithealaidh a bh' ann, san aon taigh-bìdh ri Ròs. Chaidh fhastadh airson seusan na turasachd. Thug mi rabhadh dhi gun a bhith a' gabhail gnothach ris, ach is beag am feum a rinn sin.'

Roinn an gleoc a-mach tuilleadh dhiogan de shàmhchair dhaibh. Dh'èirich Calum is chaidh e a sheasamh ri taobh an tasglannaiche. Chuir e a ghàirdean ma guailnean a bha fhathast ri luasgadh gu socair is dh'innis e dhi mar a thachair; mar a fhuair e an fhàinne-chluaise, mar a rannsaich e sgeul na fàinne-cluaise, gu mar a thàinig e gu bhith an seo na sheasamh ri taobh.

'Tha mi duilich,' thuirt e aig deireadh a sheanchais is gu

meata dh'èalaidh e a-mach air an doras.

Air a shlighe tron trannsa gu ruige an dorais a-muigh bu lèir dha tro uinneagan nan dorsan buill a' chomataidh, 's iad uile trang a' rèiteachadh an ama a dh'fhalbh. Chunnaic e Eanraig, an cathraiche a bha a' gluasad gu dripeil eadar sgeilpichean is faidhlichean le sonas na shùilean. Bha e a' feadaireachd gu sèimh dha fhèin. Thug Calum faite-ghàire dha san dol seachad is dh'fhalbh e.

* * *

Air taobh a-muigh an taighe-thasgaidh thabhainn an rathad dà roghainn dhomh. Air an dàrna taobh bha am baile is cidhe an aiseig. Ach b' e na beanntan is an gleann air an taobh eile a bha gam thàladh. Thug mi a-mach an ceum a bha mi air coiseachd an latha roimhe an cois a' chìobair, a' leantainn an t-sruthain, aig bonn a' ghlinn. Chùm na mòr-bheanntan faire orm bho gach taobh. Lìon torman an uillt mo chluasan is aig astar chluinninn sgreuchail thiamhaidh chlamhan a' briseadh troimhe bho àm gu àm. Bu thlàth an oiteag a shèid air mo chraiceann.

Nuair a ràinig mi an linne bha i a' plosgadh mar rud beò; mar chridhe a' bualadh fon eas bheag, a' tilgeil fhaileasan a dhanns air na creagan mu thimcheall. Sheas mi air an lic is thug mi sùil a-steach dhan doimhneachd. Airson tamall chaidh mi fo sheun aice, is dh'fhairich mi aig fois. Thug mi an fhàinne-chluaise a-mach às a phòcaid is thug mi a còmhdach pàipeir dhith, a bha a-nis seargte is robach. Bha an sgrìobhadh air a dhol fann is cha mhòr do-leughte ach bha na faclan a-nis agam air mo theanga is dh'aithris mi iad gu h-os ìosal:

> *That I did always love*
> *I bring thee Proof*
> *That till I loved*
> *I never lived enough*
> *Dh'altaich mi an uair sin grèim mo chorragan is dh'fhalbh am*

pàipear leis a' ghaoith; na faclan sgrìobhte an tòir air na faclan labhairte. Làimhsich mi an fhàinne-chluaise greis an dùil 's an dòchas gun toireadh i bloigh mu dheireadh de dh'fhiosrachadh dhomh. Ach bha i falamh. Le car beag de mo ruighe thilg mi dhan linne i. Chùm mi sùil oirre, fhad 's a theàrn i tron uisge is i a' tulgadh bho thaobh gu taobh is a' caogadh orm; a' toirt a taisbeanadh deireannach dhomh air na dathan bras aice mus do mheath i dhan dorchadas.

Shil aon deur bhon t-sùil agam. Ruith an deur gu bàrr mo shròine far an do chroch e diog mus do thuit e dhan uisge, a chur ris na milleanan de dheòir a shil an t-allt do Ròs bhon latha dhubhach ud.

B' ann le cas aotrom a thog mi air sìos an gleann.

Cha tug mi sùil air ais is fhios agam nach tillinn gu bràth tuilleadh.

A' Bhetsy Mae

B' e Betsy Mae a b' ainm dhi
Am bàta mùirneach
A bha aig a shinn-seanair
Bu mhinig a chualas an sgeulachd
Mar a dh'fhalbhadh i gu siùbhlach
Air muin an t-sàil ghairbh
a' bualadh bàrr nan tonnaibh
a seòl làn is a sgòdan teann
gun abhsadh
cop a' sgiùrsadh thar cliathaich
's i a' siubhal sgaothan nan sgadan
Spealg a' sàthadh eadar an doimhne
agus an nèamh
A' mhuir na goil fòdhpa
Na speuran nan onfhadh
os a cionn

's fhada bho dh'aom na làithean sin. Bu mhòr na rudan a
dh'aom leotha. Dh'fhalbh an t-iasgach mar a dh'fhalbh an
t-iasg. Dh'fhalbh na h-obraichean mar a dh'fhalbh an obair.

Ach dh'fhuirich esan, na flat beag suarach aig ceann
a' bhaile.

Cha bhiodh fios aige dè an uair a bha e nuair a dhùisgeadh
e, is a dheigheadh e chun na h-uinneige a dhealachadh nan
cùirtearan tana; ach am faigheadh e sealladh dallanach air an

latha. Am baile sìnte shìos fodha is a' mhuir bhuan air a chùl.
Am baile cho glas a' coimhead, eadhon air latha soilleir. An
corra sheann taigh a bha air fhàgail a-nis air a dhòmhlachadh
eadar blocan concrait ceàrnagach; oifis na comhairle leis
an leabharlann na chois, pàirc-chàraichean ioma-ùrlarach,
blocaichean fhlataichean is supermarket.

B' iad na h-amannan beaga dìomhain sin nuair a thigeadh an
ospag a shèid thairis air ceud bliadhna a shèideadh tro fheòil,
a' giùlan an t-sàil is an t-siabain. Chuireadh e gaoir troimhe is
chrathadh e bhuaithe e mus leanadh e air le a latha.

An latha sin sheòl boillsgean grèine air muin a' bhaile gu ruige
nan slèibhtean, is iad air an ruagadh leis a' ghaoith bhon iar. Air
an cùl chìte cabhlach sgòthan dorcha is iad a' sìor theannadh
air na sràidean; droch shamhla do dhroch dhoineann air fàire.

> B' e ceathrar a chriutha a bh' oirre
> B' e a shinn-seanair an sgiobair
> Dithis mharaiche, 's am balach
> ceathrar suinn a' chuain
> lasair nan sùilean
> a' dùr-choimhead
> oir nan speur
> an craiceann righinn saillte
> am fèithean teann
> an aogas snaighte
> an aghaidh an t-sàile,
> gaoth is gèile
> B' aithne dhaibh a chèile
> na b' fheàrr na bean no bràthair
> B' ann còmhla a chuir iad aghaidh
> ri bàs is beatha nam bàta
> B' aithne dhaibh cruadal
> cho math ri sùgradh
> gainnead is pailteas
> soineann is doineann

Theàrn e staidhre a' chlobhsa tro shamh a' mhùin is spruilleach oidhche Haoine, is a-mach don t-sràide shìos. Theann e ris an triall làitheil aige tron bhaile mar bu ghnàth dha. 'S fhada bho chailleadh fàth a thurais; ceann-cosnaidh no ceann-gnothaich. Ach lean an cleachdadh. Suas gu far an tachradh iomall a' bhaile ris a' ghlasach a dheigheadh e, is air ais gu far an tigeadh càch còmhla; ceathrar no còignear fhireannach air iomrall eadar òige agus seann-aois, a cho-phàirteachadh corra leann saor agus am falamhachd. Falamhachd nan sùilean is falamhachd nam beatha. Bu ghann a dheigheadh facal eatorra. Ach gheibheadh iad cofhurtachd air choireigin bhon chuideachd. Faochadh bhon aonranachd.

B' ann sna h-amannan tostach sin a smaoinicheadh e, son tiotan, gum faca e an lasair nan sùilean. Ach dheigheadh a smàladh cho luath is nach robh e cinnteach às.

Air a' mhol a chaidh i na laighe
nuair a thàinig i gu crìoch a latha
claon air a cliathaich
far an do leig an fhairge às grèim oirre
far an do sheòl na sgothan ùra
seachad oirre
gun aire a thoirt dhi
gach geamhradh dh'fhalbhadh cuid dhith
ròpannan is lìntean a' chiad char
na slatan-beòil is na searbaidean
an uair sin
na dèilean às an dèidh
gus nach robh ann
ach asnaichean is druim

B' ann air an fhionnairidh a chaidh a' chuideachd fhuadachadh leis a' ghaoith bhon iar, is i a' sìor èirigh. Sgap iad mar chàth gun facal dealachaidh; gach fear don cheàrn aige fhèin. Ach nuair a ràinig esan ceann an rathaid, cha b' e taobh a dhachaigh dhan deach e ach taobh a' chladaich. Seachad air a' Cho-op far an robh e ag obair greis aig an check out, sìos tro phàirc nan càraichean is a-mach air a' mhol; gun fhiosta dha, dhan dearbh àite far an do laigh cnàmhlach na Betsy Mae is far am faicte a h-asnaichean suas gu grunn bhliadhnaichean air ais.

Bha na seachd siantan nan caothach ga dhochainn bho gach taobh dheth. Air èiginn a chumadh e air a chasan. Shìn e a dhruim is ghlaodh e aig àrd a chlaiginn am beul na gaoith', 'Leig às mi!' Cha bu luaith' a dh'fhàg na faclan a bheul na dh'fhalbh a' ghaoth leotha is chaidh am bàthadh fo othail na gèile is torran na mara.

B' ann air an ath latha a fhuaireadh a chorp is e sìnte air a' mhol far an do leig an fhairge às grèim air. Ach bha anam fada, fada a-muigh air uachdar na mara.

> eadar an doimhne
> agus an nèamh
> A' mhuir na goil fodha
> Na speuran nan onfhadh
> os a chionn

Am Fìdhlear Taibhse

'S BEAG ORM cabhag. 'S beag orm cabhag gu sònraichte nuair a tha mi gu bhith a' cluich aig dannsa cèilidh. 'S fheàrr leam a bhith ann ann an deagh àm, le tìde gu leòr son sound check is gus m' fhidheall a ghleusadh is, nas cudromaiche na sin, gus m' inntinn a ghleusadh. A bharrachd air a bhith a' cluich na fìdhle bu mhise an caller don chòmhlan bheag a bh' againn an uair sin. Mar sin bhiodh e an urra rium, chan ann a-mhàin na dannsaichean a stiùireadh ach an oidhche air fad a chumail a' gluasad gu siùbhlach. Feumar a bhith an sunnd ceart son an t-seòrsa obrach a tha seo. Ach cha b' e seo a bha fa-near dom bheatha aig an àm. Aig deireadh latha-obrach traing is tric a bhithinn claoidhte agus is beag an t-àm a gheibhinn gus mi fhèin a dheasachadh.

An oidhche sin bha cùisean nas miosa nan àbhaist. Bha agam ri obair gu anmoch is bha an cèilidh gu bhith a' tòiseachadh na bu thràithe nan àbhaist aig 7 feasgar. Cha mhòr gun robh cothrom agam mo dhìnnear a thilgeil sìos mo shlugan is a-mach air an doras a ghabh mi, a' fàgail pòg dheifreach aig mo bhean. Ged a bha mi air suathadh beag cabhagach a thoirt dom lèine leis an iarann, nuair a thug mi sùil sìos oirre bha coltas mapa rilif na Gàidhealtachd oirre is bha na làmhan a stob a-mach às na muinchillean ann an staid a bha sgreataidh is iad air an còmhdachadh le sgròban, is ùir fo na h-ìnean, bhon obair agam air na rathaidean. Thug bogsa m' fhìdhle slaic dham dhruim le gach ceum mòr a thug mi a dh'ionnsaigh talla na coimhearsnachd a laigh aig bonn an rathaid againn làmh ris a' chladach. B' e faochadh a bh' ann, air dhomh an talla a ruighinn, a' bhana aig Ruaraidh fhaicinn ann am pàirc nan càraichean. Bha sin a' ciallachadh gum biodh an sound system againn co-dhiù a-staigh agus 's dòcha fiù 's air a chur suas; ach cuideachd gum biodh diomb air Ruaraidh o chionn 's nach tug mi cuideachadh dha.

Chaidh mi a-steach tron doras-cùil a lean gu dìreach dhan àrd-ùrlar is fhuair mi an sin Ruaraidh a bha a' sporghail gu dian am measg snaidhm chàballan. Bha an giotàr aige a' feitheamh air gu foighidneach na ghlèidheadair aig oisinn an stèidse. Bha Màiri na suidhe air sèithear leis a' bhogsa-ciùil na h-uchd. 'S e boireannach beag sgiobalta a th' ann am Màiri is bha i cha mhòr air falach air cùl na 120 Base Hohner Marino tomadaiche aice, le dìreach a làmhan mìn a' nochdadh aig gach taobh dhith is a h-aodann cuimir a' dìdearachd thar a' mhullaich.

Cha robh sgeul air Daibhidh, an drumair tormain againn, ach bu bheag an t-iongnadh sin, oir bhiodh e daonnan fadalach. Bu chòir dhuinn a bhith air a' bhròg a thoirt dha o chionn fhada. Ged nach canadh fear seach fear againn e, leis an fhìrinn bhiodh an còmhlan a cheart cho math às aonais. Ach 's e sin an trioblaid nuair a bhios tu a' cluich le luchd-ciùil a tha cuideachd nan càirdean dhut; thig càirdeas daonnan ro toinisg. Ged as e fear a dh'fhàgas droil thu gu tric leis an dol-a-mach neo-earbsach aige, tha a phearsa cho tarraingeach 's gun toir thu mathanas dha cho luath 's a tha thu na chuideachd.

Bha gruaim air aodann Ruaraidh nuair a choimhead e suas orm bhon làr. 'Tha thu fadalach,' thuirt e. Shìn e càball dhomh. ''Sin thu.' Thug mi m' fhidheall a-mach às a' bhogsa is cheangail mi am pick-up aice leis a' chàball. ''S fheudar dhut corra phuing a chluich ach am faigh mi na levels,' arsa Ruaraidh is e a-nis na sheasamh air cùl an deasg-mheasgachaidh. Theannaich mi mo bhogha is tharraing mi thar nan teudan e. Thug i grunnsgal grànda mar mhadadh ga dhùsgadh gu grad bho throm-chadal. Feumaidh gun deach na teudan tuanaichte nuair a bha an fhidheall a' bualadh le mo dhruim air an t-slighe sìos. Chan eil mi math air gleusadh nuair a tha mi fo chùram. Bha mo cheann a' dol tuathal. Thug mi ùine mhòr a' strì leis na cnagan is Ruaraidh a' sìor fhàs nas mì-fhoighidniche. Ged a gheibhinn faisg air na puingean ceart chaidh iad às orm le gach oidhirp. 'Foghnaidh na dh'fhònas,' thuirt mi, is chuir mi an fhidheall na crochadair air an làr. Gheibhinn smachd oirre rè ùine nuair a sheatlaigeadh na teudan – is mi fhèin mar an ceudna – sìos beagan.

Na h-àite thog mi an radio mic a-mach à bogsa nan treallaichean is chuir mi air mo cheann e. 'Feuchamaid air seo,' fhuair mi air na faclan fhaighinn a-mach mus robh cothrom aig Ruaraidh dad eile a ràdh. Cheangail mi paca nam bataraidhean ri mo chrios. Bha e air a bhith briste bhon oidhche a thuit e far mo chriosa aig banais is a stamp fear na bainnse air. Bha pìos duck tape air a phasgadh mu thimcheall ga chumail bho bhith a' tuiteam às a chèile is an suidse on-off a-nis cugallach is duilich a shuidheachadh san àite a bu chòir dha a bhith. Chiortalaich mi ris gus an tàinig an solas uaine air is theann mi ris an duan ghòrach, ghnàthach. 'One, two. Two, one. One, one, two. Two, two, one,' is mar sin air adhart. Lìon mo ghuth an talla a' cur clisgeadh air a' chorra dhuine a bha a-nis air cruinneachadh ann. Thàinig e a-steach orm; an àite a bhith ag èigheachd air Ruaraidh mar bu mhath leam, bha mi a' sgreuchail sa mhaicreafòn. Mhothaich mi gun robh làmh air a càradh air mo ghualann; làmh mhìn, mheachar nach buineadh do thè air bith ach Màiri. Bha i a' cagair nam chluais, 'Gabh air do shochair a ghràidh. Bidh a h-uile rud taghta.' Sa bhad thraogh an t-àmhghar asam. Na àite dh'èirich faireachdainn eile; faireachdainn a bha a cheart cho milis 's a bha i cunnartach, sin miann; miann do Mhàiri.

Bhon oidhche ud a chluich sinn aig fèill an àiteachais bha mi air a bhith mar phressure cooker gus spreadhadh gach uair a bhiodh Màiri mu thimcheall orm. Cha robh ann ach pòg aithghearr aig cùl an stèidse, ach chuir e dealan tromham a bha fhathast a' ruith trom chuislean. Cuiridh mi fhèin an coire air tab a thugadh don chòmhlan leis a' bhàr. Cò idir a smaoinich gur e deagh bheachd a bh' ann a bhith a' tabhann deoch saor 's an-asgaidh do chòmhlan cèilidh? Nan robh iad dhen bheachd gun caomhnadh iad airgead le bhith a' toirt tab dhuinn an àite a bhith gar pàigheadh mar bu chòir bha iad fada ceàrr leis na dh'òl sinn còmhla. Cha b' fhada gus an do dh'fhàg Daibhidh an t-àrd-ùrlar às dèidh corra dhannsa is bha e air a bhith an tac a' bhàir bhon uair sin gus an robh e na ablach dìblidh gun fheum. Aig a' mhòmaid a choinnich mo bhilean ri bilean Mhàiri an oidhche ud bha Ruaraidh na làn sheanchas ri tuathanach mu tharbh Charolais nach robh a' coileanadh a dhleastanasan mar bu chòir; cuspair a thug dhaibh tòrr chothroman son fealla-dhà is drabastachd. Ged nach robh mi fhèin is Màiri san aon staid riuthasan cha chanainn gun robh sinn buileach sòbarra. Bha an ceòl seachad; cha robh dòigh air cumail a' dol le leth-chuid a' chòmhlain a dhìth is bha mi fhèin is Màiri a' rèiteachadh nan càballan aig cùl an àrd-ùrlair. B' e àrd-ùrlar beag a bh' ann is gach turas a rachadh sinn seachad air a chèile bhiodh, neo-ar-thaing, suathadh beag eadarainn. Choinnich ar sùilean, agus b' e sin e, a' mhòmaid a dh'fhàg m' inntinn fo fhiabhras. Bha fhios agam nan leanadh cùisean mar seo nach b' urrainn do dhama mo neart toile an t-uisge a chumail air ais is aon uair 's gum bristeadh e gun rachadh mo bheatha bun-os-cionn.

Chrath mi mo cheann is thug mi sùil sìos bhon àrd-ùrlar gu far an robh na daoine air tòiseachadh air cruinneachadh mu na bùird. Bha fhios agam gum bu mhithich dhomh cùisean a chur air bhog mus fhàsadh daoine mì-fhoighidneach. Thug mi leum far an stèidse is chaidh mi dhan bhòrd as motha le buidheann mhòr nan suidhe uime.

'An sibhse Ealasaid Walker?' thuirt mi ris a' bhoireannach aig ceann a' bhùird. B' ise a chuir air dòigh an oidhche.

'Sin mise. Sin gu dearbh,' rug i air làimh orm le grèim a bha garg is thug i garbh chrathadh oirre.

'Am faod mi eòlas a chur air Maighstir Walker, an duine

agaibh?' Bha i air innse dhomh roimhe air a' fòn gur ann don duine aice a bha an cèilidh gu bhith; surprise party. Cha robh e soilleir dhomh cò e. Cha robh sgeul air ri a taobh co-dhiù.

'Sin e.' Gnog i a ceann an comhair ceann eile a' bhùird.

Thug mi sùil mu thimcheall nan daoine a bha nan suidhe aig a' bhòrd. Bhon suaip a bh' ann eatarra bha e follaiseach gun robh a' chuid as motha dhiubh nam buill dhen aon theaghlach; an fheadhainn eile 's dòcha nan cèilean no dlùth-charaidean. Bhiodh an dithis dheugaire aig meadhan a' bhùird nan oghaichean, shaoil leam. Ach cha robh duine seach duine dhiubh a' coinneachadh mo shùla. Bha iad uile a' dearcadh sìos dhan bhòrd. Ruith mo shùil thar a' bhùird, a' leantainn nan sùilean aca, seachad air na botail bhodga, canaichean Coke, leth-bhotal Bell's, 12 pack Budwiser, gus an do ràinig i bhàsa crè a bha na sheasamh ri taobh botal cider saor aig taobh thall a' bhùird. Bhàsa? Cha b' e bhàsa! Bhuail e orm gur e urn a bh' ann.

'Seagh. 'S e an-diugh fhèin an treas ceann-bliadhna bhon a chaochail Bert còir.' Bha a' bhean-phòsta Walker air a' cheist nach rachadh agam air faighneachd a fhreagairt. B' e Maighstir Walker gu dearbh a bh' anns a' chrogan. 'Tha an t-àm agam a leigeil mu sgaoil. Ach mus fhàg mi soraidh slàn aig an duine bha mi airson gum biodh aon phàrtaidh mòr eile aige. Ghnog a h-uile duine mar aon an cinn is thog fear no dhà glainne. 'Bha e cho dèidheil air cèilidhean is e beò. Fhios agaibh, bha uair ann a bha e na bhall de chòmhlan cèilidh; dìreach mar sibh fhèin.' Thog Ealasaid Walker glainne bhon bhòrd a bha làn stuth de dhath a bha eagalach, mì-nàdarra is thilg i sìos a slugan e, 'Dannsamaid!' dh'èigh i.

'Dannsamaid gu dearbh!' Bha mi a' tarraing air ais ge b' oil leam. 'Ach ma ghabhas sibh mo leisgeul 's fheudar dhomh sgrìob a thoirt dhan taigh-bheag an toiseach.' Cha robh taigh-beag a dhìth orm ach cha bu mhiste mi mionaid no dhà gus m' inntinn a shocrachadh a-rithist. Ged a bha mi air cluich dhan a h-uile gnè duine beò a thathaicheas uachdar na talmhainn b' e seo a' chiad uair a chluichinn do na mairbh.

Taobh a-staigh an taighe-bhig fhuair mi bùthan is rinn mi suidhe air a' phana. Theann mi ri brunndail rium fhèin is mi a' cur an cèill an truas a bha mi a' faireachdainn dhomh fhèin, 'Nach neo-ar-thaingeil obair a' chòmhlain cèilidh? Nach faoin an duine a ghabhas rithe?' Is mar sin air adhart. Ach cuideachd a' cur an cèill mo dhiomb mu dhol-a-mach Ruaraidh, 'Is greannach an duine e! Is mòr mo thruas da bhean a dh'fheumas cur suas ris! Nach eil dad ann an nì mi a thoilicheas e!'

'FUCK!'

'FUCK!'

'FUCK!'

Bha siud nas fheàrr. Thug mi tarraing air an làmhrachan. Ged nach robh dad sa phana 's dòcha gum faigheadh e cuidhteas mo dhroch rùn. Dh'fhàg mi an toidhleat is sheas mi tiotan taobh a-muigh doras an talla. Chrath mi mo làmhan is dh'èigh mi 'Show Time!' Chuir mi fiamh-ghàire air m' aodann, shad mi fosgailte na dorsan is choisich mi gu sgairteil thairis air an làr-dannsaidh a dh'ionnsaigh an àrd-ùrlair. Air adhbhar air choireigin bha a h-uile duine a' coimhead orm is cha chreid mi nach robh cuid dhuibh a' dèanamh siot-ghàire. Thug mi sùil sìos gu paca nam bataraidhean agus, gu dearbh, bha an solas uaine air. Bha coltas ann gun robh iad air làn sheanchas an taighe-bhig agam fhaighinn. Bha an suidse air car a chur, is mi air mo shlighe dhan toidhleat. Bha Ruaraidh a' choimhead sìos orm bhon stèidse is bus grànda air.

'Good evening ladies and gentlemen!' Cha do dh'fhàg mi tìde aig Ruaraidh smid a ràdh, 'Welcome to Bert's ceilidh. Take your partners for a Gay Gordon's.' Ged a bha agam ri beagan stiùiridh a thoirt do chuid de na dannsairean thug e faochadh dhomh gun robh a' chuid as motha dhiubh eòlach air dannsadh cèilidh. Thill mi dhan àrd-ùrlar far an do chuir mi seachad an còrr dhen dannsa is mi a' strì mi ri m' fhidheall a ghleusadh fhad 's a chuir Màiri sìnteag anns a' Headlands March. Aig deireadh a' phuirt bha m' fhidheall gleusta ged nach robh mi air pong dhen fhonn a chluich. Thàinig e a-steach orm gur dòcha gur e mise air nach robh feum aig a' chòmhlan. Smaoinich, nam faigheadh iad cuidhteas mi a' fàgail Ruaraidh is Màiri còmhla! Chuir mi an smaoin às mo cheann.

'Ladies and Gentlemen, take your partners for a Virginia Reel.' Dannsa togarrach, aighearach a chòrdas ris a h-uile duine, smaoinich mi. Cha robh mi gu bhith a' fàgail abhsadh eadar na dannsaichean.

Nuair a thàinig an dannsa gu crìch mhothaich mi do dh'Ealasaid Walker is i a' dlùthadh ris an àrd-ùrlar. B' e àrd-ùrlar anabarrach àrd a bh' ann is mus do ràinig i an taobh a bha mi chan fhaicear ach a ceann, mar gun robh e a' laighe air oir an stèidse gun bhodhaig. 'Gabhaibh mo leisgeul,' thuirt an ceann. 'Coma leibh dannsaichean cèin! Nach cluich sibh rudeigin a tha fìor Albannach? De mu dheidhinn deagh Strip the Willow? B' e sin an dannsa a b' annsa le Bert còir.'

Bha an talla a-nis làn le daoine dhen a h-uile aois. Feumaidh gur e duine a bh' ann am Bert aig an robh cliù am measg a luchd-dàimh is caraidean. Bha an deoch air tòiseachadh air buaidh a thoirt air a' chuideachd is bha tòrr fearas-chuideachd a' dol eadar na bùird. Ach bha aon bhoireannach ann a bha na h-aonar aig bòrd dhi fhèin san oisinn is coltas ann gun robh càch ga seachnadh. Gach turas a bheirinn sùil sìos dhan talla rachadh a tarraing thuice ri linn a cuid-aodaich dathach a bhoillsg bhon dorchadas aig cùl an talla. Bha i air a h-èideadh ann an dòigh fada na b' òige na h-aois le dreasa rud beag ro ghoirid is rud beag cus maise-gnùis oirre. Stob paidhir sàilean àrda dearga a-mach bho bhonn a' bhùird. Ged a bha e duilich a tuar fhaicinn gu ceart bhiodh i air a bhith seachad air leth-cheud co-dhiù. Gheibhinn a-mach cò i air dòigh air choireigin rè na h-oidhche.

'Ladies and Gentlemen. Take your partners for a Strip the Willow.' An ùine ghoirid bha cha mhòr a h-uile duine a bha an làthair air an làr ach a-mhàin corra sheann duine; is tè nan sàilean àrda. Chuir e an t-uabhas orm nuair a chunnaic mi

Ealasaid a' tilleadh dhan t-suidheachan aice is i a' togail luaithre Bert bhon bhòrd. 'Tha Bert gu bhith a' dannsadh còmhla rinn!' dh'èigh i. Phaisg i Bert 'Còir' fo h-achlais is le sgreuchail a chrath na cabaran theann i ri dannsadh mar dheamhan. Gach turas a thàinig i air beulaibh dannsair eile shìn i Bert thuca gus am biodh cothrom aige dannsadh leis a h-uile duine. Sheas Bert seata no dhà mus do thachair an rud do-sheachanta. Air do dh'Ealasaid tuisleachadh bha Bert air sgèith gu h-ealanta tron adhar, a' dèanamh àrc ghrinn gu ruige an làir. Bha mi a' faicinn sin uile ann an slow motion. Ged a bhuail an crogan an làr le brag, gu h-iongantach, cha do bhris e, ach dh'fhalbh an fharbhail agus sin Bert na lòn liath sgaoilte eadar an dà loidhne de dhannsairean. Sguir an ceòl. Thuit an t-àite sàmhach.

Thog Ealasaid i fhèin bhon làr is thàinig i dham ionnsaigh, 'Am faigh mi sguab?' thuirt a ceann bho bhonn an stèidse. Fhuair mi bruis is pana bhon neach-fhaire a bha air a bhith na chadal san oifis shuas an staidhre is theann mi fhèin is Ealasaid ri Bert a chur air ais san urn; Bert agus beagan stùr an talla; gaoisid no dhà is seann phasgan glaodh-cagnaidh.

Nuair a thill mi dhan àrd-ùrlar thachair mi ri duine a bha a' feitheamh orm aig bonn na staidhre a lean a-nuas dhan stèidse. Bha fidheall aige na làimh, 'Gabhaibh mo leisgeul,' thuirt e. 'Tha mise nam fhìdhlear dìreach mar a tha sibh fhèin. Bhiodh e a' toirt mòr-thoileachas dhomh nam faighinn an cothrom cluich còmhla ribh. Nach neònach, smaoinich mi, nach tug mi an aire dhan duine roimhe no nach robh e air faighneachd aig toiseach gnothaich. B' e rud a thachradh bho àm gu àm, gun iarradh cuideigin oirnn cead party piece a thoirt seachad; nochdaidh uncail aig banais a sheinneas ballad aig àrd a chlaiginn no caileag a tha an geall air a bhith na pop star a chuireas às a corp, is i ag atharrais air an t-seinneadair as fheàrr leatha. B' ainneamh a nochd neach-ciùil ionnsramaideach ach thachair e corra uair. Ged a bha fear no dhà dhiubh ann a bha math, leis an fhìrinn bha a' chuid as motha dhiubh sgreataidh. Co-dhiù mura toirinn maicreafòn dha, cha dèanadh e mòran croin.

Thug mi fiathachadh dha tighinn a-nuas is fhuair mi sèithear dha bho chùl an stèidse.

Air dha suidhe sìos is an fhidheall aige fhaighinn a-mach às a bogsa thionndaidh e rium, 'Tha an genie a-mach às a' bhotal!' Thilg e a cheann an comhair a chùil is rinn e lachanaich. 'Bidh an ceòl air feadh na fìdhle a-nis!' Lachanaich eile; nas àirde an turas-sa. ''S mise Bert. Math coinneachadh ribh.'

Cha robh mi air taibhse fhaicinn roimhe; taibhse cheart tha mi a' ciallachadh. Gnogan neònach air balla 's dòcha, dìosgail dorais, srann gaoithe a bha mar chomharra dhomh gun robh rudeigin os-nàdarra an làthair. Ach cha robh mi a-riamh roimhe aghaidh ri aghaidh ri taibhse mar seo. Bhithinn an dùil ri tathaiche sgleòthach a shiùbhlas tro bhallachan is crònan tiamhaidh às; chan e am bodach bragail a bha air mo bheulaibh is fealla-dhà às.

'Droch bheachd a bh' anns an Strip the Willow.' Lachan eile bhon bhodach, 'Ma tha trioblaid gu bhith ann, 's ann an cois an Strip the Willow a thig i.' Bha e ceart an sin. 'S iomadh turas a chunnaic mi dannsairean an Strip the Willow a' dol am bad a chèile is a' tuiteam nan cnap air an làr. Aon turas dh'fhalbh boireannach ann an carbad-eiridinn às dèidh dhi a h-adhbrann a bhriseadh.

Cha bu mhiste mi cùisean a shocrachadh beagan. 'Ladies and Gentlemen, take your partners for a Slow Waltz, a s...l...o...w w...a...l...t...z.'

Theannaich Bert a bhogha is thug e sùil a-mach dhan talla, 'Tha iad uile an seo,' ars esan. ''S iad a tha! Caraidean, nàimhdean, feadhainn as aithne dhomh air èiginn.' Thug mi an aire gun robh bean òg na seasamh ri taobh tè nan sàilean àrda 's i air carachadh a-null bho bhòrd an teaghlaich. Bha i ag ràdh rudeigin ris a' bhoireannach is i a' tomhadh le corrag an comhair an dorais. Phaisg ise gu daingeann a gàirdeanan thar a broillich is dh'fhan i far an robh i.

'Cò i, am boireannach? dh'fhaighnich mi de mo chompanach. 'Ise? Cairistìona? Sgeulachd fhada a tha sin. Cuireamaid mar seo e, ged nach i mo bhean, b' ise rùn mo chridhe.' Chaog e rium.

Thug e beagan ùine mus do nochd duine sam bith air an làr. Bhiodh fèill mhòr daonnan air na waltzs am measg nan daoine a bha suas am bliadhnaichean nach robh cho comasach a-nis air na dannsaichean as luaithe is rè ùine shiab dòrlach màirnealach dhiubh a-mach dhan làr is le bàr no dha de Westering Home bha iad a' cur charan mun talla, a' toirt ceum cùramach chun aon taobh nuair a thigeadh iad dhan àite far an robh Bert air a bhith na laighe is far an robh, 's dòcha, mìr dheth ann fhathast. Cò dh'iarradh pìos seann charaid a thoirt dhachaigh air bonn bròige?

Chuir e iongnadh orm cho math 's a bha Bert a' cluich nuair a theann e ris a' phort. Dh'fhalbh na puingean aige air iteag os cionn ceòl a' bhogsa is bha togail na chuid cluiche a chuir spionnadh an casan nan dannsairean. Ged bu lugha orm aideachadh, bha e na b' fheàrr na mise; fada na b' fheàrr.

Bha sinn letheach slighe tron 'Eilean Dorcha' nuair a chuala mi a' ghleadhraich bho chùl an stèidse.

Thionndaidh mi an taobh bhon tàinig i. An sin sheas Daibhidh san doras-cùil, druma fo achlais, plìonas air aodann is coltas na dibhe air. Thug e ceum cugallach a-mach dhan stèidse is thòisich e air an druma a chur an-àirde. Thug mi sùil fhrionasach, aithghearr do Mhàiri a chomharrachadh dhi gum b' fheudar dhuinn stad a chur air cùisean mus feuchadh Daibhidh air cluich. Cha robh ach an aon stoidhle cluich aig Daibhidh fiù 's air a' chorra uair a bha e sòbarra; drumaireachd a' bheairt-ghunna mar a chanadh sinn ris nuair nach robh e an làthair, is ged a chuir sinn ìmpidh air fois a ghabhail rè na waltzs is na fuinn shlaodach, chan èisteadh e.

Thog an snodha-gàire a thug Màiri dhomh mo mhisneachd. 'S dòcha gun robh teans agam fhathast a dh'aindeoin mo chuid ghlaoiceireachd a-nochd. Stad sinn aig deireadh na sèiste le còrd sultmhor air a' bhogsa. Ge b' oil leinn bha Daibhidh air na bioran a thogail is chaidh aige air drumroll a chur rithe.

'An do chaill mi mo dhrum solo?' B' iad sin na ciad fhaclan a thàinig às a chraos.

Thug Bert sùil dhiombach air is dh'fhiar e thugam, 'Abair glaoic esan! Nam bithinn nur n-àite gheibhinn cuidhteas e. An làrach nam bonn.'

Eadar guthan an dithis fhireannach bha mi a' cluinntinn guth boireann; guth nach b' aithne dhomh. 'Gabhaibh mo leisgeul. A mhaighstir caller am faigh mi facal oirbh?'

Nuair a thionndaidh mi chunnaic mi gun robh an guth a' tighinn bho thè nan sàilean àrda, Cairistìona, rùn cridhe Bheirt, a bha na seasamh aig bonn an àrd-ùrlair. Cha robh i cho àrd ri Ealasaid is a dh'aindeoin nan sàilean àrda bha aice ri seasamh air a corra-biod gus a ceann a chumail bàrr an stèidse, is na corragan aice a' greimeachadh air oir an stèidse ga cumail dìreach. Bha coltas nas aosta oirre an seo fo sholais an stèidse. Far an robh a maise-gnùis roimhe a' cleith a h-aois san doilleireachd, an seo, leis a' bheagan astair a bha eadarainn bha e ga dèanamh nas nochdte. Bho far an robh mi os a cionn bu lèir dhomh na freumhan liatha a bha a' cinntinn às ùr na gruag henna. Cha deach aig an fhalt thana air mullach a cinn air craiceann geal a claiginn fhalach.

Thug Bert buille aotrom dhomh mun ghualainn. Bha shùilean air a dhol bog. 'Nach i tha bòidheach!' thuirt e.

'A mhaighstir caller!' thug mi aghaidh air a' bhoireannach. 'An cluich sibh Cumha Niall Gobha da Dhàrna Bhean? B' e sin am port a b' fheàrr le Bert Còir.'

'Tha i ceart,' arsa Bert. ''S e port sònraichte àlainn a th' ann, nach e? 'S còir dhuinn a chluich.'

'Ladies and Gentlemen. We are going to give your feet a rest now and play one of Bert's favourite tunes. Sit back and enjoy our rendition of Neil Gow's Lament To His Second Wife.'

Bha Ruaraidh a' smèideadh orm. Cha do choimhead mi ris. Bha mi fhathast an droch thriom ris ach chithinn bho oir mo shùla gun robh e a' crathadh a chinn is a' tarraing corrag thar a mhuineil mas fhìor a' searradh amhaich. Nuair a choimhead mi rithe bha fiù 's teagamh an sùilean Mhàiri. Tha e fìor gun rachadh aig port slaodach oidhche aighearach a mharbhadh. Ach bha e ro fhadalach stad a chur air a-nis, bha Bert air am fonn a thogail.

'S dòcha gur ann air sgàth gur e taibhse a bh' ann am Bert ach bha rudeigin neo-shaoghalta mu a cheòl a bha gam thàladh is gam thoirt gu àite eile. Cha robh mi air a leithid a chluinntinn roimhe is bha fios agam nach cluinninn a leithid a-rithist. Ro dheireadh an fhuinn bha na deòir a' bòcadh nam shùilean.

B' e sealladh Ealasaid 's i a' tighinn dham ionnsaigh a dhùisg mi bhon gheas. Bha bus oirre. Thilg i na gàirdeanan aice suas air an àrd-ùrlar. 'Cò air a bha sibh a' smaointinn! 'S e tha dhìth oirnn ceòl togarrach a chumas ar casan a' dannsadh; chan e ceòl slaodach, tiamhaidh mar sin.'

'Ladies and gentlemen. Please take to the floor for a Dashing White Seargent.'

Ruith sinn gu sgiobalta tro na dannsaichean bho seo a-mach – Canadian Barn Dance, Riverside Jig, Flying Scotsman – is mar sin air adhart gun abhsadh eatarra. B' ann aig deireadh a' Flying Scotsman a chlisg Bert ri mo thaobh. Bha e a' dùr-choimhead gu cùl an talla gu far an robh duine àrd, drùidhteach dìreach air coiseachd a-steach. 'Na can rium gun tàinig ESAN!' ghlaodh Bert. 'An trustar! Am beagan airgid suarach a bha aige orm; smaoinicheadh tu gur e fortan a bh' ann. Cha leigeadh e seachad e a-riamh. Fhios agad dè thuirt e rium?'

'Chan eil.' (Ciamar a bhitheadh?)

'Thuirt e, "Mura faigh mi na th' agam ort is tu beò, gheibh mi air dhut bàsachadh e!" Ha! Bu bheag am fios a bh' aige nach biodh sgillinn ruadh air fhàgail agam! 'S ann leams' a bha am fealla-dhà mu dheireadh!'

Thug am fireannach sgrìob thar an talla gu far an robh an teaghlach aig Bert nan suidhe. Thilg e a ghàirdeanan mu Ealasaid is thug e pòg ghaolach dhi mus do shuidh e ri a taobh. Rinn an còrr dhen teaghlach snodha-gàire fialaidh ris. Reoth Bert; mar thaibhse a tha air taibhse fhaicinn. Facal, cha tàinig às son a' chòrr de na dannsaichean. Ged a lean e air a' cluich bha beagan dhen sgairt air a dhol às a chuid fidhlearachd.

Mu dheireadh thall thòisich na daoine air sìoladh às an làr dannsaidh. Bha pàiste no dhà nan cadal an uchd am màthar; na fleasgaich a bha o chionn leth-uair a thìde cho bragail a-nis a' siaradh mun talla mar Zombies no nan closach sgapte am measg nam bòrd, is na caileagan aig an robh sùil annta a-nis gan seachnadh is iad nan cròilean ri cabadaich. Bha cuid mhath de na seann daoine air falbh. Bha an t-àm ann cùisean a thoirt gu crìch.

'Ladies and gentlemen. Please take to the floor for Auld Lang Syne.'

Ghluais an fheadhainn a bha fhathast le mothachadh no comas coiseachd a-mach air an làr mar armailt airtnealach às dèigh blàr oillteil, is chaidh iad nan cearcall luideach. Le làmh an làimh a chèile theann iad ri seinn, 'Should auld acquaintance be forgot'. Bhuail e orm cho iomchaidh 's a bha na faclan an oidhche ud is mhothaich mi gun robh deòir ann an sùilean Bert. 'Gabh mo leisgeul,' thuirt e. 'Chan e mo ghnàth a bhith a' gal.'

'But we've wander'd mony a weary fit,
Sin' auld lang syne.'

Thug an dòmhladas an roid mu dheireadh gu meadhan an talla is le iolach chaidh iad am bad a chèile. Air dhaibh sgaoileadh air ais do na bùird aca thàinig Ealasaid dhar n-ionnsaigh is i a' toirt cèis dhonn a-mach às a pòcaid, is shìn i thugam i, 'Tapadh leibh,' thuirt i. ''S cinnteach gum biodh an oidhche air còrdadh ri Bert còir.' Seo an rud as fhiach, cèis dhonn air a dinneadh le notaichean aig deireadh na h-oidhche. Seo an dìoladh airson na saothrach is a' bhuairidh a thig an cois obair a' chòmhlain-chèilidh. Cha robh i air a bhith nam chròg ach airson tiotan mus deach agam air a sìneadh a-null gu h-aindeonach gu Ruaraidh a bha an urra ri gnìomh an airgid.

'Uill tìoraidh is taing,' thuirt Ealasaid. 'Tha sinn gu bhith a' sgaoileadh na luaithre aig Bert dhan mhuir a-nis. B' e duine a bh' ann a bha cho measail air a' mhuir nuair a bha e beò, fhios agaibh.'

'Thalla!' dh'èigh Bert. 'An e sin a tha fa-near dhaibh an dha-rìribh?'

Bha e coltach nach cuala Ealasaid e. Thionndaidh i gus falbh ach mus do thog i oirre thug i sùil air ais is thuirt i, 'Ri linn nam bliadhnaichean mòra a thug e seachad aig muir, tha mi a' ciallachadh. 'S cinnteach gur e seo am miann a bhiodh aige. Nan robh e beò. Nan robh e an làthair tha mi a' ciallachadh, nar n-èisteachd.' Bha e follaiseach gun robh i a' strì ri a h-iompachadh fhèin gun robh i ceart.

'Tha mi an seo!' Bha Bert a' smèideadh oirre 's e ann am breathas. 'B' iad sin na bliadhnaichean bu mhiosa de mo bheatha.' Bha e a-nis a sgreuchail aig àrd a' chlaiginn ach cha robh i ga chluinntinn. 'Bha eagal mo bheatha orm gum bàsaichinn aig muir is nach tillinn dhachaigh. B' fheàrr leam gun robh mo dhuslach sgaoilte aig mullach Beinn Everest na dol gu grunnd na mara.'

Air mo chùlaibh bha Ruaraidh a' cunntadh a-mach an airgead. Bha e air corra not a thoirt do Mhàiri is chuir e iongnadh orm gun robh e a' toirt airgead do Dhaibhidh nach do chuir ach gleadhraich leis an fhuaim againn. Cha tug e dad dhòmhsa.

'A Ruaraidh. Tha fios gu bheil mi airidh air mo chuibhreann,' ghuidh mi ris.

'Thus'! 'S dòch' gun deach e air dìochuimhne ort, ach tha airgead fhathast agam ort airson na thug mi air a sound system. 'S fhada bhon a gheall thu a phàigheadh air ais.' Cha robh dad ann a dhèanainn is làn fhios agam gun robh e ceart ach chan fhaigheadh e cuideachadh bhuam leis a' Ph A. Chuir mi m' fhidheall air ais dhan bhogsa aice is rinn mi gus falbh.

'Agus aon rud eile,' cha ghabhadh stad a chur air a-nis, 'na bi a' toirt ort fhèin creidsinn nach eil fhios agam mun dol-a-mach agad fhèin is Màiri.'

Bha an teaghlach aig Bert a' togail orra. Thog Ealsaid Bert bhon bhòrd is chuir i an fharbhail air ais air. Cha robh sgeul air mo cho-fhìdhlear a-nis. Bha mi ga ionndrainn mar-thà is an fhaireachdainn agam gur esan an aon duine a bha air mo thaobh-sa. Nuair a theàrn mi bhon stèidse bha Ruaraidh fhathast ag èigheachd air mo chùl, 'Ille, 's fheudar dhut gabhail air do shochair. Tha coltas a' chaoich a' laigh ort na làithean-sa. Tha fhios gu bheil cùisean air tighinn gu droch bhuil nuair a bhios tu a' cur seachad na h-oidhche a' bruidhinn riut fhèin mar a rinn thu a-nochd.'

Choisich mi gu luath thar an talla gus am faighinn a-mach à èisteachd Ruaraidh. B' i Cairistìona an aon duine a bha fhathast an làthair. Bha mi a' toirt soraidh dhi san dol seachad nuair a rug i gu cruaidh air ruighe orm.

'A mhaighstir caller,' thuirt i. 'Dè nì iad le Bert? Tha fhios agam gun do dh'innis i dhut.'

'Thèid e dhan mhuir,' fhreagair mi. Bha mi ro sgìth airson a' cheist a sheachnadh no airson breug innse.

Tharraing Cairistìona anail is chaidh i fiù 's nas gile na bha i mar-thà. 'Cha ghabh e a bhith! B' e sin an trom-laighe a bu mhiosa a bh' aige; a bhith a' tàmh gu sìorraidh aig grunnd na mara. Gu dè nì mi?'

Bu bheag mo dhiù aig an ìre-sa. Bha mi feumach air deagh chupa còco is mo leabaidh. Dh'fhuasgail mi mo ghàirdean bhon ghrèim aice is dh'fhalbh mi. Thug an t-adhar fionnar a-muigh faochadh dhomh às dèidh bruthainneachd an talla. Chunnaic mi gun robh teaghlach Bert air cruinneachadh air oir na tràghad. Bha Bert air a thogail an-àirde an làmhan Ealasaid a bha ag èigheachd rudeigin am beul na gaoithe.

Bha mi a' tionndadh a dh'ionnsaigh mo dhachaigh nuair a thug mi an aire do stiall ruadh a' dol seachad orm, 's i a' tilgeil nan sàilean àrda bhuaipe. Cha chreidinn gum b' urrainn do Chairstìona ruith cho luath. Thog i oirre na deann sìos an tràigh gu ruige far an robh an teaghlach aig Bert air cruinneachadh, is le grad-leum, b' ann anns na làmhan aice a bha Bert. Gheàrr i air falbh an uair sin gu cùl na tràghad mar chluicheadair rugbaidh is Bert na bhall fo a h-achlais is càch air a tòir. Bha i letheach slighe thairis air a' ghlasrach nuair a rug Ealasaid oirre is a thug i gu làr Cairstìona le teiceal a bha airidh air cluicheadair proifeiseanta. Leis an dithis an gleac a chèile siud Bert aon uair eile na dheann chun na talmhainn. Ach an turas-sa, air don fharbhail fhosgladh, chan fhada gus an do thog a' ghaoth is a-mach a ghabh Bert gu ruige nam beann. Sgèith an sgòth liath, siùbhlach seachad orm, a' dol òirleach no dhà air toiseach air bàrr mo shròine. Cha chreid mi nach do dh'fhidir mi smodal mìn dheth is e a' landadh air cùl m' amhaich. Air an dearbh dhiog nochd fear na fidhle air mo bheulaibh, 'Uill, a charaid, tha an t-àm againn dealachadh. Bha e math coinneachadh riut. Chì mi air an taobh thall thu.' Is le sin chaidh e à fianais.

* * *

Agus sin e; deireadh mo sgeòil, cha mhòr. Ach, mus fàg mi agad e bheir mi dà roghainn dhut son mar a dh'èirich do chùisean bho seo a-mach. 'S ann an urra riut fhèin a bhios e tighinn gu co-dhùnadh air cò an tè a tha fìor is cò an tè nach eil. Agus ma thachras sinn ri chèile uair no uaireigin san àm ri teachd, can aig dannsa cèilidh, thèid an fhìrinn fhoillseachadh dhut an uair sin.

* * *

Crìoch 1

Ged a thachair an rud mar as cuimhne leam gus nach do thachair (is leis an fhìrinn innse chan eil mi cinnteach chun an latha an diugh) b' e duine bh' annam bho seo a-mach a bha air tighinn fo iompachadh air choireigin. An ùine gun a bhith ro fhada bha mi air Ruaraidh a phàigheadh air ais. Dh'fhan mi fhèin is Màiri nar deagh charaidean ach cha deach cùisean riamh nas fhaide na sin. As iongantaiche buileach ge-tà, bhon oidhche ud, air adhbhar air choireigin, dh'fhàs mo chuid fìdhlearachd gu

127

bhith fada nas fheàrr. Ged a fhuair mi fras an dearbh oidhche ud 's dòcha gun robh luaithre Bert air a bhith a' laighe air chraiceann mo chlaiginn fada gu leòr gus buaidh air choireigin a thoirt air m' eanchainn, no 's dòcha gum b' e dìreach co-thuiteamas a bh' ann. Cha bhiodh leisgeul aig a' chòmhlan mo thilgeil a-mach a-nis. Ach carson a bhiodh iad ag iarraidh sin a dhèanamh? Nach iadsan na caraidean as fheàrr a th' agam?

***

Crìoch 2

B' ann dìreach seachdain às dèidh seo a bhris an dama a bha a' cumail mi fhèin is Màiri bho chèile, às dèidh dhuinn a bhith a' cluich aig banais phàganach. Cha d' fhuair mi mìr toileachais às an oidhche ri linn a' chionta a thàinig gun iarraidh na cois agus sguir sinn a dh'fhaicinn càch a chèile son greis. Bha mo chionta gam shìor bhuaireadh gus mu dheireadh thall b' fheudar dhomh aideachadh gu mo bhean mar a thachair. Cha tug seo buaidh oirre idir mar a bha mi an dùil. An àite gal no fàs feargach b' ann a theann i ri gàireachdainn. Thuirt i rium gun robh i air a bhith a' falbh le fear eile son greis mhath, is ciamar a bha mi air a bhith cho faoin is nach do mhothaich mi. Agus cò am fear sin? Cò eile ach Ruaraidh.

Dh'fhalbh mo chionta gu math ealamh is tha mi fhèin is Màiri air a bhith còmhla bhon uair sin. Cha robh dòigh air am b' urrainn don chòmhlan againn cumail a' dol is dhealaich sinn goirid às a dhèidh. San dealachadh thuirt Ruaraidh rium nach robh ùidh aige a-riamh ann an ceòl cèilidh is gun robh e ga chluich dìreach son a' bheagan teachd a-steach a thug e dha. An ùine gun a bhith fada bha e air còmhlan roc a chur air bhonn le Daibhidh air na drumaichean is tuathanach an tairbh air a' bhase. Bho àm gu àm bhiodh mo sheana-bhean a' seinn backing vocals leis a' chòmhlan. Feumaidh mi ràdh gu bheil Daibhidh fada nas fheàrr mar drumair roc na bha e mar drumair cèilidh is tha e a' faighinn a leòir de na drum solos nach robh ceadaichte dha san t-seann chòmhlan. 'S dòcha gur ann air sgàth an toileachais a tha e a' toirt às an dreach ùr aige, ach chan eil e idir cho trom air an deoch 's a b' àbhaist.

Chùm mi fhèin is Màiri oirnn a' cluich aig cèilidhean. Airson adhbhar air choireigin dh'fhàs mo chuid fidhlearachd gu bhith fada na b' fheàrr. Bha Màiri a-riamh na deagh chluicheadair air a' bhogsa is tha fèill mhòr air a bhith oirnn. Leis nach eil againn ach an dithis againn fhèin a phàigheadh tha an t-airgead a thig an cois a' ghnothaich fada nas fheàrr. An ùine nach robh fada chaidh agam air Ruaraidh a phàigheadh air ais is mu dheireadh thall bha e comasach dhomh m' obair-làitheil a leigeil seachad.

Mo Mhàthair, Am Madadh-allaidh

GED NACH I mo mhàthair 's dòcha an tè as fhasa dèiligeadh rithe – aidichidh mi sin – chan eil duine ann as aithne dhomh nach canadh gur e boireannach inntinneach a th' innte. Nuair a thig e gu aon is gu dhà cha chreid mi nach b' fheàrr leam màthair inntinneach na tè fhurasta. Na tog ceàrr mi; chan e nach canainn gur e deagh mhàthair a bh' innte, oir b' e agus dhòmhsa nam òige riochdaich i a h-uile rud a bu chòir a bhith ann am màthair – blàths, gaol, tèarainteachd.

Agus 's e sin a th' ann am pàrant dhuinn nuair a tha sinn òg, nach e? Samhla dha na rudan bunaiteach sin. 'S iongantach mar gur e ar pàrantan na daoine as fhaisge oirnn ach as lugha as fhiosraich dhuinn. Corra uair gheibhinn plathadh nam òige gun robh pearsa a' tàmh am broinn an t-samhla mhàthaireil. Sin nuair a shuidheadh mo mhàthair le cupan teatha air a beulaibh is i a' leigeil seachad a h-uallaichean màthaireil tamall beag. Bhiodh i na suidhe casan bac air oiteig na slacs is lèine polo, aodach a bha san fhasan aig an àm oir b' e tè a bha nam mhàthair a chumadh an-àirde ri fasan fad a beatha. 'S ainneamh a smocadh i ach aig na tamallan seo lasadh i toitean is dh'èireadh na fàinneachan toite às a beul os ar cionn dha na speuran; riombaill an tòir air ainglean. Fhathast nar cuideachd gu fiosaigeach, na h-inntinn bha i a' siubhal gu làithean a h-òige, gan toirt beò às ùr na seanchas. An turas a dhràibhig i bho Thoronto gu New York ann am Chevy Bel Air, gu pàrtaidh aig flat Duke Ellington, an neach-saidheans às an t-Suain aig an robh sùil innte is a dh'ainmich boiteag pharasait às a dèidh. Is beag an t-iongnadh nach do dh'obraich a' phlòigh sin. Corra uair shnàigeadh nathair na droch chuimhne às na faileasan a chur sgleò air an t-seanchas; mar a thàinig sgaradh san teaghlach bheag aice aig àm a' chogaidh nuair a chaidh i fhèin is a màthair a chur gu tuath bho Lunnainn nam fògarraich cogaidh, is bho seo a-mach mar a thigeadh atharrachadh aithghearr air sunnd a màthar; no an droch dhìol a fhuair i san sgoil. Tha e duilich a chreidsinn san latha a th' ann gun rachadh nighneag a chasg bho bhith a' sgrìobhadh leis a' chearraig no a cur ann an clas fa leth do chloinn nach seasadh gu dìreach. Ach sin mar a thachair. Stobadh i an toitean aice an uair sin dhan t-soitheach-luaithre a' smàladh a cuimhne leis an tombaca.

Seo an nighean dhiùid aonranach a bhiodh air a leantail le cuilean mas fhìor a dh'fhàs gu bhith na h-oileanach dàna ann an Lunnainn agus an uair sin na neach-saidheans ann an Canada. Aon uair 's gun robh clann aice – sin mise is mo bhràthair is mo phiuthar – chuir i dùbhlan eile roimhpe is chaidh i an sàs ann a bhith a' cur air bhonn Comann nan Cròileagan ann an Alba. Nuair a dh'fhàs sinn suas beagan chaidh i na neach-obrach sòisealta. Chan eil teagamh nach robh rudan inntinneach is neo-àbhaisteach am beatha mo mhàthar.

An oidhche ud bha i na madadh-allaidh. Nuair a dh'fhosgail i doras a' flat bhig aice dhomh anns a' chòmhnaidh dhìdeanach dheàrrs a sùilean dearga orm tro dhoilleireachd na trannsa. Bhoillsg na fiaclan mòra orm gu h-aithghearr 's i a' dèanamh snodha-gàire rium. Nuair a thionndaidh i gu mo threòrachadh a-steach nochd ceann earbaill bho bhonn na dreasa aice is e a' tulgadh air ais is air adhart. Bhuail e orm cho neònach 's a bha e a bhith a' faicinn madadh-allaidh air èideadh an trusgan cailliche.

Thuit i a-steach dhan chathair-uilne aice is ghabh mi fhèin an suidheachan gnàthach agam ri taobh. Bha i a' sioftadh gu h-an-fhoiseil san t-sèithear, is i a' feuchainn ri i fhèin a dhèanamh cofhurtail. 'Earball an donais!' thuirt i. 'Cho buaireanta 's a tha e, fhios agad.' Air a beulaibh bha an teilidh air mar a bhiodh e fad an t-siubhail. 'Leig leam coimhead gu deireadh a' phrògraim is bruidhnidh mi riut an uair sin, a ghràidh.' Thog i an t-sùil aice a dh'innse dhomh, 'Na bi ag argamaid rium!' Bha làn fhios agam nach robh dòigh air thalamh a chuirinn stad oirre bho bhith a' coimhead gu deireadh *Pointless* is chaidh mi a-steach dhan mheanbh-chidsin aice gus cupa teatha a dhèanamh dhan dithist againn. Chàraich mi an tè aicese ri a taobh is theann mi air slupaireachd às an tè agam fhèin.

'Cus fuaim! Tha thu a' dèanamh cus fuaim.' Thug i sùil orm a bha eagalach a' toirt grad-shealladh dhomh de na fiaclan biorach aice. Abair deireadh a bhiodh ann, a bhith air d' ithe le do mhàthair fhèin! Co-dhiù cha deach m' ithe oir thill aire mo mhàthar dhan telebhisean. Theann i ri brunndail mu na co-fharpaisich. Cho gòrach 's a bha iad, cho gòrach 's a bha an cuid-aodaich, cho gòrach 's a bha na ceistean, cho gòrach 's a bha na preasantairean. Cha robh teagamh nach robh rudeigin a' cur oirre. Mu dheireadh cha sheasadh i na b' fhaide ris a' ghòraich is chuir i dheth am bogsa.

B' e faochadh a bh' ann dhomh gun robh smig aotrom oirre is gleans aighearach na sùilean nuair a thionndaidh i rium an turas sa.

'An do dh'innis mi dhut gu bheil mi air a dhol nam mhadadh-allaidh?' thuirt i rium.

'Mhothaich mi dha sin.'

'Ciamar a thug e cho fada dhomh m' ainmhidh spioradail fhaighinn aig sealbh a tha brath. Ach seo mi a-nis. Dè do bheachd, uh?'

'Cha do bhean thu ri do thì. Bidh i a' fàs fuar,' thuirt mi rithe gu meata. 'An cuir mi sa mhicrowave i?'

'Na bi cho amaideach! Am faca tu a-riamh madadh-allaidh ag òl tì?'

Bha greis de shàmhchair ann eadarainn a chaidh a lìonadh le gearanan an t-seann bhoiler anns a' phreas.

''S e Bob as coireach.'

'Bob?'

'Seadh, Bob. Is esan an seuman agam.'

'Seuman?'

'Aig na clasaichean, fhios agad. Clasaichean spioradalachd.
An tuirt mi riut gun robh mi a' dol do na clasaichean sin, aig
Partick Burgh Halls? Gach feasgar Dihaoine. Thuirt Bob rium,
duine gasta a th' ann, gun robh fios aige bhon chiad triop a
thachair sinn ri chèile gur e seuman a th' annamsa cuideachd,
sin nan cuirinn eòlas air m' ainmhidh spioraid. Sin an seòrsa
duine a th' ann, duine lèirsinneach. Duine cho laghach 's a
ghabhas. Agus bha e ceart.'

Bha i air leum gu a casan is bha i a' spaidsearachd air ais is
air adhart, air ais is air adhart.

'Tha mi air a bhith a' dèanamh tòrr leughaidh, mu
spioradalachd is a leithid. Tha ainmhidh spioradail aig gach uile
duine. Bidh fear agads'. 'S còir dhomh am boiler buaireanta sin
a chàradh. 'S doch' gun sgrìobh mi fhèin leabhar – eachdraidh-
beatha a bhios ann – Mo Bheatha mar Mhadadh-allaidh.
Rudeigin mar, 'Tha Fhios Agam Carson a Nì am Madadh-
allaidh Saor Ulfhart,' 'Fèin-eachdraidh de Mhadadh X,'
'Thugad am Madadh-allaidh!' Cuiridh mi fòn dhan phlumair
sa mhadainn. Trobhad, tha rudeigin agam ri sealltainn dhut!'

Chaidh i a-null gu doras a' chidsin is thug i spìonadh dhan
làmhrachan ga fhosgladh. An àite a' chidsin bhig, bhìodaich
leis na cupannan-tì san t-sinc is an dìnnear aice deiseil air
a' chunntair is còmhdach cling film air b' e raon mòr farsaing
feurach a bha far comhair is e na shìneadh gach taobh dhinn
chun na fàire. Thug mo mhàthair leum aiste is siud i na deann-
ruith thairis air an raon is mise air a tòir a' feuchainn ri cumail
suas rithe. Bho àm gu àm stadadh i, ach mun robh anail agam
nam uchd siud i air falbh a-rithist. Thàinig sinn an uair sin gu
coille. Ged a bha mo mhàthair a-nis fada air thoiseach orm
ghlacadh mo shùil aiteal dhen fhaileas aice eadar na craobhan
is chluinninn bragail briseadh nan geug is mar sin chaidh agam
air a leantainn air èiginn. Shiubhail sinn mòinteach is shiubhail

sinn cladach is thàinig sinn gu beinn. Aig mullach na beinne stad mo mhàthair mu dheireadh thall.

Bha i na seasamh gu dìreach beagan astar bhuam is i air a soillearachadh an aghaidh an speura ghuirm. Thòc a broilleach is leig i donnal aiste a bha eagalach is a chuir crith san talamh fodham.

'Leamsa sin!' – bha i a' sìneadh a spòig thar na mòintich a laigh fòidhpe is an cuan farsaing a laigh roimhpe – 'Uile!… Ach, am faic thu e?'

Bha mi ri a taobh a-nis ach cha robh de dh'anail annam nam uchd a leigeadh leam freagairt a thoirt dhi. Bha sgòthan a' cruinneachadh air an fhàire is na faileasan aca a' cluich air uachdar na mara. Mhothaich mi gun robh sùilean mo mhàthar dian-ghlacte leis na faileasan sin 's iad gan leantainn gu frionasach.

'Am faic thu e? An rud a tha mi a' lorg?'

Thàinig sgleò na sùilean, 'Tha mi rud beag sgìth,' thuirt i. 'Cha chreid mi nach gabh mi cupa tì a-nis.'

Thionndaidh i is i a' cur cùl ri beinn is mòinteach is muir is thill i dhan t-seòmar-suidhe. Chuir mi air an coire is ghlan mi aon de na cupannan san t-sinc. Nuair a thill mi dhan t-seòmar-suidhe fhuair mi boireannach an-fhann na sìneadh an sin is an teilidh air gu h-àrd. Cha robh sgeul air cluasan fada no fiaclan biorach no earball a chuireadh dragh oirre.

Chàirich mi an tì aice ri a taobh is phòg mi a gruaidh. Rinn mi gus falbh.

'Mus fhalbh thu a ghràidh,' thuirt i, 'an dùin thu doras a' chidsin? Tha oiteag fhionnar a' tighinn troimhe.'

Eilean Bhòid

'S E ÀITE A th' ann am Baile Bhòid, Prìomh Bhaile Eilean Bhòid, a tha beò ann am film dubh is geal: ìomhaigh chugallach de bhàtaichean-smùid a' rèiseadh càch a chèile dhan chidhe, na pleadhanan aca a' maistreadh na fairge is na deiceannan a' cur thairis le sluagh a' bhaile mhòir. Luchd an àigh a' tomadh às beul a' Chluaidh is corra latha de shaorsa fa-near dhaibh. Priobadh. Tràigh bheag air a còmhdachadh le both mhic an duine; clann a-mach 's a-steach às an t-sàl, a' sgaothadh am measg nan inbheach. Tonn mòr a' sguabadh gu tìr; còisir sgreuchan. Spaid, bucaid, froiseadh chaistealan gainmhich. Leumadh beag. Spaidsearachd bhoireannach air an fhionnairidh air fleòd thar chabhsairean nan dreasaichean fada. Adan mar chreutairean cian-thìreach air an cinn. Na fir; faileasan dorcha nan cois. Boillsgeadh. Taisbeanadh Punch and Judy cùl na tràghad, taisbeanadh Pierrot ann am pàillean air a' phromenade. Torman ghuthan nach stad. Reòiteag a' leaghadh air bus, sìos gàirdeanan.

Tha na cuimhneachan sin air an gleidheadh ann an cloich-ghainmhich crìonta is peant sgrathte nan seann taighean-òsta is aoigheachd greadhnach a tha a' sìneadh gach taobh air Baile Bhòid, a' coimhead a-mach air a' Chluaidh, a' feitheamh air tilleadh an t-sluaigh. Tha na cuimhneachan fhathast a' dannsadh is a' suirghe am measg concrait is glainne Ealain Deco a' Phavillion. Tha iad ann an sin a' gàireachdainn ro chomaigean ainmeil an latha eadar colbhan iarainn Doric is

glainne Ealain Nouveau nan Gàrraidhean Geamhraidh. Tha
sreath de dh'fhireannaich nan coilearan àrda is homburgs no
boaters air an cinn a' toirt seachad tabhartas an cuid mùin do
na urinals sgèimheil Bhictòrianach anns an lùchairt ionnlaid ri
taobh a' chidhe. Tha cuimhneachan nas àrsaidh na sin air an
gleidheadh ann am ballaichean tiugha Caisteal Bhòid air cùl
a' bhaile far a bheil feachd Lochlannach Rìgh Hakon fhathast
ri cumail an daingeann fo shèist.

Chanadh tu gu bheil an t-àm a dh'fhalbh fhathast beò ann
am Baile Bhòid. Chanadh tu gur iad na daoine a tha a' tàmh
ann an-diugh a tha nan taibhsean san àite is iad ag ealaidh
bho flat beag ann an sean taigh-aoigheachd gu obair no dhan
t-supermarket, bho oifis nan sochairean gu oifis a' phuist, bho
tholl sa bhalla gu taigh-seinnse, is air ais dhan flat bheag.

Thuig Sirius Brown mar a bha cùisean san àite nuair a bha e
na bhalach beag 's e a' fàs suas ann. 'S dòcha gun robh daoine
eile ann leis an aon chomas ach 's ann a tha ar sgeul mu Shirius
is mar sin 's ann airsan air an cùm sinn ar n-aire. Thuig esan
nach e rud dìreach a th' ann an tìm, rud a ruitheas bho aon
cheann dhan cheann eile. B' aithne dhàsan gur e rud maoth a
th' innte a ghabhas làimhseachadh, rud air an toirear cumadh,
a ghabhas lùbadh gus an tig na chaidh seachad còmhla ris an
dearbh mhionaid sa bheil sinn beò. Tha am balach òg sin a
bh' ann fhathast ri lorg am measg nam faileasan dubha is geala.
Balach fa leth a bh' ann. Cha b' e gun robh dad a dhìth air
no fiù 's gun robh coltas air gun robh e fo sprochd uair sam
bith. Dìreach, mar a chanadh na daoine dom b' aithne e, gur
e 'balach beag àraid a tha san fhear sin; tha e ann an saoghal
dha fhèin.' 'S dòcha gun canadh tu gur e gibht a bh' ann;
lèirsinn no buadh a bharrachd a bh' aige nach robh aig càch, a
leigeadh leis greimeachadh air tìm is faireachdainn mar gur e rud
fiosaigeach a bh' ann. Far am biodh an sluagh mu thimcheall
air a' siubhal nan sràidean nitheil bhiodh esan air seachran
tro chùl shràidean tìm a ruitheadh ann an cò shìnteas riutha.
Bhiodh coltas aonaranach air ceart gu leòr ach bu mhealltach

an coltas sin oir bhiodh daonnan guth ri chluinntinn is sgeul ga innse na cheann.

Dh'fhairicheadh e mar a bhiodh sruthan tìm a' tighinn is a' falbh tron bhaile a rèir cruth na tìre mu thimcheall no mar a bhiodh e air a chur ann am fòcas leis na seann thogalaichean ann an ceàrnaidhean àraid a' bhaile. Tro bhliadhnaichean a leanabais thàrmaich mapa de thìm na cheann. Bha cuid a dh'àitichean ann, ceart gu leòr, far an robh buaidh tìme lag is far nach fhairicheadh Sirius ach sruth fann. Ann an cuid a dh'àitichean bhiodh na sruthan a' cruinneachadh nan steall is sin far an cuireadh e seachd ùine. Thigeadh bras-shruth nam meadhan-aoisean sìos an àrd-shràid a' dol am bad na linn Bhictòrianaich aig Sràid Earra-Ghàidheal, a' coinneachadh ris an linn Èideardach a' tighinn sìos Sràid na Bana-phrionnsa, a' tachairt ris na tritheadan is a' dol na cuairt-shruth mu bhallachan a' Phavillion. Dìreach mar a nì uisgeachan talmhaidh, bhiodh na sruthan sin a' sìor at is a' seargadh.

Mar a thachras dhan a h-uile balach beag thàinig an t-àm a dh'fhàs Sirius suas. Chaidh aodann fo bhlàth chnàimhseagan is ghaoisidean stobach. Cha chaitheadh e bad aodaich mura robh e dubh. Thollaicheadh a chraiceann le fàinneachan is sèineachan. Fhuair e tatù de chlaigeann air sgrìob a Ghlaschu. Ghabh e ùidh ann an caileagan. Chuir e air a chùlaibh na seann chleasan nach biodh tuilleadh gu feum dha. B' e ceòl punk a ghabh an àite is a bheò-ghlac e; sin agus feis is drugaichean. Mar a thachras dhan a h-uile balach a thogadh san eilean, cha mhòr, thàinig an latha a dh'fhalbh e. Chaidh e a Lunnainn. Ghabh e ann an còmhlan Punk an sin.

Aocoltach ris a' chuid as motha de bhalaich a' bhaile ge-tà, thill Sirius an ceann ùine. Càit eile dhan rachadh e às dèidh dhan a h-uile càil a dhol troimh-a-chèile air ach dhachaigh? B' e a chèile, Laura, a thug air tilleadh is a chuir air dòigh gun ceannaicheadh iad cafaidh san àite. Bha i air a bhith measail air an eilean bhon a thadhail an dithis aca airson a' chiad uair o chionn grunn math bhliadhnaichean B' i Laura a-riamh am bos. Chùm ise smachd air cùisean nuair bha a h-uile sian a' dol bhuaithe orra. B' ise a spìon iad bho bhuaireadh is caoch a' bhaile mhòir is a chruthaich tèarmann dhaibh air eilean àraich far an togadh iad am beatha às ùr. Bha an cafaidh a cheannaich iad air an àrd-shràid ann an staid a bha sgreataidh oir cha deach beantainn ris on a chaidh na for-uinneagan a dhùnadh air o chionn fichead bliadhna. Bha sèithrichean air tuiteam air feadh an làir is glainneachan air a chunntair fhathast le fiamh an deoch mu dheireadh a bh' annta nam bonn. Rin taobh bha cash register ann is an drathair aige fosgailte bhon a thug an sealbhadair mu dheireadh gach sgilinn a bh' ann mus do theich e. Bha clàr-bìdh ann am measg nan dealbhan claona air na ballachan a' sanasachadh Spaghetti aig £1.25, burger le tiops aig 99p is mixed grill aig £1.99. Bha còmhdach tiugh duslaich air fheadh.

Fon chòmhdach sin bha an t-àite air a ghleidheadh, cha mhòr, mar a bha nuair a chaidh a thogail bho thùs tràth san fhicheadamh linn. Agus sin mar a bha Laura ga iarraidh oir bha taobh aice riamh ri cùisean seann-aimsireil. Theann i gu dòigheil ri sgeadachadh. Chaidh Sirius an sàs ann gu sòlamaichte ach gu toileach. An ceann greis chòrd an obair fiù 's ris-san oir bha e a' cur rud roimhe nach robh ceangailte ri drugaichean is mì-rian. Son a' chiad uair fad greis bha adhbhar na bheatha. Fhuair Laura grèim air cruinneachadh de sheann oibseactan is dhealbhan aig rùpan is bùthan antique agus leotha sin air an càradh gu h-ealanta mun àite bha an obair aca deiseil. B' ann le pròis a dh'fhosgail iad annas an saothrach aig toiseach seusan na turasachd o chionn, feumaidh, dà bhliadhna a-nis, ged nach creideadh iad fhèin e leis cho trang 's a bha iad air a bhith.

B' i Laura a chùm smachd air cùisean air cùl gnothaich. B' ise a rèiticheadh chunntasan is a dh'òrdaicheadh biadh is a dh'fhastadh an KP no na caileagan sgoile a chuidicheadh as t-samhradh. Fhad 's a bha ise trang aig cùl a' chunntair bhiodh Sirius ri frithealadh air a bheulaibh is e a' cumail seanachas ris na regulars cho math ris an luchd-turais.

'An sibhse a th' anns an dealbh a tha seo?' dh'fhaighnicheadh iad dheth is iad a' comharrachadh dealbh dubh is geal de chòmhlan phunk a bha air a chrochadh aig cùl a' chafaidh, is coltas clisgidh air na h-aodainn gheala fon cuid gruaig mhìrianail mar gur e fògarraich air an glacadh an spot solais a bh' annta. Bha beagan de choltas a' phunk fhathast air Sirius le fhalt a' stobadh gach uile taobh is seud muineil spìceach mu amhaich ged a bha e air socrachadh bho làithean a' Mhohicain is coillear a' choin. Cha robh dad a b' fheàrr le Sirius na bhith a-mach air seann làithean glòrmhor a' chòmhlain. 'An tomhais sibh cò sinn; mise is mo chèile?' Chomharraicheadh Sirius a bhean air cùl a' chunntair. Bha e furasta gu leòr dhaibh cèile Shirius aithnicheadh oir b' ise an aon bhoireannach sa chòmhlan. Cha robh e cho furasta dhaibh Sirius aithneachadh. 'Sin mise.' Dhèanadh e gàire. 'Am fear le aodann air falach air cùl a làmhan. Cha robh mi a' pàigheadh mo chìsean aig an àm. Off grid, fon ràdar, mar gun canadh tu.' Gàire eile, nas toirmeil an turas-sa is ronn a' dèanamh torman ann an cùl a sgòrnain. Bhiodh daonnan iomradh air a' chùmhnant a chaidh a thabhann air a' chòmhlan le companaidh chlàran a dhiùlt iad is beachd aca nach robh anns a' chompanaidh sin ach meur dhen stèidheachadh chalpach. 'Ro dhaingeann nar beachd saoilidh mi; sin gòraich na h-òige dhut.' Cha ghabhadh stad a-nis a chur air a sheanchas. 'Bhithinn nam rionnag nam biodh sinn air gabhail ris an tairgse. Bhiodh fios agaibh cò mise an uair sin! An Clash a fhuair an cùmhnant nar n-àite! Smaoinich. Joe Strummer. Hah! Cha robh sgot aig duine cò e nuair a bha mi a' fuireach ann an sguat còmhla ris.'

Chuireadh e crìoch air a' chòmhradh leis na faclan, 'Ach tha buaidh nan drugaichean air seargadh bhon uair sin.' Is fo anail, ''S mòr am beud sin.' Gàire eile.

Nuair a bhiodh an t-àite a' cur thairis is nach seasadh Sirius ri othail a' chafaidh b' e an cleas a bh' aige a dhol a-steach gu tèarmann a' chùlaiste far an robh stoc a' chafaidh air a thasgadh. 'Tha mis' dìreach a' dol a rèiteachadh nan neapraigean a thàinig a-steach sa mhadainn,' chanadh e ri a chèile; no 'na canaichean Irn Bru.' No 'na buinn piotsa,' no ge bith dè an rud a thàinig gu inntinn an latha sin. Nan tigeadh idir abhsadh air a' ghnìomhachas rachadh Sirius a ghabhail smoc air an t-sràid a-muigh no shuidheadh e aig bòrd a' lìonadh tòimhseachan-tarsainn a' Ghuardian fhad 's a bhiodh càch ri sgrubaigeadh saill bho phanaichean no reòiteag air a thioramachadh bho ghlainneachan. Chuireadh a dhol-a-mach càis air a' chòrr dhen luchd-obrach ach bha Laura, a chèile, air a bhith cleachdte ri dòighean cugallach an duine aice bhon a ghluais an dithis a-mach às an sguat gu bedsit còmhla ann an taobh a deas Lunnainn. Bha i air a bhith mar mhàthair dha bhon uair sin. 'S fhada bhon a bhiodh a' chuid as motha de bhoireannaich air falbh. Ach tha gach càirdeas a mhaireas mar mheidh air a chothromachadh is bha neo-fheumalachd an duine aig Laura dhen aon mheudachd ris an fheum a bh' aice air daoine a bha an eisimeil oirrese. B' e gnè Laura a bhith a' toirt oirre fhèin uallaichean nan daoine mu thimcheall oirre. Bha i air rìoghachd bheag a chruthachadh dhi fhèin sa chafaidh far an robh a h-uile duine an urra rithe air dòigh air choireigin. Bha i mar chaisreabhaiche an sin a' cumail fheumalachdan a h-uile duine san adhar eadar an luchd-obrach aice is na custamairean. Daonnan trang, sin mar a bha i ga iarraidh.

A dh'aindeoin a h-uile rud, nuair a choimheadadh Laura a-steach a shùilean cruinne donna Sirius chuireadh iad fo gheas i. Bha iad mar dà lòn domhain. Dhàibheadh i a-steach annta is bhiodh i air a call an sin. Cha thrèigeadh a gaol dha latha sam bith. B' aithne dhi, a dh'aindeoin uireasbhaidhean an fhir, gur e deagh dhuine coibhneil a bh' ann air cùl nan sùilean sin, ged nach buineadh e buileach ris an t-saoghal anns an robh e beò is nach greimicheadh i buileach ris gu bràth.

B' ann nuair a bha Sirius a' gabhail smoc taobh a-muigh a' chafaidh, is e a' coimhead air an aiseag 15.10 a' fàgail a' chidhe, a thachair e ris a' bhalach; no gun do thachair esan ris-san; thoradh b' e am balach, a bha air falbh ann an saoghal dha fhèin, a bhuail ann an Sirius is e a' tighinn mun chòrnair. Leig Sirius às a thoitean a thuit gu talamh. Thuit is am balach ri thaobh. Cha robh e ann an gnè Sirius a bhith a' gabhail diomb ann an suidheachadh dhen leithid. Le snodha-gàire air a bhus thabhainn e làmh cuideachaidh dha is tharraing e air ais air a chois e.

'Nach math dhut nach e post-lampa a th' annam,' thuirt e. 'An ann ri bruadar a bha thu? Feumaidh gur e bruadar fìor mhath a bh' ann.' Gròcail gàire. 'Fan mionaid!'

Chaidh Sirius air ais a-steach dhan chafaidh. Ghabh e còn bho chùl a' chunntair is lìon e sin le sgiob fialaidh reòiteag Bubblegum. Thug e sin dhan bhalach a bha a' feitheimh ris air an t-sràid. 'Sin thu a' bhalaich!'

Choimhead am balach suas le sùilean cruinne donna is mhothaich Sirius gun robh rudeigin car eòlach mun ghille air a bheulaibh. Thionndaidh an gille bhuaithe is theann e ri ceumnachadh air falbh, an teanga snìomhach aige a' cniadachadh ris an reòiteig. Thug Sirius toitean ùr às a' phacaid a bha air a phliacadh na phòcaid is bha e gus stobadh eadar a bhilean nuair a thionndaidh am balach air ais ris is ròp gorm mu bheul. 'Chan eil thu gam aithneachadh a bheil?' thuirt e. Thàinig e a-steach air Sirius an uair sin mar stiall dealanaich nuair a dhùisg cuimhne suail an cùl inntinn; esan a' bualadh ann an srainnsear taobh a-muigh cafaidh; an srainnsear a' toirt reòiteag dha. 'Huaidh! Thusa!' Rinn Sirius air a' bhalach. Bu mhiann leis facal fhaighinn air. Bha tòrr aige ri innse dha. Bha tòrr cheistean aige ri fhaighneachd dha. Ach bha e ro fhadalach. Bha am balach air ruith air falbh is air meathadh a-steach dhan t-sluagh.

Thug mar a thachair crathadh air Sirius agus sin far do thoisich a mheatamorfosas. Bha na seann fhaireachdainnean a bha e air a chur air a chùl fad bhliadhnaichean a-nis a' drùidheadh a-steach air às ùr. Nuair a shuidheadh e aig bòrd a-nis is an cafaidh sàmhach chuireadh e am pàipear gu aon taobh is ghabhadh e tlachd bho bhith a' coimhead fhaileasan nan daoine a fhrithealadh an àite sna làithean a dh'aom. Chitheadh e na caileagan nan dreasaichean is na balaich nan deiseachan seòladair, na sùilean aca cruinn le iongantas is Knickerbocker Glory tomadach air am beulaibh. Chitheadh e cròileagan bhoireannach mar eòin stàiteal nan dreasaichean fada sgapte mu na bùird. Bhiodh stais is feusag dhen a h-uile dreach is cumadh air na fir is brùnsgal às am beul a' co-mheasgachadh le ceilearaidh nam ban. Chluinneadh e gliogadaich nan tramaichean 's iad san dol seachad air an taobh a-muigh. Bha na seann chomasan a' tilleadh gu Sirius. Bhiodh inntinn a' dol air seachran às ùr tro chùl-shràidean tìme air an robh e cho eòlach nuair a b' esan am balach sin le reòiteag na làmhan. Bha na sràidean sin a' sìneadh a-mach bhon chafaidh mar ghreimichean, a' sireadh thachartasan beaga is annasan nan làithean a dh'fhalbh a bheireadh iad air ais gu inntinn acrach Shirius.

'È. Thusa.' Bheireadh Laura beum socair mun ghualainn don duine aice. 'Thig air ais.'

Bheireadh e gàire dhi is theannadh e ri obair às ùr. Ach b' ann a bu mhotha is a bu mhotha a bhiodh inntinn ann an àite eile; àm eile 's còir a ràdh. Cha robh dol às aige oir, air thuiteamas, sheas an cafaidh aca aig aon de na croisean-rathaid sin far an tigeadh na sruthan tìme còmhla. Chanadh tu gur e sin an t-àite a bh' aig cridhe an t-siostaim; an tobar far an tigeadh na làithean a dh'fhalbh am bàrr tro uisgeachan domhainn. Chitheadh Sirius sin a-nis gu soilleir is seann mhapa tìme a' bhaile air tighinn air ais thuige. No 's dòcha nach e co-thuiteamas idir a' bh' ann. 'S dòcha gun robh adhbhar air a chùl. Sin mar a bha inntinn Sirius ag obair a-nis. Ach dè dìreach an t-adhbhar sin?

B' e tachartas beag suarach a thug dha fuasgladh dhan cheist.

'Tha am biadh seo fuar!' Cha do chuir e cus iongnaidh air Sirius gur e guth Thòmais Buie a bh' ann, seann thidsear-sgoile a bha air a dhreuchd a leigeil dheth. Ged a bhiodh e a-mach 's a-steach às an àite cha mhòr a h-uile latha b' ainneamh nach biodh gearain air choireigin aige. Nuair a choimhead Sirius sìos ris an truinnsear bha saill air cruadhachadh mu na h-isbeanan is na h-uighean an sin, ged a bha e an amharas gun robh an duine air am fàgail greis a dh'aona ghnothach. Bha gàire nathrach air bus Thòmais Buie, mar gum b' e dùbhlan a bha fa-near dha. B' e seachnadh aimhreit an dòigh aig Sirius is ghèill e gu h-umhail dhan duine dìreach mar a dhèanadh e o chionn grunn math bhliadhnaichean 's e fhathast na bhalach-sgoile. Thug e air falbh an truinnsear. Thill e an ceann mionaid le truinnsear eile is smùid ag èirigh às a thug e dhan duine le snodha-gàire air aodann. Chuir e iongnadh air Sirius nuair a bha e a' sgioblachadh a' bhùird gun do dh'fhàg an duine tiop dha. Bha e a' tilgeil an dà bhonn na dhòrn dhan tiona air a' chunntair nuair a thàinig soilleireachadh dha. Bha a bheatha na truinnsear Full Scottish! Agus bha e air a dhol beagan fuar. An toireadh e air ais dhan chidsin e? Am faigheadh e truinnsear blàth na àite?

Gu ruige seo cha robh Sirius air a bhith a' cleachdadh nan comasan aige ach mar dhibhearsan. Thàinig e a-steach air an sin gun gabhadh an cur gu feum leis; gun robh dòigh nan cois caochladh a thoirt air freastal. Ach bhiodh atharrachaidhean a dhìth an siud 's an seo mus obraicheadh a phlana.

B' ann an ath mhadainn, nuair a thàinig Laura a-steach, a mhothaich i gun robh an seann mheidh bìdh, a bha i air càradh gu grinn mar phàirt de sgeadas an àite air sgealp, a dhìth. Na àite bha trì seann bhotail a bu chòir a bhith nan seasamh air ceann a' chunntair. Gu dearbh, nuair a choimhead i an taobh a bu chòir do na botail a bhith 's ann an sin a bha am meidh.

'An tus' a rinn sin?' Thionndaidh i ris an duine aice.

'Bha mi am beachd gun toireadh atharrachadh togail dhan àite,' fhreagair esan gu meata. 'Is atharrachadh ùrachadh; nach e sin a chanas iad?'

Thàinig gruaim air Laura ach cha tuirt i smid. Bho seo a-mach dh'fhàs a h-uile oibseact san àite gluasadach is cha robh pìos ann a bha tèarainte. Ghabh an cruinneachadh beag de chanastairean bìdh àite botail uisge teth crèadha. Ghabh clàr-nighe àite sanais airson teatha Liptons. Ghluais sgàthan art nouveau pìos beag suas am balla. Agus mar sin air adhart. Cheannaich Sirius pìosan eile ann am bùth antique MhicGumaraid a laigh pìos beag sìos an rathad; seann phrosbaig, solas baidhsagail, cruinneachadh de sheann rong-phlugan, seann rèidio, forca grèidh, am measg eile is chàraich e iad sin mun àite eadar na h-oibseactan eile. Bhiodh na caileagan frithealaidh a' dèanamh siot-ghàire air cùl Laura mun dol-a-mach aig an duine aice. Cha chanadh i dad riutha ged a bha i tuilleadh is mothachail mun dol-a-mach suarach aca. Cha chanadh i dad nas motha ri Sirius is beachd aice gun cuireadh sin ris an troimh-a-chèile a bha gu follaiseach a' dol na cheann mar-thà.

Bhris a foighidinn mu dheireadh thall nuair a thàinig i a-mach bho chùl a' chunntair is a bhuail a sliasaid ann an oisinn bùird a bha Sirius air cuairteachadh. Thàinig i a-null gu far an robh Sirius na shuidhe aig bòrd 's e a' dùr-choimhead air a' bhalla mu choinneamh. Shuidh i fa chomhair ga choimhead. Choimhead esan troimhpe.

'Sirius, m' eudail,' thuirt i, 'is mithich dhuinn bruidhinn! Sirius! Bheil thu gam chluinntinn?' Bha Laura riamh dhen bheachd gun cailleadh i Sirius latha air choireigin ach cha robh i deiseil air a shon.

Thàinig Sirius thuige fhèin, 'M' eudail, fhios agad gu bheil thu cho brèagha ris a' chiad latha a thachair mi riut.' Dh'fhairich Laura a rùn a' leaghadh ro bhrìodal an duine is i tiotan mar chaileag dhiùid roimhe. Ach bha cùisean air a dhol ro fhada. Cha rachadh a cur dheth. Shìn i a làimh thairis air a' bhòrd is chàraich i air cùl làimh Sirius i, 'Nach innis thu dhomh dè tha dol air cùl nan sùilean bòidheach sin, mo laochain. Dè dìreach a tha thu ris? A' gluasad a h-uile càil mu thimcheall oirnn mar sin. Mar nach robh ar beatha caochlaideach gu leòr mar-thà.'

'Is atharrachadh ùrachadh!' dh'ath-aithris Sirius. Bhoillsg fearg aithghearr ann an sùilean Laura; rud ris nach robh Sirius an dùil is a chuir clisgeadh air. ''S e dìreach gu bheil mi a' cur chùisean ann am fòcas.' Bha Sirius a' strì ri faclan a lorg a dhèanadh ciall do Laura. 'Seòrsa de Feng shui mar gun canadh tu. A' rèiteachadh a h-uile rud san àite cheart.' Dh'fhalbh na

faclan aige leis an uair sin. Fhios agad, mo ghràidh, cha b' ann
air thuiteamas a thàinig sinn an seo. Chanadh tu gun robh
sinn a' coileanadh ar freastail.' Tharraing Sirius anail is rinn
e snodha-gàire farsaing; a' nochdadh fhiaclan buidhe-donn
air gach taobh na beàirn a chaidh fhàgail an sin le caraid a
thug utag dha air mhearachd is iad a' dannsadh a' phogo.
Dhoimhnich na liorcan air aodann mar sgàinean a' sìneadh
tro thalamh lachdann. 'Nas fheàrr na sin tha comas agam ar
freastal atharrachadh! Nach eil thu ga fhaicinn. Mar lionsa. Sin
e. Tha mi air lionsa tìme a chruthachadh. Tha a h-uile rud mar
as còir a-nis. Thèid agam air mùthadh a thoirt air tìm fhèin.'
Bha corragan a làmhan ag obrachadh air a bheulaibh mar gun
robh e a' làimhseachadh crèadha.

   'Ach dè tha ceàrr air an fhreastal againn?' Bha Laura
a' guidhe air a-nis.

   'Chan eil càil, ach … ach, saoilidh mi nach eil suidheachadh
ann air nach toirear piseach. Dìreach cuir earbsa annam.'

   Nuair a sheas Laura is a thill i dhan chunntair bha deòir na
sùilean.

   Sheas Sirius is lean e i. San dol seachad oirre chagair e, 'Tha
an t-àm agam. Chì thu,' is dh'fhalbh e à fianais a-steach gu
cùlaiste an stòir-bhìdh. Fo sholas suail phriobach an aon bholgan
fluorescent a-staigh ann chaidh e a-null gu doras ma choinneamh
is dh'fhuasgail e an snag. Rinn e suidhe air cruach bhocsaichean
a chaidh a libhrigeadh na bu thràithe is dh'fheith e. Dh'fheith
e còig mionaidean. Dh'fheith e còig mionaidean eile. Bha e
a' tighinn fo imcheist a-nis is teagamhan a' cinntinn ann. An
uair sin bhrùchd am fear òg ris an robh e an dùil a-steach tron
doras air a leantainn le fuaim brunndail ghuthan air a' chùl.
Dhùin an doras a' gearradh dheth na guthan gu clis. Chaidh am
fear òg a-null dhan bhalla is e a' fuasgladh spaidhir a' bhriogais
teann reubte is rinn e mùn. Le crathadh garbh is acainn air a
phasgadh le spàirn nach bu bheag air ais na àite thionndaidh e a
dh'ionnsaigh ìomhaigh fhèin sa bhalla air a' bheulaibh. 'Nach tu
tha grànda a mhic an donais.' Thug e crathadh do a Mhohican

is rinn e gàire grànda. Theann e ri làmhan a nighe os cionn creat phònairean àmhainn. Cha b' urrainn don cho-òrdanachadh aig Sirius a bhith na bu choileanta. B' e sin an t-àite is an t-àm a thachair beatha Shirius ri crois-rathaid. B' e an Roundhouse an dearbh ionad anns an cluicheadh an còmhlan aige tòrr de na gigs aca sna làithean tràtha. B' e 8mh Faoilleach an oidhche a choinnicheadh iad ri companaidh nan clàr ann. Aig 9.25f dh'èireadh Sirius bhon bhòrd mun robh buidheann bheag a' bruidhinn gu beothail is rachadh e airson dileag mus gabhadh e air an àrd-ùrlar; sin cho luath 's a bhiodh an conaltradh faoin a-muigh an siud deiseil.

Bhon phòcaid aige thug an t-òigear a-mach pacaid phùdair ghil, reub e fosgailte a' phacaid is dhòirt e na bha na bhroinn a-mach air sgeilp. Le cùl cìr mheatailt a thug e às a phòcaid thòin dh'òrdaich e an cnap na loidhne dhìreach. A-mach le not às a phòcaid eile is le sin air a roiligeadh gu teann is air a stobadh suas a chuinnlean dh'aom e a cheann is le snotadh aithghearr dh'fhalbh am pùdar. Sheas e an sin, gun gluasad, reòthte mar gun robh e a' feuchainn air greimeachadh air smuain na cheann a bha a' teicheadh bhuaithe. An ceann greis chlisg e gu h-ainneartach is theann e ri spaidsearachd thar an làir; air ais is air adhart. Bha e a' brunndail ris fhèin, 'Mucan calpach. Cha tèid m' iompachadh gu na dòighean oillteil aca cho clis sin. Airgead! Airgead an donais! Cha tèid mo choirbeadh. Faodaidh iad an cùmhnant aca a dhinneadh far nach ruig solas na grèine gu bràth.'

Bha a t-àm ann. Dh'èirich an seann Shirius na sheasamh às an dorchadas, ''Ille! Gabh air do shocair.' thuirt e.

Thug an duine òg air a bheulaibh leum às. Cha mhòr nach do stob a Mhohican a-steach do na taidhlichean pholastaidhrein os a chionn.

'Cò the fuck thusa?'

'Coma leat sin. 'S aithne dhomh thu is b' aithne bho chionn fhada. Creid mise nuair a chanas mi gur aithne dhomh barrachd mu do dheidhinn-sa na bu mhath leam.'

'Claonair! A' tathaich thaighean-beaga; an e sin do chleas?'

'Tha brath agam dhut.'

'Thalla is dèan cac, a bhodaich bhig ghrànda! Tha na cubicles an taobh-sa.'

Chaidh Sirius a-null dhan fhear òg is thug e sgailc dha an clàr aodainn.

'Chan eil còir agad a bhith a' bruidhinn ri duine a tha beagan nas aosta is tòrr nas glice na thu fhèin mar sin. Dùin do chab mionaid, mas urrainn dhut, agus èist.'

Bha am fear òg a' suathadh a pheircill le fèin-thruas. Ghabh Sirius brath air a thost dhìomhain gus a theachdaireachd a libhrigeadh.

'Gabh ris a' chùmhnant amadain! Mura gabh bidh aithreachas ort fad do bheatha. Nis thalla is soidhnig am pàipear! Dèan mar a dh'iarras iad ort.'

Dh'fhosgladh an doras tron tàinig Sirius beagan, is tron fhosgladh thàinig guth neo-chorporra. Dèan cabhag, a Shirius. Chan fheith iad oirnn gu bràth. Chan fhada gus am bi sinn air an àrd-ùrlar.' Lean am fear òg an guth a-mach air an doras is e fhathast a' suathadh a bhus.

Shuidh Sirius an latha an-diugh air ais air a' chruaich phacaidean gus e fhèin a shocrachadh mus cuireadh e aghaidh air a' bheatha ùr a dh'fheitheadh air air an taobh a-muigh. Las e siogaireat às a' phòcaid, thug e corra tharraing às is sginn e an stob air an làr concrait fo bhonn a bhòtainn. Bha e dìreach air seasamh às ùr is air tionndadh gus falbh nuair a bhrùchd an doras fosgailte a-rithist. Thoinn Sirius a dh'ionnsaigh tùs na stararaich air a chùl is sin am fear òg air tilleadh is gàire air bho chluas gu cluas. Bha e a' sgiobadh a dh'ionnsaigh Sirius. Thug esan ceum gu aon taobh ach cha sheachnadh e an ionnsaigh aighearach. Bha gàirdeanan an fhir òig a-nis air an tilgeil uime. Tharraingeadh seann Shirius leis gu meadhan an làir far an tug am fear òg air bhalsadh mun cuairt.

'Rinn mi e!' dh'èigh am fear òg ann an cluasan Shirius. 'Bha thu ceart. Tha sinn gu bhith ainmeil! Tha sinn gu bhith beairteach!' Chàraich e pòg air bathais Sirius.

''S bochd gum bi againn ri cuidhteas fhaighinn de Laura,' lean e air, 'ach co-dhiù.'

Reoth Sirius is thug e ceum air ais, 'Dè?'

'Seadh, Laura. Cha bhi caileag sa chòmhlan math don ìomhaigh hardcore againn; sin a thuirt iad. Bu chòir fios a bhith aca. Rinn mi mar a dh'iarr thu orm. Ghabh mi ris a' chomhairle aca gu h-iomlan. Bidh diomb oirre ceart gu leòr ach gheibh i seachad air. Dìreach aon rud eile. Rud a th' agam ort.'

Thug Sirius òg sgailc aotrom do Shirius aosta mun pheirceall is rinn e gàire tùchail. Le sin dh'fhalbh e cho luath 's a thàinig e.

Cha robh Sirius a-nis a cheart cho cinnteach mun ghnothach nuair a dh'fhosgail e doras an stòr-bìdh gus tilleadh dhan bheatha a dh'fheith air an taobh a-muigh. Phriob e a shùilean san t-solas a bha a' sruthadh a-steach tron uinneig bhig os cionn an reothadair is thill e gu fàillidh, mar bheathach le sealg air a thòir, dhan bhòrd bhon tàinig e o chionn beagan mhionaidean, no o chionn 30 bliadhna, a rèir mar a tha thu ga choimhead. Bha tè dhreachail mheadhan-aoiseach a' tighinn dha ionnsaigh bho chùl a' chunntair. Na falt bha stiall uaine a bha i air gleidheadh bho h-òige mar shuaicheantas nan làithean a dh'fhalbh nuair a bha i na punc is i greis ann an còmhlan. Air a gàirdean bha tatù le saighead troimhe is ainm air gach taobh dheth; Laura gu aon taobh; Sirius air an taobh eile. Fhad 's a bha i a' dlùthadh air a' bhòrd bha an tatù a' meathadh. Mun àm a ràinig i bha a gàirdean lom. Thug i leabhar-nòtaichean às a pòcaid, 'Dè ghabhas sibh?' thuirt i. Thug an dithis aca seachad an uair sin beagan ùine a' bruidhinn ri chèile.

Nuair a thill am boireannach dhan chidsin thog an duine aice a shùilean bho na poitean a bha e a' sgrubaigeadh san t-sinc is dh'fhaighnich e dhith, 'Cò e? Bha coltas ann gum b' aithne dhuibh a chèile.'

Rinn am boireannach gàire bheag, 'Na gabh dragh mo ghràidh, 's fhada bhon uair sin. 'S iongantach nach aithne dhut fhèin e. Uair dha robh an saoghal bha e na phunc ainmeil. Sirius

Brown, no Sirius Nimheil mar a b' fheàrr a b' aithnichear e an uair sin. Buigneag a bh' ann a dh'aindeoin a choltais fhiadhaich.'

Thog an duine a làmhan bhon uisge. Chaidh e a-null dhan chunntair is e a' suathadh a' choip bhuapa le neapraig.

'Esan! Nach ann air a thàinig an dà latha! Tha coltas dìol-dèirce air!'

'Tha. Cha chreid mi nach e sin a th' ann! Ach tha e fortanach a bhith beò. Seall air mar a thachair dhan drumair aca a ghabh overdose no am base player a thilg e fhèin fo thrèana.'

Le iongantas air traoghadh thill an duine gu na soithichean.

'Bha mi greis ann an còmhlan leis.' Bha am boireannach a' crathadh a cinn mar nach robh i buileach a' creidsinn nam faclan a bha a' tighinn às a beul. 'S mi a tha taingeil gun d' fhuair mi às.'

Chaidh i a-null dhan stòbha is an sin rèitich i biadh bhon ghrill air truinnsear; dà isbean, dà shliseag hama, làn spàin phònairean, ugh air a fhraigheadh, sgona bhuntàta, sliseag tost, marag dhubh, marag gheal, tomàto. Le smùid na thuaineal os a chionn thug i an truinnsear a-null do Shirius is chàraich i air a bheulaibh e.

'Am Full Scottish agad.' thuirt i 'Tha e air an taigh.'

Sìos Gu Tuath

THUG AN TIONNDADH GNÌOMHACHAIS dhuinn stàilinn lom an adhartais. Ach 's e gnàth mhic an duine lìomh a chuir air luime. Cha bhiodh margaid aig toradh nam factaraidhean brùideil, salach mura robh e bòidheach a' coimhead. Bha tòrr an crochadh air an neach-ealain a gheibheadh grèim air an stàilinn chruaidh is a bheireadh bòidhchead aiste. Mar as motha a dh'fhàs cultar na caitheadaireachd 's ann as motha a dh'fhàs inbhe an deilbhiche gnìomhachais.

Ach chanadh tu gur anns na 1980an a ràinig dreach an deilbhiche gnìomhachais ìre. Bha an àrainneachd torrach. Air taobh seach taobh dhen Atlantaig bha Thatcher is Reagan a' gairm linn ùr an t-saor-mhargaidh. Bhathar a' gearradh dhinn seann ablach a' ghnìomhachais thraidiseanta a bha gar slaodadh an comhair ar cùil, a' leigeil leinn leum air adhart. Bha fàileadh an airgid ùir san adhar. Bhiodh deilbhichean gnìomhachais air aghaidh a' bhlàr 's iad a' toirt gu buil an saoghal ùr seo is ga lìonadh leis na h-iongantasan a leumadh bho na clàran-dealbhaidh aca. Air feadh Bhreatainn bha feachd dheilbhichean òga a' nochdadh às na polytechnics is na colaistean ealain is iad deiseil gus a' ghairm a fhreagairt.

Anns an àireamh bha fear dam b' ainm Findlay MacGillvary. Bha sia mìosan a-nis bhon a cheumnaich e bho Cholaiste Napier ann an Dùn Èideann. Cha mhòr gun aithnicheadh tu am balach diùid, faoin a thùirl bhon trèan às an Òban o chionn ceithir bliadhna. An àite nan dìneachan is an lèine bhreac a bha air an

uair sin chan fhaiceadh tu an-diugh e gun phaidhir chinos teann
is seacaid thaganach le guailnean padaichte air, na muinchillean
paisgte aig na h-uileannan. An àite gruag pheallach an òigeir,
bhiodh gach gaoisid dheth a-nis daonnan air a liacradh le
acainn a thugadh air seasamh an-àirde mar bhior gràineig; rud
a dh'fhàg coltas air Findlay mar gun robh 20,000 bholtaichean
dìreach air a dhol tro cheann. Cha robh e 's dòcha cho fallain
ri balach na dùthcha às dèidh iomadh oidhche anmoch air
beulaibh clàir-dhealbhaidh, is e beò air cofaidh làidir is cocain,
ach cha b' urrainnear dol às àicheadh gun robh e eireachdail.

Mar a chuir Findlay cùl ri baile pràmhail an Òbain bha aige
ri cùl a chur ri Dùn Èideann is aghaidh ri Lunnainn às dèidh
dha crìoch a chur air fhoghlam. B' e sin, mar a bha fios aig a
h-uile designer òg, flaitheas nan designers ainmeil, far am faighte
na designers is na buidhnean designer as fheàrr san t-saoghal.
Ma bha unnsa de dh'amas annad sin far an rachadh tu. Am
measg an iomadh rud a dh'fhàg Findlay air a chùl bha pìos
dhen ainm aige. B' e Findlay MacGillvary a chaidh air bòrd
trèan aig Waverly. B' e Fin Gillvary a dh'fhàg an trèan aig King's
Cross. Fhreagradh ainm nas snasail na b' fheàrr air ìomhaigh,
smaoinich e. Ged nach robh an oifis bheag anns an deach
fhastadh mar neach-cuideachaidh do dh'fhear a dh'obraich air a
cheann fhèin, a bha san amharc dha, b' e toiseach tòiseachaidh
a bh' ann. Bha e air a' chiad rang dhen àradh. Mar a bha e ga
fhaicinn cha robh ann dha ach an t-slighe suas. Is duilich e ri
innse mar a bhiodh e marbh an taobh a-staigh corra sheachdain;
nach biodh air fhàgail dheth ach cnàmhan brùite is gaoir.

Ach, an oidhche sin a bha e anns a' bhàr-fhìona bha e
glòrmhor, is e a' cur a-mach às a chorp mu design Eadailteach.
Bha an deasbad mu design a bha a' dol eadar na fireannaich òga
an oisinn a' bhàir sradagach is innsgineach ach bha greis ann
bho bha e ciallach is iad uile a-nis fo smùid. Ann an làimh Fin
bha lethbhreac de iris designer a bha e a' smèideadh os a chionn
is e fosgailte aig duilleag le dealbh de phìos àirneis Eadailteach.

Dhan tè a bha a' frithealadh na buidhne de dh'fhir òga chan

fhaiceadh i air an duilleig ach dèideag cloinne, le dathan is pàtranan dhen a h-uile seòrsa air fheadh. Thàinig braoisg oirre. Air dha Fin seo fhaicinn thuirt e rithe,

'Cha mhòr nach eil e cho brèagha riut fhèin!'

'Agus a cheart cho gòrach riutsa,' fhreagair ise.

Theann caraidean Fin ri gàireachdainn, am falt air sèideadh aca a' bocadaich is na fiaclan geala aca a' boillsgeadh. Bha na tàidhean tana leathair aca a' tulgadh bho thaobh gu taobh. Thàinig e a-steach air an tè gun robh coltas orra mar bhod flagach. Theann i ri gàireachdainn na bu chruaidhe na iadsan.

Cha tug fear seach fear dhiubh feart air an TBh os cionn a' bhàir a thug ìomhaigh de shaoghal cèin a-steach dhan àite. San dìthreabh ghlas am badeigin gu tuath bha feachd de phoileasmain air muin eich a' toirt ionnsaigh air buidheann luideach de mhèinneadairean.

***

Anns a' mhadainn nuair a dhùisg Fin thàinig fìrinneachd thuige gu mall tro cheò. Mhothaich e an toiseach gun robh bodhaig na laighe ri thaobh is thàinig e thuige gur i tè-fhrithealaidh a' bhàir. Nuair a chuala e diog fann a' chloc-rabhaidh bho fhad às, thàinig e a-steach air gur e latha-obrach bh' ann is nach robh cuimhne aige air a' chloc a sheatadh. Gu dearbh nuair a thug e sùil air àireamhan mòra, dearga a' chloc-rèidio bu shoilleir an teachdaireachd gun robh e anmoch. Chlisg e is thilg e air a chuid-aodaich a bha air a sgapadh air feadh an làir am measg aodach a' bhoireannaich. 'S dòcha gum faigheadh e air snàigeadh a-steach dhan oifis, smaoinich e, is nan suidheadh e air beulaibh a chlàir-dhealbhaidh, 's e a' toirt a chreidsinn gun robh e ag obair, gun seasadh e gu deireadh an latha.

Ach cha b' e sin a bha gu bhith fa-near dha. Aig an oifis bha am bos aig Fin deiseal aig an doras gus fàilte a chur air. Cha tuirt e smid mu anmoiche an obraiche aige ach bha fiamh-ghàire air a bha magach. Ged a bha Harry Burton, trithead bliadhna nas sine na Fin bha e air a bhith òg e fhèin uaireigin is b' aithne dha ceart gu leòr cleasan òigridh. Cha rachadh e às àicheadh nach gabhadh e fhèin drùdhag bho àm gu àm. Bhiodh daonnan botal fìona a' feitheamh air aig an taigh às dèidh latha obrach. Dh'aithnich e ann am Fin pìos dhen òigear a bh' ann fhèin uaireigin. Fichead 's a dhà bliadhna a dh'aois, sin a' bhliadhna, 1951 nach b' e, a bhiodh e air a bhith a' frithealadh Fèis Bhreatainn a thaisbean saoghal ùr design do dhream a bha sgìth de ghanntar is chogadh. Bha e fhèin mar phàirt de ghinealach ùr làn dòchais. A-nis b' e airgead a' dol gu cunbhalach dhan chunntas is peinnsean aig deireadh a làithean-obrach as motha a bha air aire.

Nuair a thog Harry Burton a làmh phlaomach le dathadh buidhe shiogaireatan eadar a chorragan bha eagal air Fin gun robh e gus sgleog a thoirt dha. Ach thàinig an làmh a laighe air gualann Fin.

'Tha deagh naidheachd agam dhut,' thuirt Harry. 'Pròiseact ùr!'

Bha a ghuth gròcach ri linn beatha de throm-smocadh.

'Fear eile den fheadhainn a tha air am maoineachadh le Comhairle Dealbhachaidh Bhreatainn.'

Thuit cridhe Fin nuair a chuala e seo. B' iad sin na pròiseactan as miosa a nochdadh air an deasg aige. B' e beachd-smaoin ionmholta 's dòcha a bha aig bun na h-iomairte a thàinig gu bith mar thoradh air mothachadh an riaghaltais gur e dìth design aon de na rudan a dh'fhàg gnìomhachas Bhreatainn ann an staid cho sgreataidh aig deireadh nan seachdadan. Dè a b' fheàrr, smaoinich iad, na bhith a' tarraing chompanaidhean is designers còmhla le bhith a' cur beagan airgead brosnachaidh a-steach dhan ghnìomh. Leis an fhìrinn, b' e companaidhean beaga as motha a ghabhadh ris an sgeama taic aig an Design Council gus seirbheis dealbhaidh fhaighinn air prìs ìosal. 'S ainneamh a bhiodh tuigse no for aca mu design. 'S ainneamh a thigeadh toradh às a b' fhiach mar a bha Fin ga fhaicinn.

'I've organised a meeting. The MD himself will be here at midday.'

Thug Fin sùil air an uaireadair designer Swatch aige. Chuir am pàtran striopach orains air aghaidh an uaireadair a cheann na thuaineal tacan agus le a lèirsinn fhathast doilleir fo bhuaidh dhrogaichean is dighe chan fhaiceadh e na spògan a bha air an aon dath cha mhòr. Thug e greis mun do dh'obraich e a-mach nach biodh ach uair aige mus nochdadh an duine. Thug e roid dhan taigh-bheag gus deagh sgoladh de dh'uisge fuar a chur air aodann.

'Halifax Shoe Machinery, that's the company name,' dh'èigh Harry às a dhèidh. 'You'll find the info about them on your desk.'

Gu dearbh nuair a thill Fin dhan deasg aige fhuair e leabhran na companaidh a bha glacte fo mhaide tarsainn a' bhùird. Air a' chòmhdach bha dealbh de thogalach ìosal breige air raon-gnìomhachais le luchd-obrach na buidhne, mu 's dòcha 40 dhiubh, thomhais Fin, nan seasamh air a bheulaibh. Bha iad air an roinn a rèir an inbhe is gnè. Aig a' chùl bha na manaidsearan is fir nan oifisean nan deisean is rin taobh, le beagan astair eatorra, fir làr na factaraidh nam boilersuits. Air am beulaibh bha sgioba boireann nan oifisean air èideadh nan sgiortan is seacaidean is rin taobh boireannaich na factaraidh le aparanan air uachdar an cuid aodaich. Nuair a dh'fhosgail e an leabhran chaidh fhoillseachadh dha Fin sreath de dhealbhan dhen uidheamachd as grànda a chunnaic e a-riamh; pairèid de bhucais loma le putanan is gadan a' stobadh a-mach asta. Bha an ro-ràdh air a' chiad duilleig làn chainnt-chluich 'When it comes to building the best shoes we give you the 'boot' in. Our machines will 'last' to 'boot'. When the 'shoe fits…' is mar sin air adhart. Aig bonn gach duilleig bha bratach Seoc an Aonaidh leis na faclan 'Proud to be building in Britain' fòidhpe. Rinn Fin greann is dhùin e an leabhran.

Nochd bean Harry an toiseach. B' e an cleas aig Harry a bhean a thoirt a-steach nuair a bha coinneamh gu bhith aca 's e a' toirt a chreidsinn gun robh rùnaire pearsanta aige. Cha tug e fada gus an robh an oifis bheag air a lìonadh le fàileadh a boltraich làidir. Ged a bha i na b' òige na Harry bha i ro aosta son na dreasa ghoirid a bha i a' caitheamh. 'S dòcha gun robh àm ann a bheireadh sealladh air a casan buaidh air na clients, ach 's fhada bhon a dh'fhalbh an latha ud smaoinich Fin. Rinn e greann eile.

'Hello Mrs Burton,' thuirt e. Thug ise snodha-gàire dha a bha rud beag nas caidreachail na bu mhath leis.

Goirid na dhèidh sin fhuair Fin e fhèin aghaidh ri aghaidh ri fear às a' Halifax Shoe Company, Mgr. Jack Johnson. Bha greim-bàis aige air làimh Fin is bha e ga crathadh mar gur e iasg a bh' innte a bha a' feuchainn ri leum às an làimh aige fhèin. Bha fàileadh na h-àirde a tuath air; fàileadh de dh'fhuachd is saothair, de stàilinn is ola. B' e duine cruaidh mar chloich e; duine glas bho bhonn a bhrògan gu mullach a chinn. Air a shàil bha fear òg. B' e sin Bob a bha air ùr-thòiseachadh leis a' chompanaidh mar phreantas. Ged a bha e òg bha coltas air mar gun robh e air nochdadh às na 1950an leis an deise is cliop seann-fhasanta a bha air. Taobh a-muigh tuar lachdann is cumadh seang an dithis, bhuineadh iad do ghnèithean fa leth. B' e crathadh làimhe meata a fhuair Fin bhuaithe.

Threòraich bean Harry iad a-steach gu oifis an duine aice. Bha e fhèin na shuidhe air cùl an deasg thomadaich a lorg e o chionn greis aig rùp le companaidh ailtearachd a bha air a dhol ann an rianachd. Rinn iad suidhe air na sèithrichean a bha air an càradh mu thimcheall air is dh'fhalbh bean Harry gus an teatha a chur air dòigh. A-mach às màileid leathair an fhir òig thàinig pasgan de dhealbhan teicnigeach a shìn e a-mach air mullach a' bhùird. Tro fhroiseadh àireamhan, shaighdean is shamhlaidhean dh'aithnich Fin fear de na bogsaichean grànda a chunnaic e san leabhran.

Nuair a theann ceannard a' chompanaidh ri bruidhinn bha a ghuth cho cruaidh ri a choltas, mar gun robh a bheul làn greabhail. Bha blas air a chainnt nach cluinneadh Fin ach a-mhàin ann am prògraman aithriseach no gritty northern dramas.

'Making shoes is in my blood,' thuirt e. 'I come from four generations of shoemakers.'

Le sin thug e seann fhotograf dubh is geal às a' bhaga aige is chàraich e air muin nan dealbhan teicnigeach e. Anns an dealbh chìte bodach le aparan is speuclairean air is e air a chuairteachadh le acainn a chiùird. Air cùl a' bhodaich bha sgeilpean air an lìonadh le ceapan an cumadh coise mar stòras de chasan air an gearradh dheth.

'That's my grandfather. I want you to understand where I come from before we move on. I'm proud of my heritage. I'm proud of what we do.'

Bhon àm a bha a shinn-seanair beò, mhìnich e, bha uallach air a bhith air gach ginealach gluasad air adhart is gabhail ris an linn san robh iad a' tighinn beò. B' e a sheanair a mhothaich gun robh obair-greusaiche a' crìonadh is a theann ri uidheamachd a thogail do ghreusaichean. B' e athair a leasaich an gnìomhachas is a lorg margaidhean ùra. Bha e fhèin dhen bheachd, gu ruige seo, gur e an dleastanas aige an gnìomhachas a dhaingneachadh is a thoirt dhan ath ghinealach. Ach cha b' e sin a bha an dàn dha. Bha an saoghal air car eile a chur dheth a rèir coltais. Bha brath air tòiseachadh air druideadh a-steach dhan oifis aige gun robh an luchd-ceannaich an-fhoiseil is sùil aca airson a' chiad uair air uidheamachd bho thall thairis. Bha e nas saoire gun teagamh. Ach cha b' e sin a bu mhotha a bha a' cur dragh air. Son a' chiad uair bha e a' faighinn ghearanan gun robh an uidheamachd aige seann-fhasanta is neo-èifeachdach.

'That's where you come in,' ars e.

Nochd bean Harry le treidhe làn teatha is bhriosgaidean. Air dhi faicinn gun robh am bòrd air a chòmhdachadh le dealbhan, chàraich i air mullach ciste nan dealbhan fon uinneig i. Chrath na cupannan mar iseanan acrach ann an nead is lìon bean Harry am beòil le teatha às a' phoit. Thug i cupa an urra dhan triùir is ghabh i a-mach air an doras le ceum sgeilmeil.

'Help yourselves to Hobnobs!' ghlaodh i san dealachadh.

Sheatlaig na fireannaich air ais sna sèithrichean aca is theann

iad ri slupraich. Shlaod Harry pacaid robach Mallboro às
pòcaid broillich a sheacaid is thabhainn e fear air an duine
air a bheulaibh. Ghabh Jack Johnson fear dhiubh a chàraich
e eadar a liopan tiugha far an do dh'fhan e tiotan gu fleòidhte
gus an do las Harry e leis an t-seann lasadair Ronson aige. Bha
làmh Harry air chrith gu h-aotrom. Las e fear dha fhèin is lìon
an seòmar le toit. Eadar sin is fàileadh làidir boltrach na mnà
dh'fhairich Fin an òraisg a' cruinneachadh aig bonn a sgòrnain
is i ga deisealachadh gus teicheadh às a bhodhaig. Air èiginn
fhuair e air a cumail sìos a' leigeil leis na faclan 'Excuse me' falbh
mus robh e a-mach air an doras, is a-steach dhan taigh-bheag.

Nuair a nochd Fin às ùr san t-seòmar cha robh aiteal ann an
aodann nam fear eile a dh'innseadh dha an robh iad air dad a
chluinntinn dhen àmhghair aige tro bhallachan tana na h-oifise
gus nach robh. Aig an ìre sa bu bheag a dhiù. Le chom air a
sruthlaicheadh bha inntinn Fnn a-nis nas gèire is chaidh aige
air dol tro na dealbhan teicnigeach le Mgr. Johnson is am fear
òg. Sheall iad dha mar a gheibheadh an t-inneal grèim air na
brògan is mar a tharraingeadh e thuige i; mar a theasaicheadh
na brògan, is mar a shuaineadh faobhar an inneil mun bhròg
a' toirt cruth dhi. Bha ainm air a' bhiast 'Crispin 2000' is e
sgrìobhte aig bonn nan duilleagan. Nuair a thuirt Mgr. Johnson
na faclan seo 'Crispin 2000' cha robh blas a tuath air a ghuth
idir, ach guth leòmach uailleil. Mhìnich e gur e St Crispin naomh
nan greusaichean is le bhith a' taghadh an ainm seo bha iad
a' coimhead an dà chuid air ais is air adhart. B' e a bhean a
smaoinich air an ainm.

'They're good at that sort of thing. Aren't they dear?'

Chaog e air bean Harry a bha air nochdadh san t-seòmar
a-rithist gus na cupannan a thoirt air falbh. Cha tug ise freagairt
dha. Leis an treidhe na làmhan is greann air a h-aodann bha i
a-mach air an doras an làrach nam bonn.

B' e Harry, a bha mothachail air a' chloc, a thug a' choinneamh
gu crìch.

'I expect that'll be us then,' thuirt e, is theann e ris na dealbhan a phasgadh. San dealachadh aig doras na h-oifise, chàraich Mgr. Johnson a chròg throm air gualann Fin, 'We're relying on you lad,' ars esan.

***

'Time is money!'

B' e sin an duan a bhiodh daonnan air bilean Harry is mar sin daonnan ann an cluasan Fin. Leis gur beag an t-airgead a bha an cois phròiseactan dhen leithid a thigeadh bhon Design Council bu bheag an ùine a bhiodh aig Fin gus am pròiseact a choileanadh. Ach mar dìol air a dhroch-ghiùlan air latha na coinneimh dh'obraich e gu dìcheallach air is air an dà latha a thugadh dha gus a thoirt gu buil bha e anmoch san oifis gu uairean beaga na maidne, gus an tigeadh rudeigin a b' fhiach às. Ged nach nochdadh e ann an iris design a chaoidh, fhuair Fin beagan moit bhon t-snas a chaidh aige air cur air rud a bha cho mì-ghealltanach.

Taobh a-staigh seachdain nochd Mgr. Johnson is an sgalag aige, Bob, san oifis a-rithist gus toradh na saothrach aig Fin fhaicinn. Cha robh sgeul air bean Harry an turas sa. Bha Harry air tighinn dhan bheachd nach b' fhiach e leòmachas a shealltainn do na clients seo. Bha aig Fin ris an teatha a dhèanamh. Thug e an dà mhuga a bha gun sgealb asta làn Tetley bainneach dhan dithis is chàraich e air a' bhòrd rin taobh soitheach le briosgaidean air an tilgeil gun diù bhon phacaid air a mhuin. Fhad 's a bha iad ag òl shìn e na dealbhan air a' chlàr-dhealbhaidh is theann e ri a sheanchas. Mhìnich e dhaibh, ann an doimhneachd, mar a bhiodh an dreach ùr dhen inneal, chan e a-mhàin nas bòidhche a' coimhead, ach cuideachd nas èifeachdaiche. A dh'aindeoin ealantais is siùbhlachd a chainnt cha robh coltas air an dithis air a bheulaibh gun robh iad air mòran a bha aig Fin ri ràdh a thoirt a-steach. Bhiodh e air a bhith a cheart cho math dha, smaoinich Fin, bruidhinn ann an cànan cèin. A thaobh a' chorra cheist a dh'fhaighnich

Mgr. Johnson mu chosgaisean is dòighean togail 's gann gun tàinig facal às beul fear seach fear dhen luchd-èisteachd aig Fin. Cha robh dad sna h-aodannan aca a dh'innseadh dha dè am beachd a bh' aca air an obair aige. Nuair a dh'fhàg iad, is na dealbhan aig Fin am broinn màileid Bob cha robh dùil aig Fin gun tachradh iad ri chèile a-rithist. Rachadh am pròiseact aig Fin fodha mar chlach air a sadadh ann an loch domhain, gun sgeul air tuilleadh, is e a' gabhail mu thàmh aig a' ghrunnd leis a' chòrr de na pròiseactan aige nach tàinig riamh gu buil.

* * *

B' ann trì mìosan co-dhiù às dèidh sin a ghairm a' fòn san oifis aig Harry is a chuala Fin na faclan a bha e am beachd nach cluinneadh e a-rithist 'Crispin Dà Mhìle'.

'Crispin Two Thousand,' bha Harry ag ràdh, 'I remember it well.'

Ged nach cluinneadh Fin ach brunndail fann a' ghutha aig taobh thall na loidhne, cha robh teagamh aige nach b' e guth cruaidh Mhgr Johnson a bh' ann.

A rèir mar a bha an còmhradh a' dol bha Mgr Johnston airson gum biodh coinneamh eile ann eatorra. Bha Harry a' cur an aire dha gum biodh cosgaisean na lùib bho seo a-mach. Barrachd air aon turas thug e iomradh air an reat uarach aca is ged a tharraing e air cosgaisean siubhail is eile cha rachadh Mgr Johnson a chur dheth; bha e dheimhinnte is chaidh coinneamh a chur air dòigh airson na h-ath sheachdain. Às dèidh do Harry a' fòn a chur sìos chuala Fin fuaim an inneil fax aig Harry ga dhùsgadh le trùman is gliocan. Nochd Harry an uair sin aig bòrd Fin is pìos pàipeir aige na làimh air an robh mapa is os a chionn na faclan 'directions to Halifax Shoe Company' sgrìobhte air.

'I have a mission for you,' thuirt e.

* * *

Sin mar a fhuair Fin e fhèin anns a vw Golf GT snog aige is e
a' tionndadh far an M25 dhan M1 air a shlighe gu tuath. Ged
a bha e air a bhith air ais aig an taigh corra thuras gus tadhal
air a phàrantan bhon a chaidh e gu deas cha robh e a' còrdadh
ri Fin a bhith a' dol gu tuath. B' ann dha mar gun robh e
a' dol an taobh ceàrr; mar gun robh e a' dol an comhair a chùil.
Cha robh nì a bu lugha air Fin na bhith a' dol air ais. Nach
e neach-poileataigs air choireigin a thuirt gum bu chòir dha
daoine faighinn air baidhsagal an tòir air cothroman mura robh
iad ri fhaotainn san nàbachd aca fhèin? Nach e sin a rinn e, gu
samhlachail co-dhiù, ged nach b' e ach cnapach a bh' ann dheth
an turas mu dheireadh a bha e air muin baidhsagail an da-rìribh?

Mar gun robh i a' co-fhreagairt air a shunnd bha an aimsir
a' sìor-dhol am miosad mar a b' fhaide gu tuath a rachadh
e. A' dol sìos air an M1 cha robh ach frasan aotrom ann a
dh'fhàgadh spotan air uinneig a' chàir ach mun àm a ràinig
e Leicester bha an t-uisge leantainneach is na suathairean
ag obair gu cruaidh. Mus do ràinig e Halifax b' e an dìle bhàthte
a bha a' toirt ionnsaigh air a' chàr bheag is na suathairean
nan caoch a' sabaid rithe. Ach cha leigeadh Fin le rud cho
suarach ri droch aimsir maill a chur air. Bha e a' dràibheadh na
dheann mar bu dual dha san t-sreath a-muigh is a chas ris an làr,
a' fàgail nan làraidhean is càraichean teaghlaich air a chùl. Bha
an t-einnsean a' sgreuchail fon bhonaid is am broinn a' chàir
bha na Pet Shop Boys a' seinn aig àrd an claiginn bhon inneal-
teip. Chuir èigheachd à gleus Fin ris an othail aig na sèistean.

I've got the brains, you've got the looks,
LET'S MAKE LOTS OF MONEY
You've got the brawn, I've got the brains
LET'S MAKE LOTS OF MONEY

Shaoil le Fin gun robh na suathairean a' dannsadh ris
a' cheòl.

Rinn e gàire.

Nochd na soidhnichean rathaid às an duibhre gu cunbhalach
a' comharrachadh an astair: Northampton, Leicester,

Loughorough, Nottingham, Sheffield, Huddersfeild. Cha robh annta sin ach ainmean falamh dha Fin do nach b' aithne ach Alba is Lunnainn, is a h-uile rud a' laighe eatorra mar fhàsach na inntinn. B' ann mu àm-lòin a thug cearcall-rathaid e a-nuas dhan M62 is a-steach tro Shiorrachd Eabhraig an Iar. Stad e aig stèisean-seirbheise gus biadh fhaighinn is, le burger bho Wimpy air a thilgeil sìos a shlugan is glainne Coke air a thòir, bha e air ais air an rathad is a' teàrnadh air Halifax. Roimhe chitheadh e seann mhuileannan a' bhaile is na similearan àrda sgapte troimhe mar stuic lom coille a bha air bàsachadh. Bha uair ann a dhòirteadh an ceò asta a' tilgeil còmhdach smùide thar a' bhaile ach dh'fheith iad a-nis nan tàmh air latha a rachadh an leagail. A dh'aindeoin mapa Mhgr Johnson thug e greis do Fin siubhal tro shràidean glasa is cearcaill-rathaid dhìobairteach a' bhaile is lorg fhaighinn air an ionad-ghnìomhachais.

* * *

Cho luath 's a thionndaidh e a-steach dhan ionad dh'aithnich Fin an togalach a bhuineadh don Halifax Shoe Company bhon dealbh air còmhdach an leabhrain; bha deagh chuimhne lèirsinne aige. Dh'aithnich e cuideachd am boireannach le sgiort is seacaid oirre is falt na bhuna a dh'fhàiltich e aig an doras bhon bhuidheann san fhotograf. Thug i a-null gu oifis Mhgr Johnson e far an d' fhuair Fin an làmh aige air a shlugadh le cròg Mhgr Johnson aon uair eile. Dh'fhairich Fin gun robh mùthadh air choireigin air tighinn air an duine air a bheulaibh ach cha rachadh aige air deimhinneachadh dè a bh' ann. Rinn iad suidhe air dà thaobh an deasg. Crochte ann an frèam air cùl Mhgr Johnson bha an dearbh dhealbh a bha e air sealltainn do Fin o chionn grunn sheachdainean; am fear de a shinn-seanair sa cheàrdach aige. Air na ballachan eile bha dealbhan dhen innealraidh aig a' chompanaidh.

'You know what I thought of your design at first?' thuirt Mgr Johnson.

Chrath Fin a cheann.

'Rubbish, Absolute rubbish!' Rinn e gàire a bha eagalach.

Sin e – am mùthadh – thàinig e a-steach air Fin. Cha robh an duine glas mar a bha. Nuair a choimhead e na bu dlùithe air bha beagan dath san deise aige. Bha dath sna gruaidhean aige is mura robh Fin air a mhealladh bha fiù 's beagan dath san fhalt aige. Bha diofar na ghuth cuideachd; cha robh e cho cruaidh 's a bha is cha robh am blas Eabhragach aige buileach cho làidir. Bhiodh e a' tighinn 's a' falbh a-nis.

'Don't look so worried. I like it now.' Gàire eile. Ged a thug e greis, mhìnich Mgr Johnson, dhrùidh e air rè ùine gun robh ciall ann an obair Fin is gum biodh an design aige na b' èifeachdaiche ach, nas cudromaiche na sin, bhiodh e na b' fhasa a reic ris an luchd-ceannachd aca. Ach sin far an do thòisich na duilgheadasan. Nuair a thigeadh e gu aon 's gu dhà cha b' urrainn dhaibh a thogail; cha robh na comasan no an innealraidh aca.

'You gave me some sleepless nights.'

Ach aon oidhche, an uairean beaga na maidne, thàinig soillseachadh thuige. Mar a thugadh lòchran dha leis na ginealaichean a dh'fhalbh nach b' e an dleastanas aige a ghiùlan dhan àm ri teachd gun e a bhith air a' smàladh; ge bith dè bha sin a' ciallachadh? Bha e air dùsgadh an ath latha mar dhuine air ath-bhreith. Dh'fhòn e a' chiad char gu companaidh a thabhainn comhairle gnothachais. An ath sheachdain nochd buidheann bhon chompanaidh air làr na factaraidh nan deiseachan spaideil is clipboards nan làimh. Bha iad air rùrachadh tron a h-uile mìr dhen ionad. 'They were like a plague of rats.' An ceann seachdain eile nochd an aithisg air a' bhòrd a dh'innis dha nach robh dol às ann; mura h-atharraicheadh a' chompanaidh aige rachadh e fodha, agus ann an ùine gun a bhith fada. B' e an aon fhuasgladh air fàire; cur cuid dhen obair aca thall thairis far am biodh tuarastail na b' ìsle. Bu duilich leis mar a rachadh cosnaidhean a chall ach dh'aithnich e gur e seo an aon dòigh a bh' ann a' chompanaidh a shàbhaladh. Bha e air a bhith na dhùbhlan dha Mgr Johnson, mar dhuine a bha cleachdte ri caomhnadh, a bhith a' dol dhan bhanca le ceap na làimh 's e an tòir air iasad mòr a leigeadh leis na h-atharraichean mòra a bha a dhìth a thoirt gu buil. Ach bhon a chaidh leis bha e a-nis a' faireachdainn cumhachdach is làn misneachd. Gu dearbh b' e sin an coltas a bha air, smaoinich Fin. B' fheàrr leis an dreach ùr seo dhen duine na an seann fhear stuama ris an do thachair e o chionn beagan sheachdainean.

Chaidh a chur an aire dha Mgr Johnson leis na comhairlichean gnothachais cho cudromach 's a bha e gum biodh an innealraidh ùr aig a' chompanaidh air a dheagh dhealbhadh. Sin far an robh Fin gu bhith a' tighinn a-steach dhan ghnothach. Bha e gu bhith aig cridhe a' phròiseict.

'One other thing. We're opening an office in London.'

Bha an dithis aca gu bhith a' faicinn càch a chèile gu cunbhalach bho seo a-mach a rèir coltais. Cha robh fhios aig Fin an robh sin gu bhith a' còrdadh ris. Cha robh fhios aige an robh an gnothach air fad gu bhith a' còrdadh ris. Cha b' e seo an seòrsa pròiseict rìomhach air an robh e ag amas nuair a dh'fhàg e a' cholaiste. Ach bha e coltach gum biodh airgead na lùib. 'S cinnteach gun rachadh aige air àrdachadh pàighidh iarraidh air Harry a bha air a bhith cho spìocach gu ruige seo. Mura gabhadh a bhos ris a dhleastanas rachadh e air a cheann fhèin. Thàinig faclan an òrain thuige às ùr,

You've got the brawn, I've got the brains
LET'S MAKE LOTS OF MONEY

Ach an toiseach b' fheudar do Fin eòlas a chur air an loidhne-dhèanaimh is na dòighean-obrach aca. Thug Mgr Johnson Fin a-null dhan oifis-dealbhaidh, taobh thall an trannsa, far an d' fhuair iad am fear òg, Bob, na shuidhe air cùl clàr-dealbhaidh is dh'iarr Mgr Johnson air an fhactaraidh a shealltainn do Fin. Aocoltach ris a' bhos aige cha robh atharrachadh sam bith air tighinn air aogas Bob. Bha e a cheart cho seang, lachdann is seann-fhasanta 's a bha e an turas mu dheireadh a thachair iad ri chèile aig deas. Ach bha rudeigin mu dheidhinn a-nis a dh'fhàg Fin an-fhoiseil; rudeigin na shùilean; mar gun deach teintean beaga a lasadh air an cùl. Chuir e iongnadh air Fin cho togarrach 's a bha an fhàilte a fhuair e bhuaithe.

'I can't tell you how much I've have been looking forward to our meeting.' thuirt Bob. 'The maiden can't wait to meet you either.'

Cha robh dùil aig Fin ri cainnt cho fosgailte bho dhuine a bha roimhe cho dùinte. Ach cò air a bha e a-mach?

'Who's she?'

'You'll find out.'

Air cùl an deasg bha dealbh de bhoireannach le naoidhean na h-uchd is iad air tràigh; na sùilean aca a' caogadh dhan chamara anns a' ghrèin.

'Is that your family?' dh'fhaighnich Fin dheth, 's e a' feuchainn ris a' chòmhradh a chumail a' dol is gun fhios aige cò eile air am bruidhneadh e. Cha robh e an dùil gum biodh teaghlach aig fear a bha cho òg. Ged a bha an dithis nan co-aoisean cha tàinig e a-steach air Fin gum biodh clann aige fhèin gus am biodh e nas sine, sin nam biodh idir.

'That's them, my treasures,' fhreagair Bob. 'We'll not be going abroad this year.'

Carson a thuirt e sin? Cha do thuig Fin, ach bha tòrr mun duine a bha neònach, smaoinich e. Co-dhiù fònadh na dh'fhònadh de chabadaich is gheàrr Fin a-steach air a' chòmhradh mus rachadh e na b' fhaide:

'Let's take a trip to the front line,' thuirt e.

'Front line? Ah yes. I see what you mean. Follow me.'

* * *

Nuair a dh'fhosgail Bob doras na factaraidh chuir an fhuaim a thàinig aiste clisgeadh air Fin. B' fheudar dha Bob èigheachd, 'WE'LL START WITH THE LATHES.'

Air am beulaibh bha sreath de bheairtean a' dèanamh trùman is iad a' tilgeil slisean meatailt bhuapa. Bhon oisinn seo dhen fhactaraidh lean iad orra air an t-slighe tro bheartan-muillidh, beartan a lùbadh chlàran meatailt, beartan-tàthaidh is beartan-drilidh is dh'ionnsaich Fin mun adhbhar a bha aig fear mu seach dhiubh ann a bhith a' cur cruth air a' mheatailt lom a thigeadh a-steach don fhactaraidh gus an tigeadh inneal slàn às aig a' cheann eile. Bha Fin a' faireachdainn mar gun robh e ann an taigh-tasgaidh gnìomhachais leis na bha de sheann innealraidh na sheasamh gu trom air an làr concrait ceithir-thimcheall air. Bha fiù 's coltas air an luchd-obrach mar gum buineadh iad do linn eile sna boilersuits olach aca. Ann an rùm fa leth bha sgioba de stàladairean ag obair air cnapan meatailt le sàbh is eighe, dìreach mar a bha an leithid air a bhith a' dèanamh o chionn co-dhiù ceud bliadhna.

Bha Fin a-nis mothachail don fhàileadh mhilis cheimigeach a bha ag aoidion a-steach don fhactaraidh bhon ath-dhoras. Nuair a thug e sùil a-steach air uinneig an dorais chunnaic e gun robh an t-adhar na bhroinn tiugh le peant liath is gun robh faileas fir ag obair sa cheò le gunna-peanta. Cha robh ach pìos clobhd salach aige a chòmhdaicheadh a bheul is a shròn. Ghabh iad seachad air doras fosgailte an t-seòmair-teatha leis a chuid mhugaichean smalach air an sgapadh air a' bhòrd is postairean luideach nan caileagan page three crochte air na ballachan, is chaidh iad a-steach an-ath-dhoras.

Dhùin an doras air an cùl. Sàmhchair! Fhuair Fin gur e buidheann de bhoireannaich a-nis a bha fa chomhair san rùm seo, 's iad air èideadh nan aparanan mar a bha e air am faicinn air còmhdach an leabhrain. Air aon taobh bha sgioba dhiubh a' fighe uèirean dealain dhen a h-uile dath aig bòrd is air an taobh eile bha an còrr dhiubh a' dèanamh dheuchainnean is a' cur pacadh air innealan a bha deiseil. Aon uair 's gun tug na boireannaich an aire gun robh fear òg bho na h-oifisean taobh thall crìche sòisealta na factaraidh air nochdadh san àrainn aca fhèin, cha diùltadh iad an cothrom beagan spòrs fhaighinn às. Dh'èirich na guthan aca a' gabhail àite na h-othail a bha na fir air fhàgail air an cùl.

'You don't come and see us like you used to,' dh'èigh tè leth-shean le fiacaill no dhà a dhìth. 'Not afraid of us are you pet?'

A dh'aindeoin gun robh e a' dèanamh a dhìchill e fhèin a ghiùlan le urram, mhothaich Fin don bheagan ruadhaidh a bha a' nochdadh an gruaidhean glastaidh a chompanaich.

'That'll do Liz, we have an important guest,' thuirt e gu h-uaibhreach. Cha do chuidich sin cùisean is sgap sitrich gàire tron bhannal.

'Who's this pretty boy then?'

'He's a clever one. Up from London. He's going to transform our lives.'

An do dh'amais Fin air beagan ìoranais sna faclan ud? An robh an duine fiù 's comasach air ìoranas? 'S dòcha gun robh barrachd doimhneachd ann na bha e an dùil.

Bha an tè chabach air èirigh is a gàirdean a chur mu Bhob, 'You know we're only kiddin'. We're gonna miss you when you're gone!' thuirt i. B' e seo a' chiad tuairmse a fhuair Fin gun robh a chompanach gu bhith a' fàgail.

'You're leaving?' dh'fhaighnich e.

'Cut backs. Efficiency. No point in training apprentices for jobs that ain't there.'

'Sorry to hear that.' Dè eile a chanadh e?

'As Mr Johnston said we need to grasp the future. There's a world of opportunities out there.'

Bha Fin airson an còmhradh a stiùireadh gu àite nas sàbhailte.

'You said you were going to introduce me to the Maiden. Who is she anyway?

'Yes. It's time you found out.'

Bha Bob ag innse rudeigin do Fin 's e a' fosgladh an dorais ach chaidh na faclan a shlugadh le fuaim na factaraidh. Dè thuirt e? 'You'll be leavin?' 'You'll be leaving too?' An e sin e? Barrachd seanchais neònach bhon fhear neònach. Bha Fin an dùil ri sin a-nis.

Thug iad sgrìob thairis air làr na factaraidh gu seòmar eile. B' e teampall a bh' anns an t-seòmar seo do chumhachd gnìomhachais le altair na theis-mheadhan ann an cruth inneal tomadach. Bho chas dìneasair an inneil dh'èirich colbh ceàrnagach de mheatailt chruaidh cha mhòr dhan mhullach. Bha beul anns a' bhèist am meadhan a' chuilbh le giallan meatailt ann, gu h-àrd is gu h-ìosal. Cha robh anns an rùm ach a' bhiast is an dà òigear a bha a' coimhead oirre le annas nan sùilean.

'Meet the maiden!' arsa Bob.

Chaidh e an uair sin a-null gu far an do laigh cruach chlàran meatailt air an làr. 'Give me a hand then!' thuirt e.

Thog iad pìos meatailt bhon chruaich is shìn iad tron bheul san inneal e. Chàraich Bob gu cùramach air an altair e. Thug e an uair sin paidhir ghlainneachan-dìona bho tharrag is thug e dha Fin iad.

'We don't want you going home without an eye!'

Rinn e gàire bheag ris fhèin. Bha Fin an amharas gun robh Bob a' magadh air a-nis. Chuir Bob an uair sin paidhir ghlainneachan air fhèin is thog e còta-dìona bho tharrag eile a chuir e uime.

'This could get messy,' thuirt e.

Bha coltas sagairt no draoidh air a-nis. Carson nach tug e còta dhàsan smaoinich Fin. Bhrùth Bob air putan is thàinig clàr-uachdarach an fhàsgaire sìos air a' mheatailt. Dh'fhairich Fin crith an làir fo a chasan.

Chrom Fin sìos os cionn a' phìos meatailt is dh'aithnich e a-nis cruth a' phannail-aghaidh a bhuineadh dhan dearbh inneal a bha e air ath-dhealbhadh; an dearbh Crispin 2000. Bha Bob ag ràdh rudeigin ris ach bha aire Fin air toradh an inneil. Cò air a bha Bob a-mach a-nis?

'You stole my life!' Dè? Agus rudeigin eile, 'Now I'll take…' Dè ghabhadh e?

Nuair a thàinig na faclan slàn a-steach air Fin bha e ro fhadalach.

'Now I'll take your life.' Dh'fhairich Fin am putadh daingeann air a dhruim a chuir a cheann a-steach dhan bheàrn. An uair sin cliog a' phutain. B' e an rud mu dheireadh a chunnaic Fin cruth an t-seann Crispin 2000 's e a dèanamh air aig astar.

Sìtheanan

B' E DOTAIR A bh' annam, a' teannadh ri meadhan-aois. Air mo chois aig 7.30m, aig m' obair aig 9.00m. Dhachaigh aig 6.00f, dìnnear 6.30f, leabaidh aig 11.00f. Sin a' bheatha a bh' agam. B' e beatha rianail a bh' ann; agus sin mar a bu toil leam e. Goilf Disathairne ma bha an t-sìde freagarrach. Didòmhnaich chuirinn seachad ùine còmhla ri mo theaghlach; sin bean, nighean is mac. Nan tachradh tu rium mar a bha mi an uair sin, fad nan deich bliadhna fada sin de mo bheatha, chanadh tu gur e duine stuama a bh' annam. Chanadh cuid – cuid de mo charaidean nam measg – gun robh mi ro stuama.

Ach chan ann mar sin a bha cùisean a-riamh roimhe agus chan ann mar sin a tha cùisean a-nis. Ach rachamaid an toiseach air ais dhan àm roimhe sin. Cleas nan gillean uile, 's iomadh amaideas ris an robh mi nam òige. Ach stad sin gu grad air aon oidhche àraid; oidhche na Nollaige a bh' ann. Cha tèid mar a thachair an oidhche ud às mo chuimhne gu bràth, thoradh lean e rium mar sgòth dhorcha.

* * *

Bha mi air ais air an eilean bhon oilthigh airson na Nollaige mar a bhithinn a h-uile bliadhna an uair sin. B' e ar cleachdadh, mi fhèin is mo charaidean, a dhol a-mach còmhla air oidhche na Nollaige is sinn a' faighinn cothrom air catch up a dhèanamh fhad 's a bhiodh sinn uile aig an taigh. Cha do chuir e cus dragh air ar cogaisean gun robh sinn a' seachnadh uallaichean na Nollaige ach, aig an aon àm, 's cinnteach gum biodh ar pàrantan toilichte cuidhteas fhaighinn dhinn son greis. An oidhche ud chuir sin romhainn siubhal bho phrìomh bhaile an Eilein, Sgarsgadail, a bha na dhachaigh don chuid as motha againn, gu tuath gu Port an Dòbhrain. Bha am baile seo, a' laighe mu 10 mìle shuas an costa, na dhachaigh do ar caraid Hector. Bha esan air a bhith a' gearan a h-uile bliadhna bhon a dh'fhàg sinn an sgoil air mar a bhiodh daonnan aige ri tighinn dhan bhaile againn nuair a bhiodh hòro-gheallaidh no ran-dan san amharc. 'Hector The Hero' a chanadh sinn ris oir bha e air a bhith tapaidh is dreachail bhon a bha e na chnapach, an seorsa duine, gu dearbh, nach gabh a dhiùltadh.

B' e sin a' bhliadhna a ghèill sinn is a chuir sinn air dòigh minibus a bheireadh dhan cheàrn aige sinn airson na h-oidhche; 's e cothrom a bhiodh ann airson splaoid co-dhiù. B' e seachdnar againn, a chaidh air bòrd am minibus aig beagan ro ochd uairean. Bha Liam is Christian ann, an dithis a dh'fhan aig an taigh is a thug a-mach preantasachd ann an obair-togail. Bha iad cho aocoltach ri chèile nan coltas; Liam àrd is tana; Christian goirid is tiugh, mar chomedy double act, ach sa h-uile seagh eile bha iad mar aon: chinos is lèintean breacanach, dèidheil air càraichean is Rangers agus daonnan air an leantail le samh an aon aftershave saor a lìon am minbus, gar tachdadh. Bha iad san toiseach 's iad a' cabadaich le Seonaidh 'Senna' Sillars an dràibhear. Mar as motha a bhiodh Seonaidh a' cabadaich b' ann a bu luaithe a bha e a' dràibheadh; agus b' ann a bu lugha a bhiodh aire air an rathad. Bha droch chliù aige san eilean ach cha robh dràibhear eile ann a bha deònach tighinn a-mach air an oidhche ron Nollaig. Bha sinn air ar tulgadh mar dhoileagan luideig sna lùban. Agus cha bu ghann iad sin air an t-slighe seo.

'Tha mi gus sgeith!' dh'èigh Ruth a bha san t-suidheachan air thoiseach orm. Spiol i fosgailte an uinneag ri taobh is bhuail sgal adhar reòthte mi ann an clàr m' aodainn. Theann a falt air dath orains-purpaidh air dannsadh na chaoch mar gun robh e air a

ghlacadh le deamhan. Bhon a bha i air falbh dhan sgoil-ealain
ann an Dùn Dè bha cruth-atharrachadh air tighinn oirre. Cha
b' e a-mhàin gun robh dath a fuilt is a cuid aodaich air a dhol
cruthachail ach gun robh a caractar air mùthadh bhon tè dhiùid
a b' àbhaist a bhith innte gu tè bhragail a bhruidhneadh gu h-àrd
an-còmhnaidh le sitrich magaidh measgaichte leis na faclan aice.
Bha fiù 's a blas-cainnte air siubhail bho thaobh siar na h-Alba
gu àite nach gabhadh aithneachadh ach a laigh 's dòcha a-muigh
ann am meadhan an Atlantaig. Ri taobh bha Keiran. Bha esan
dìreach air tilleadh bho sgrìob a Iapan is gun fhios no for aige
dè dhèanadh e leis a' chòrr de a bheatha ach gun robh noodles is
Shinto gu bhith nam pàirt chudromach dheth. Bha e follaiseach
bhon choltas fad às ann an sùilean Keiran gun robh e air a
bhith ri stuth air choireigin mus tàinig e a-mach. Bha an dithis
aca a-mach air spioradaileachd ach, a dh'aindeoin m' oidhirp
farchluais a dhèanamh orra cha dèanainn bun no bàrr dheth.

Bha mi fhèin is Keiran air a bhith dlùth aig an sgoil ach bha
sin mus robh e trom air drugaichean air am measgachadh le
spioradaileachd. Gu fortanach cha deach an seann bhalach
a b' aithne dhomh a chall gu tur is sna greisean a theàrnadh
eanchainn air ais gu talamh bha e fhathast comasach air spòrs is
fealla-dhà. Nan seargadh buaidh nan drugaichean dh'fhaodadh
gun còrdadh co-dhiù an cuideachd aigesan rium.

Cha b' urrainn dhomh an aon rud a ràdh mu Anna is Seonag
a bha nan suidhe san t-sèithear mu mo choinneamh. Bha iad
air a bhith nan dlùth charaidean bhon a bha iad sa bhun-
sgoil nuair a bha iad ga fhaicinn mar dhleastanas orra a bhith
a' cur sìos air balaich bheaga mar mi fhèin. Cha robh cùisean
air atharrachadh mòran bhon uair sin.

Chrom Anna gam ionnsaigh is thuirt i, 'Chan eil math dhut
sin a ghabhail.' Bha i a' comharrachadh a' chana dighe lùtha a
bh' agam a thug mi leam ach an cuireadh e beagan spionnaidh
annam mus ruigeadh sinn an taigh-seinnse. Bha mi feumach air
is mi sgìth le bhith a' cumail suas ris an teaghlach fhrionasach
agam aig an taigh. 'Bheil fhios agad dè na h-uiread de shiùcar a

lorgar am broinn cana beag mar sin? Gun luaidh air a' chaifein.
'S e a bhios trom air do chridhe!' Bha Anna a' cur a' bheagan
fios a fhuair i bhon trì bliadhna a bha i air a bhith a' studaigeadh
biadh-eòlas gu feum na bhall-airm nam aghaidh. Loisg i aon
ghath fiosrachaidh mu dheireadh orm, 'Bàsaichidh fiù 's duine
òg le greim-cridhe, mus deach Seonag an sàs: 'Seadh. Bàsaichidh
fiù 's duine òg le greim-cridhe'.

B' e saidhg-eòlas an cuspair aig Seonag is theann i air measadh
a thoirt seachad air staid m' inntinn. 'An tàinig e a-steach ort
gur dòcha gu bheil trom-inntinn a' bualadh ort. Tha thu air a
bhith cho gruamach bho chionn greis.' Cha robh m' aire air
an cuid seanchais ach air an aon tè nach robh air a' bhus: Zoe.
Na faclan mu dheireadh aice fhathast a' seirm mum chlaigeann,
'Bhithinn toilichte mura faicinn tuilleadh thu... a chaoidh!'
Dhùin doras an taighe aice le clab air mo chùlaibh.

Bha mi fhèin is Zoe air a bhith a' falbh le chèile bhon a
bha sinn anns an t-siathamh bliadhna anns an sgoil, ach bhon
a dh'fhalbh sinn dhan oilthigh, mise gu Dùn Èideann, ise gu
Reading bha cùisean air fàs doirbh eadarainn. 'S iomadh uair a
chomhairlich ar caraidean dhuinn nach maireadh càirdeas aig
astar ach cha robh sinn airson a chluinntinn. Ach rè nam mìosan
a lean fhuair an grodadh grèim air. Gach triop a thachrainn
rithe a-nis chuireadh i às mo leth gun robh mise a' falbh le
boireannaich eile. Agus bha fhios agam gun robh tomhas de
dh'fhìrinn sna casaidean aice. Nach eil feumalachdan againn
uile? Nach robh sinn air cur romhainn gur e càirdeas fosgailte,
mar a chanas iad, a bha gu bhith ann eadarainn cho fad 's a
bhiodh sinn air ar dealachadh bho chèile? An rud nach fhaic
an t-sùil cha chaoidh an cridhe. Bha mi an amharas gun robh i
fhèin air a bhith ris an aon chleas. Siùbhlaidh fathannan fada.
Bha e coltach gur e dealachadh a bha gu bhith fa-near dhuinn.

A dh'aindeoin seo uile bha an smaoin a' dol mum cheann
gur dòcha gun rachadh teansa mu dheireadh a thoirt dhomh
cùisean a chur ceart. Nan tillinn thuice nas fhaide air an oidhche
's dòcha. Shìn mi mo làmh a-steach gu mo phòcaid is ghreimich

mi air a' bhogsa bheag leis an fhàinne-phòsaidh na bhroinn.

Thug am minibus leum às nuair a theab sinn bualadh ann am fiadh is cha mhòr nach robh mi an uchd Seonag is Anna. Theann iad ri braoisgeil. B' e faochadh thar tomhais a bh' ann nuair a ràinig am minibus ceann a' bhealaich is a theann sinn ri cromadh sìos a dh'ionnsaigh Phort an Dòbhrain is am breacachadh solais fann aige a' priobadh oirnn bho cheann a' bhàigh. Bha mi a-riamh dhen bheachd gur e àite fa leth a bh' ann am Port an Dòbhrain oir, aocoltach ri bailtean eile an eilein a bha uile fosgailte dhan mhòintich air aon taobh is dhan mhuir air an taobh eile, bha am baile beag sin dùinte a-staigh ann fhèin, 's e na ghurraban aig ceann a' bhàigh fo sgàil nam beann a chuairtich e. Airson co-dhiù sia mìosan chan fhaigheadh a' ghrian a-steach dhan bhaile idir is fiù 's aig àrd an t-samhraidh chan fhaigheadh i plathadh air an àite ach airson corra uair a thìde san latha. B' àbhaist dha a bhith na phort iasgaich is am port cloich aig a' bhonn fhathast na fhianais air na làithean glòrmhor sin nuair a bhiodh e air a lìonadh le coille de chrainn is èigheachd nan iasgairean is clann-nighean nan sgadan a' gairm is ag ath-ghairm mu na glinn mu thimcheall air. Ach b' fhada bhon a dh'fhàg an sgadan is còmhla ris na bàtaichean is an luchd-leantainn. Cha bhiodh ach an aon eathar crùbaige aonaranach a-nis a' gabhail fasgadh ann, a' sìor luasgadh is a' dìosgadh sna suailichean beaga a gheibheadh seachad air beul a' phuirt. Tron bheàrn eadar na freiceadan beinne aig ceann a' bhàigh shìn sìorraidheachd de dh'uisge fuar cruaidh. B' e daoine a bha suas am bliadhnaichean a bu mhotha a bhiodh a-nis a' gabhail còmhnaidh sa cheàrn is an cleas a b' fheàrr leotha a bhith a-mach air na seann làithean.

Ràinig am minibus Taigh-òsta a' Bhàigh aig iomall a' bhaile is chuir e a-mach sinn air pìos talmhainn eabarach ri thaobh. Thàinig e a-steach orm gur ann a dh'aona-ghnothach a stad Seonaidh ar dràibhear an seo oir thàinig siot-ghàire air an triùir san toiseach nuair a theann Seonag is Ann ri cliobadh a-mach às a' bhus. Cha rachainn fhèin às àicheadh gun tug e beagan toileachais dhomh a bhith a' faicinn Anna is Seonag is iad a' dèanamh an dannsa bhig neo-cheanalta aca tron pholl sna sàilean àrda aca. Bhocadaich an cuid sgreuchail 's mollachd tron ghleann air am measgachadh le bragail bhrisg briseadh na deighe thana a chòmhdaich na slugan.

'Seall air caileagan a' bhaile mhòir!' dh'èigh Christian orra. Bha esan air èideadh sna h-aon seann bhòtannan dìonach 's a bhiodh air fad na h-ùine. Bu bheag an t-iongnadh ged a rachadh e a laighe leis a' chas-bheart sin fhathast air a chasan.

'Fuck off, mhic balaich!' thilg Seonag na faclan mar smugaid.

'Seadh, fuck off bhromanaich!' Cha robh Anna gu bhith a' leigeil seachad a' chothruim an nimh aice fhèin a thilgeil. A rèir coltais b' e beartas-cainnt aon rud nach d' fhuair iad às na trì bliadhnaichean dhen oideachadh leòmach aca.

Sa h-uile seagh bha am bàr taobh a-staigh Taigh-òsta a' Bhàigh na shamhla air an iomadh bàr de a leithid a tha rin lorg sgapte tro bhailtean beaga na Gàidhealtachd, eadar an sgeadachadh seann-fhasanta le còmhdach grìseach niceotain air fheadh, an luchd-frithealaidh gruamach is an telebhisean san oisinn. Nuair nach robh geama air an teilidh cha bhiodh anns an àite san àbhaist ach corra bhodach às a' bhaile is iad a' leigeil taic ris a' chunntair gun cha mhòr facal ann eatorra. Ach an oidhche sin bha an t-àite na bhoil, làn daoine òga mar sinn fhèin. 'Seo trioblaid air nochdadh!' dh'èigh an sealbhadair, Billy, oirnn is sinn a' tighinn a-steach.

San oisean bha craobh Nollaig chrùbach a' claonadh dhan dàrna taobh le solais air an tulgadh oirre gun for no ealain, a' priobadh gu màirnealach. Fhreagair priobadh bhon t-sanas bhoillsgeach air cùl a' bhàir: 'Merry Christmas... Merry Christmas... Merry Christmas... Merry Christmas... Ho-Ho-Ho'.

Bha sin gam chur nam thuaineal is mi aig a' bhàr a' feitheamh air frithealadh. A dh'aindeoin gun robh an t-àite a' cur thairis bha an luchd-frithealaidh a cheart cho mall 's a b' àbhaist. A dh'aindeoin gun robh adan Santa air an cinn bha iad a cheart cho gruamach. A rèir coltais bha am fichead not a bha mi a' smèideadh air mo bheulaibh do-fhaicsinneach.

Bha Hector a' feitheamh oirnn aig ceann a' bhàir. Cha b' urrainnear gun a bhith a' mothachadh dha oir b' e fear treun, dreachail a bh' ann is na fèithean righinn aige ag at fo lèine gheal. Bha a chraiceann ciar ri linn obrach ann an ceàrnan cèine nochdte am measg craiceann taoiseach geal chàich mu thimcheall air. Nuair a bha a' chuid as motha dhinn a' falbh gu colaistean bha esan air preantasachd a lorg aig muir. Cha b' ann dhàsan beatha fhaoin an oileanaich, mar a thuirt e. Bha glainne mar-thà aige na làimh is Seonag is Anna a-nis ri thaobh. Thog e a ghlainne is phriob e orm. Nochd ceann tatù dràgoin bho mhuinchill goirid a lèine. Cha chreid mi nach tug esan priob dhomh cuideachd.

Nuair a bha mi mu dheireadh thall deiseil aig a' bhàr leig mi m' eallach de dheochan air a' bhòrd is, le deagh phutadh do Ruth ri mo thaobh, fhuair mi àite aig fìor cheann na beinge. Bu ghann gun robh rùm ann air mo shon is fhuair mi gun robh mi crochte gu mì-chofhurtail thar oir gheur na beinge. Mura robh mi ann an droch-thriom às dèidh mar a thachair dhomh le Anna is Seonag agus an crathadh a fhuair mi ann an cùl a' mhinibus b' ann a bha mi nis. Le mo bhodhaig air a thionndadh bho chàch dh'fhairich mi mar gun robh mi air an taobh a-muigh is mi a' feuchainn ri farchluais a dhèanamh orra, agus bhon t-suidheachadh sin abair gun robh an còmhradh aca baoth: na seann làithean, na tidsearan gòrach a bh' againn, cò bha falbh le cò is mar sin air adhart. Cha b' fhada gus an do shearg tobar staoin a' chòmhraidh sin. Bha e follaiseach gun robh an t-astar a' sìor leudachadh eadarainn, gun mòran againn an cumantas a-nis. Thàinig e a-steach orm gur dòcha gur e sin an turas mu dheireadh a thigeadh sinn còmhla.

San eadar-àm bha Hector air tilleadh bhon bhàr le ultach ghlainneachan. Air adhbhar air choireigin chaidh a fhrithealadh gun dàil is bha e air dà round a cheannach aig an aon àm.

'S fheudar gun robh na thuirt e nuair a thill e is a leig e an treidhe làn dheochan chun a' bhùird glè èibhinn (ged nach cuala mi fhèin smid dheth) oir sgaoil suail gàire tron bhuidhinn. Nuair a bhuail e annam chaidh mo phutadh far na beinge is b' e sin mise air mo thòn air an làr is am fear fon daorach a leag mi san dol sìos air mo mhuin. Mar nach robh dad air tachairt fhuair esan air ais air a chasan is lean e air a' dannsadh gu 'Merry Christmas Everybody'. Air mo shon-sa bha mi air mo chlisgeadh is goirt. Ach na bu mhìosa na sin cha robh duine am measg mo chàirdean, mas e sin fiù 's a bh' annta, air mothachadh m' èiginn. 'S dòcha gur e buaidh an uisge-bheatha a dh'fhàg cho feargach mi no co-chàrnadh dhen a h-uile rud a thachair dhomh tron oidhche, ach nuair a dh'èirich mi nam sheasamh fhuair mi gun robh mi ag èigheachd air càch aig àrd mo chlaiginn is mi ag innse dhaibh, fear mu seach, mo bharail orra uile; gun robh inntinn Keiran air falbh ann an saoghal eile; Ann agus Seonag, cho faoin ri dà fhaoileag is sgreuchail a cheart cho sgreamhail asta; Hector, bragail is làn dheth fhèin; dà lethchiallach a bh' ann an Christian is Liam a dhèanadh amadan slàn eatorra air èiginn. Chan e mo ghnàth idir a bhith ris an t-seòrsa cainnt mhì-chàileir sin is chuir na faclan a thaom bhom bheul a cheart uiread de dh'iongnadh ormsa 's a chuir iad air an luchd-èisteachd. Bha greis de shàmhchair throm ann mus do shioftaig a h-uile duine suas beagan gus am faighinn àite gu leòr aig ceann na beinge. Ach bha e ro fhadalach; bha an oidhche air a milleadh.

Air mo shlighe dhan taigh-bheag na b' fhaide air an oidhche thachair mi ri Keiran. Thug e sùil a bha cugallach orm.

'Fhios agad gur e amadan a th' annad?' thuirt e rium.

Cha tuirt mi dùrd.

'Air mo shon fhèin tha mi coma. 'S mi tha coma mu dad a thigeadh às do bheul. Ach an tàinig e a-steach air do cheann thiugh gun cuireadh na thuirt thu Anna troimh-a-chèile?'

Thug mi sùil theagmhach air, 'Ise? 'S ise a bhiodh a cheart cho coma co-dhiù riut fhèin mu dad a theirinn-sa rithe.'

'Nach tuirt mi gur e amadan a bh' annad! Ciamar fon ghrèin nach do mhothaich thu gun robh sùil aice annad is bha bhon a bha sinn aig an sgoil is sin cho follaiseach don a h-uile duine eile! Sin as coireach gu bheil i cho trom ort. Fèin-dìon, cha chreid mi, leis cho mosach 's a tha thu rithe aig amannan. Tha fhios gum bi i a' gal an àite air choireigin.'

Bha mi a' faireachdainn rud beag similidh nuair a thill mi don bhòrd is, gu dearbh, cha robh sgeul air Anna an sin. Thug mi sùil a-mach air an doras agus sin i na gurraban aig ceann an taighe fon uinneig far nach fhaiceadh duine bhon taobh a-staigh i. Chaidh mi a-null thuice is rinn mi mo dhìcheall innse dhi tron mheacanaich aice mar a bha mi dìreach feargach is air mo nàrachadh. Is le buaidh na dibhe orm is a h-uile càil thuirt mi rudan nach bu chòir dhomh.

Dh'èirich i na seasamh is chàraich i pòg gu bras air mo liopan. Bhris dama beag nam bhroinn a' leigeil ma sgaoil fearg is àmhghar na h-oidhche is na àite thàinig sùmaid miann gun iarraidh. An e gun robh mo chuid stuamachd air falbh leis an deoch no gun robh mi leigte ri brath a ghabhail air a' chothrom dìoghaltas beag cruaidh a thoirt a-mach air Zoe? Chan eil fhios agam ach tharraing mi Anna thugam is fhuair mi gun robh na bilean agam glacte ris na bilean aice-se is na làmhan agam ag obair air a bodhaig mar dà chreutair riaslach nach robh ceangailte rium. Ach chuir rudeigin stad orm. A rèir coltais bha gu leòr de m' eanchainn fhathast ag obair gus innse dhomh gum biodh aithreachas orm nan leanainn orm. Tharraing mi air ais, a' cur mo làimhe am pòcaid mo bhriogais gus an do bhean mo chorragan ri bogsa na fàinne gus nach lagaichinn.

'Chan urrainn dhomh,' thuirt mi.

Cha chuirinn an coire air Anna airson na rinn i an uair sin. Thug i sgleog dhomh a bha cho cruaidh 's gun do bhuail mo cheann ann am balla cloiche an aitreibh a' fàgail pat air mo spuaic is blas iarainn na fala air mo theanga.

Le fearg a-nis a' gabhail àite a' bhròin spaidsirich Anna air ais a-steach dhan taigh-sheinnse. Thill mise dhan taigh-bheag gus mo sgioblachadh fhèin beagan agus, leis an fhìrinn innse, gus càch a sheachnach. Nuair a nochd mi às ùr aig a' bhàr bha mo chompanaich air falbh is am mini-bus a' feitheamh oirnn san àite-parcaidh. Chaidh mi a-null thuige is sin iad uile mar-thà na bhroinn, agus abair sealladh oillteil a bh' ann! Cha tug mi samhla dha ach taobh a-staigh carbad-eiridinn ann an raon-cogaidh. Bha Christian na laighe air a dhruim dìreach air an làr far an do thuit e is e gun mhothachadh. Nuair a thug Anna sùil shearbh orm dheàrrs a sùilean dearga tron dorchadas. Bha Hector is Seonag an gleac a chèile leis na liopan aca air an glacadh còmhla mar gun robh iad a' feuchainn ri càch a chèile ithe. Bhiodh Hector cinnteach às leabaidh aig a' cheann-uidhe oir cha bhiodh dòigh air thalamh ann tilleadh air feadh na h-oidhche. Bha Liam is Keiran nan suidhe còmhla. Dà charaid nas mì-choltaiche chan fhacas. Bha Keiran fhathast a-mach air spioradaileachd oir chuala mi e gu soilleir 's e ag ràdh ri Liam ''S e a tha a dhìth ort nach do lorg thu do spiorad Shaman fhathast.' Rinn Liam seòrsa de shitrich grànda. Bha Keiran ceàrr is spiorad eich mar-thà air grèim fhaighinn air Liam. Bha Ruth san toiseach le Seonaidh, an dràibhear, 's a gruag spìceach a' luasgadh bho thaobh gu taobh ann an solais a' bhan mar cheann coin ghogaich.

Dhealaich Hector bho Sheonag le fuaim sùghaidh fliuch. 'Greas ort a bhalaich! Chan fhan muir ri uallach!' dh'èigh e orm. 'Leum a-steach!'

B' e sin an t-oilbheum mu dheireadh a phut mi thar na creige is a thug orm na faclan a ràdh a bheireadh caochladh iomlan air mo bheatha.

'Saoilidh mi gun coisich mi!'

***

Dhùin mi doras a' bhana le brag is chuir mi cùl ris a' mhinibus is mo chompanaich a bha na bhroinn. B' e Keiran còir a dh'fhosgail doras a' bhus is a dh'èigh às mo dhèidh, 'Na bi cho gòrach. Cha ruig thu dhachaigh gu madainn. Tha i fuar!'

Le aithreachas a-nis a' greimeachadh orm bhithinn air

tionndadh mur b' e nach leigeadh m' uaill leam. Chùm mi orm a dh'ionnsaigh nam beann. Chuala mi doras a' bhan a' dùnadh às ùr air mo chùlaibh is am bus a' falbh aig astar. Romham shìn am frith-rathad gu ruige a' bhealaich mar ribean a bha air tuiteam thar nan slèibhtean, a' dealradh ann an solas na gealaich làin, agus an tìr mun cuairt air fhoillseachadh dhomh ann am faileasan gorma. Bha brèidean sneachda air an crochadh fo na mullaichean mar anart air ròpa.

Bha mi air an t-slighe seo a choiseachd grunn thursan roimhe air an latha; air cùl nam beann mòra, tro mhòinteach uaigneach làn thoman beaga. Bu chòir gun toireadh e dà uair a thìde, 's dòcha dà uair a thìde gu leth aig a' char as fhaide. Nan cuirinn cas air thoiseach air cois is nan cumainn a' dol mar sin ruiginn dhachaigh, is leis an smaoin sin nam cheann thog mi orm. Theirte 'Na Sìtheanan' ris a' cheàrn seo dhen eilean agus ann an linn nas faoine bhite a' seanchas mu dhream de dhaoine-sìthe a ghabhadh còmhnaidh fo na toman a bha gam chuairteachadh. Dòigh a bh' ann is cinnteach eagal a chur air cloinn no amadain mar mi fhèin a dh'fheuchadh ann is an deoch orra. Son a' chuid as motha dhen ùine, a rèir an t-seanchais, cha ghabhadh an dà dhream – mac an duine is mac an t-sìthe – gnothach ri chèile ged a cho-phàirtich iad an aon bhloigh talmhainn air a chuairteachadh le cuan. Ach tha e an dàn do na sìthichean a bhith ri mì-mhodh bho àm gu àm is nuair a thigeadh am miann airson cleas orra dhèanadh iad iomlaid eadar naoidhean-sìthe is naoidhean-daonna no bheireadh iad am bruid truaghan a bha air a dhol air seachran, gu sònraichte nan robh smùid air. Mo dhearbh leithid-sa shaoil mi; fìor Tham O' Shanter an latha an-diugh a bh' annam. Ach an àite a bhith air mo chlisgeadh leis an smaoin sin thug e gàire orm. Nan rachadh mo thoirt am bruid an oidhche ud bhithinn tuilleadh is toilichte tìde a chur seachd a' mireadh 's a' dannsadh an cuideachd nan daoine beaga.

Cha do mhothaich mi do na sgòthan a bha ag èaladh thar an fhàire gus an robh am flin a' riasladh mu mo chasan. Ann an

ùine gun a bhith fada bha iad air cruinneachadh nan cabhlach
a sheòl a-mach thar an speur a' dubhadh a-mach na gealaich.
An ceum a bha roimhe na stiall airgead dealrach romham, bha
e a-nis air a dhol na fhaileas chaochlaideach a thigeadh is a
dh'fhalbhadh. Sin gus an deach am flin na chur is chathadh is
a chaidh e à fianais uile gu lèir fo chòmhdach sneachda. Lean
mi orm, is mi an dòchas gun cumainn ris a' cheum, ach nuair a
thòisich mo chasan a dhol fodha dhan mhòintich bhadanaich
bha fhios agam gun robh mi air dealachadh ris. Bha mi air mo
sgreamhachadh leis cho luath 's bha cùisean air a dhol bhuaithe
orm. Cluinnidh sinn mun leithid a rud a' tachairt do dhaoine
eile ach 's e rud a tha sinn an dùil nach tachair dhuinne. Mar a
dh'fhàs an sneachd nas tighe dh'fheumadh gach ceum a bheirinn
a-mach barrachd spàirn gus mo chasan a shaoradh bhon
t-sneachd is bhon pholl fodha. Bha mi a' cliobadh mu thimcheall
mar phùpaid air sreang gun smachd agam air na gluasadan
agam fhèin. Cha b' fhada gus an robh mi claoidhte. Ach nas
miosa na sin bha am fuachd a' drùidheadh orm. Ged a bha
seacaid orm cha robh mo chuid aodaich idir freagarrach airson
aimsir gheamhradail mar seo. B' e m' òrdagan a chaidh fuar-
rag an toiseach. Fhad 's a bha mi air a' cheum bha mo làmhan
air a bhith air an stobadh a-steach gu pòcaid mo sheacaid gus
an cumail blàth ach a-nis bha mi feumach orra gus mi fhèin a
chothromachadh tron chruth-tìre chaochlaideach agus stad a
chur orm bho bhith a' tuiteam. Bha mi a' call faireachdainn mo
chorragan. Mar oileanach ann an dotaireachd bha mi eòlach gu
leòr air na cunnartan an lùib clàbhadh; mar a dh'èalaidheadh
e orm gun fhiosta. 'S e crith nach gabh smachdachadh a' chiad
chomharradh; sin do bhodhaig a' strì ri blàths a chruthachadh,
ach 's ann nuair a bheir do bhodhaig suas is a stadas a' chrith a
thèid cùisean buileach bhuaithe. Thig an laigse is a' bhreisleach
a mhùchas d' inntinn is a leigeas le bàs snàigeadh a-steach ort.
Tha dòighean nas miosa ann do bhàs fhaighinn tha mi an dùil
ach cha robh mi deiseil air a shon. Bha mi òg is cus romham. Bha
Zoe romham! Chuir mi mo làmh an taca ri pòca mo sheacaid

is dh'fhairich mi bogsa na fàinne na broinn. Chùm mi orm.
Fiù 's ged nach ruiginn am baile bha teans ann gun tachrainn
ri rathad no taigh no àite a b' aithne dhomh mus faigheadh am
fuachd làmh-an-uachdair orm gu h-iomlan.

Cha robh fhios agam dè cho fada 's a bha mi mar sin
a' clìobadh tron t-sneachda gus am faca mi an taigh, oir bha
mi air grèim a chall air ruith na h-ùine. B' e an solas fann
a' priobadh orm bhon uinneig a ghlac m' aire an toiseach is
mi a' sreap thar bruaich. Theàrn mi a-steach don lag far an
do laigh an fhàrdach is uidh air n-uidh thàinig cruth an taighe
fhèin am follais. Bha e nas coltaiche ri bothan no tobhta na
taigh ceart. Bha am mullach lùbte is nuair a thàinig mi làimh
ris an doras-cùil chithinn gun robh sglèatan a dhìth air mar a
bha lòsain sna h-uinneagan. Ceithir thimcheall orm bha seann
uidheamachd àiteachais is trealaich dhen a h-uile seòrsa sgapte
tron iodhlann, mar chlosaichean reòite. Fhuair mi siabadh toit
mòna air a' ghaoith, dearbhadh gun robh duine a-staigh is teine
a' dol. Chaidh mo theàrnadh!

Ghnog mi air an doras, ach freagairt cha tàinig gin. Dh'fheuch
mi air an làmhrachan is ghèill e dhomh. Cho luath 's a bha an
t-snag air fhuasgladh chaidh an làmhrachan a spìonadh às mo
làimh is a' ghaoth nas èasgaidh na mise gu faighinn a-steach
le sgaothrach sneachd na dhèidh. Bhuail an doras le brag anns
a' bhalla air a chùl. Bha mi ann an seòrsa dè phoirds fiodha
's e cho làn trealaich ris an taobh a-muigh le pìosan àirneis
briste air an tìodhlaigeadh nam measg. Air mo bheulaibh, air
a fhrèamadh anns an doras a-steach gu colann an taighe, bha
bodach; falt fada is feusag liath mu aodann ruiteach is geansaidh
crìonta tollach buidhe air. Bha faite-gàire fhann air a bhilean is
lasair dian na shùilean.

'Am faod mi tighinn a-steach?' Nuair a chuala mi cho fann,
gròcach 's a bha an guth a thàinig asam bha mi mothachail son
a' chiad uair air cho fada 's a bha mi air a dhol bhuaithe. Bha
mi gus toirt thairis is dh'fheumainn spàirn mu dheireadh mura
robh mi gu bhith a' tuiteam ann an gàirdeanan a' bhodaich.

Cha tuirt an seann fhear smid. Dhùin e an doras air mo chùlaibh is e a' leigeil uile chuideam air gus a dhùnadh an aghaidh na gaoithe. Thug e an uair sin bhuam mo chòta 's e a' toirt crathadh dha a shaor e bho a chòmhdach sneachda mus do chroch e air tarrag e is a threòraich e a-steach dhan fhàrdaich mi. Bha dà chathair-uilne a' feitheamh oirnn air beulaibh na cagailte; mar gun robhar an dùil rium, cha mhòr. Thuit mi a-steach gu tè dhiubh. Thog am bodach plaide bhreacach a bha na shìneadh air cùl an t-sèitheir aige fhèin is chàraich e thar mo ghuailnean e. Chrùb mi os cionn an teine gus an robh mi cha mhòr taobh a-staigh na cagailt is a dh'fhairichinn teas an teine mòna fhann a' drùdhadh a-steach orm. Rè ùine thill blàths gu mo chorp is gu pianail nochd faireachdainn às ùr nam chorragan. Thill is beagan de mo rian is thòisich mi air an t-àite san robh mi a ghabhail a-steach. A rèir na h-àireimh de leabhraichean air na sgeilpichean bha mi an cuideachd duine a bha foghlamaichte. Ach ged a bha tòrr ann a bhiadhadh inntinn cha robh sgeul air dad a bhiadhadh bodhaig. Cha robh sgeul air grèim a ghabhadh ithe no stòbha, no poit no truinnsear. Ach cha do chuir e cus iongnaidh orm gun robh fear a' tighinn beò ann an suidheachadh neo-àbhaisteach mar seo oir bha an t-eilean làn dhaoine àraid a thàinig dhan àite is iad an tòir air rudeigin no a' teicheadh bho rudeigin. Shuidh sinn mar sin ann an sàmhchair greis mhòr gus an deach mo dhùsgadh bhom thuainealachd le gròcail a' bhodaich.

'Tha rudeigin agam a chuireas blàths annad,' thuirt e.

Chaidh e a-null dhan sgeilp is thug e a-nuas buideal is glainne cheòthach. Nuair a chuir e a' ghlainne nam làimh chithinn gun robh dath na dighe a bha air a bhith innte mu dheireadh fhathast a' greimeachadh ris a' bhonn. Bha fhios agam nach e deagh bheachd a bhiodh ann deoch a ghabhail agus gur dòcha gur e siud a dh'fhàg mi cho ìosal sa chiad dol-a-mach. Ach dè an cron a dhèanadh drùdhag bheag? Agus dh'obraich e dìreach mar a gheall e dhomh. Dh'fhairich mi an steall loisgeach, 's e a' teàrnadh tro mo sgòrnan agus an uair sin am blàths ga sgaoileadh trom bhodhaig. Leis a' bhlàths thàinig ìomhaigh nam inntinn de Zoe 's i na sìneadh na leabaidh gu ciùin, sèimh na suain cadail is thàinig thugam a-rithist fàth mo thriall.

Le sùil aithghearr tron uinneig chithinn gun robh i air sgur a chur is gun robh a' ghealach a' caogadh bho oir sgòtha a' caitheamh a solais airgid thar na tìre às ùr.

''S mithich dhomh falbh,' thuirt mi ris a' bhodach. 'Tha mi a' faireachdainn tòrr nas fheàrr. Feumaidh gur e an t-uisge-beatha as coireach. Ma chuireas sibh dhan taobh cheart mi.'

'Chan eil còir agad fàgail ann an cus cabhaig. 'S fheàrr dhut fuireach gus am bris an latha.' Sheatlaig am bodach air ais san t-sèithear aige mar gun robh e a' feuchainn ri toirt orm an aon rud a dhèanamh.

Rùraich mi nam phòcaid airson na fàinne, is mi am beachd gun toireadh a làthaireachd neart dhomh, oir b' e sin an rud fiosaigeach a cheangail mi fhèin is Zoe, ach cha robh e ann oir, chuimhnich mi, chuir mi ann am pòcaid mo sheacaid i is bha mo sheacaid sa phoirds.

'Gheibh mi mo sheacaid co-dhiù. Mar sin bidh mi deiseil nuair a thig an t-àm. Tha rudeigin na bhroinn a dh'fheumas mi.'

Nis. Tha fhios gun robh mo cheann fhathast rud beag sgleòthach leis an sgìths is an fhuachd air neo gun deach mo chuimhne a chlaonadh tro ùine ach tha mi deimhinnte às gur e an rud a thuirt e rium, 'Cha bhi thu feumach air an fhàinne an-dràsta. Gheibh thu do chòta an ceartair.'

An e gun do rùraich e nam phòcaid 's e a' crochadh na seacaid? Mas e gun do rùraich chan fhaca mi e, ged a bha e rim thaobh aig an àm. 'S gann gum biodh tìde aige sin a dhèanamh co-dhiù.

Bha mi a' faireachdainn an-fhoiseil a-nis. Dh'fhan sinn nar tàmh. Leis a' ghaoith air socrachadh b' e an aon fhuaim a-nis cnagadh an teine. Shad am bodach bad mòna bhon bhasgaid ri thaobh air muin nan lasraichean is leum sgaoth de shradagan frionasach suas dhan t-similear. Thàinig e gu m' aire gun robh fuaim eile a' tighinn tron chnagadh bho àm gu àm, fuaim

crònain; guthan fann bho fhad às, mar gun robh iad a' tighinn
bhon teine cuideachd. Mar a dh'fhàs an fhuaim na b' àirde
dhealaich i bho chnagadh an teine is chluinninn gun robh i
a' tighinn bhon taobh a-muigh. Bha buidheann air choireigin
a-muigh an siud. Chluinninn na diofar ghuthan fa leth a-nis;
fireannaich is boireannaich. Bha mi airson leum dhan doras is
èigheachd orra ach cha dùraiginn. Mar a thachair cha b' èiginn
dhomh oir 's iadsan a thàinig thugainne.

Bha gnog aig an doras.

'Sin iad air nochdadh,' thuirt am bodach.

Dh'fhosgail an doras le brag is sin iad sa phoirds.

'Am faod sinn tighinn a-steach?' thàinig guth.

Bha am bodach air èirigh is bha e a-nis na sheasamh ann an
frèam an dorais a' cur aghaidh air na h-aoighean aige dìreach
mar a rinn e leam fhèin. Threòraich e a-steach iad agus cò a
bh' ann ach mo chàirdean uile; Keiran, Anna, Seonag, Ruth,
Christian, Liam is Hector! Nam inntinn bha linn air a dhol
seachad bhon a chunnaic mi mu dheireadh iad sa mhinibus
taobh a-muigh an taigh-òsta.

Dh'èigh iad orm mar aon, 'Is sinne a tha toilichte d' fhaicinn!'

Bha iad air fàs iomagaineach mu mo dheidhinn air an
t-slighe dhachaigh is an aimsir a' sìor dhol am miosad. Chuir
iad romhpa tighinn gam lorg.

Thàinig iad a-nall an taobh a bha mi is thug iad hug dhomh,
fear mu seach. Dh'iarr iad mathanas orm airson cho suarach
's a bha iad air a bhith rium. Thuirt mi gun robh mi cuideachd
tuilleadh is duilich mun dol-a-mach mosach agam fhèin.
Gun faclan eile a dhìth bha sinn mar sin rèidh ri chèile mar a
b' àbhaist. Bha am bodach air an t-uisge-beatha a thoirt a-nuas
a-rithist is bha glainne ceòthach le drùdhag na bhroinn an
làimh a h-uile duine ach mi fhèin nach robh airson tuilleadh
òl is am bodach nach gabhadh boinneag dha fhèin is a bha na
shuidhe a-rithist san t-sèithear aige le faite-gàire air aodann.
Bha mo chàirdean air teannadh ri cabadaich is fealla-dhà, ach
cha robh m' iomagain-sa air seargadh mòran. Dh'fheuch mi air

ìmpidh a chur orra falbh, ach bha iad a' faighinn cus tlachd às
an t-suidheachadh san robh iad. 'Falbhaidh sinn an ceann greis,'
thuirt iad. A bharrachd air cho uamhalta 's a bha ar càs bha mi
mothachail mura faighinn gu Zoe ro bhriseadh latha gur dòcha
nach tigeadh cothrom eile a faicinn gu às dèidh làithean-saora na
Nollaige agus an dithis againn gu bhith an uchd ar teaghlaichean.
'S dòcha nach tigeadh cothrom gu deireadh an ath-theirm.

Nuair nach robh duine a' toirt an aire dhomh shnàig mi
a-steach dhan phoirds is chuir mi orm mo sheacaid. Bha mi
a' sìneadh mo làimhe a-steach dhan phòcaid ach an robh bogsa
na fàinne fhathast ann nuair a dh'fhàs mi mothachail gun robh
cuideigin air mi chùl. Thionndaidh mi is sin am bodach na
sheasamh san doras.

'Cha bu chòir dhut falbh.' B' iad sin na faclan mu dheireadh
a chuala mi bhuaithe.

Dh'fhosgail mi an doras-aghaidh is thug mi ceum a-mach.
Shuain an t-sàmhchair dhomhain mi. Air mo bheulaibh shìn
lorgan-coise mo chàirdean a dh'ionnsaigh na fàire. Nan leanainn
iad lorgainn am baile. Bha iad air innse dhomh nach robh iad
air coiseachd ach airson mu chairteal na h-uarach gus faighinn
an seo. Chuir mi cas air thoiseach air cois, cas air thoiseach
air cois, is chùm mi orm. Cnagail an t-sneachda fo mo chasan,
Cnagail an t-sneachda.

Rè ùine shearg an fhuaim sin gus nach robh ann ach an
t-sàmhchair dhomhain. Shearg na lorgan-coise air mo bheulaibh.
Shearg na toman mu thimcheall orm. Shearg na creagan is
shearg na craobhan gus nach robh ann ach gilead. Gilead is
sàmhchair.

***

Bha mi gam thogail aig astar gu ruige solais. Dh'fhàs an solas
na bu shoilleire is na bu shoilleire. Bha samhla adharail air flod
san t-solas air mo bheulaibh. Aingeal? Dhlùthaich an samhla
orm is dh'fhairich mi pòg bhog air mo ghruaidh. An toireadh

aingeal pòg dha duine? Bha an solas a' meathadh beagan a-nis is bha àrainneachd a' tàrmachadh às mu thimcheall orm. Nochd uinneag gu aon taobh is doras air an taobh eile. Bha mi ann an leabaidh. Dh'fhairichinn na siotaichean fo mo chorragan. Bha tiùb a' dol a-steach gu mo shròin is fear eile a' dol a-steach gu mo ghàirdean. Bha inneal a' priobadh is a' bìogail ri mo thaobh.

'Tha thu air ais!' thuirt an t-aingeal. Thug i pòg eile dhomh. 'Nollaig chridheil!' Dhèanainn a-mach feartan an aingil a-nis is dhrùidh e orm gur i Zoe. 'Taing do Shealbh gu bheil thu air dùsgadh!'

Sna beagan làithean a lean a bha mi glacte san ospadal dh'fhoillsicheadh dhomh mar a thachair; mar a dh'fhàs mo theaghlach iomagaineach nuair nach do nochd mi air madainn na Nollaige is mar a chaidh fios a chur dhan phoileas is buidheann a chur a-mach air mo thòir. Gu fortanach, cha tug e fada dhan heileacoptar lorg fhaighinn orm is mi nam shìneadh air a' mhòintich. Bha mi fhathast beò ged a bha mi air a bhith gun mhothachadh son greis. Thug an heileacoptar dìreach gu Ospadal na Ràthaige Mòire ann an Inbhir Nis mi. Fhuair Zoe cead a thighinn còmhla rium is bha i air a bhith làimh rium bhon uair sin. Ri linn nach robh m' athair air a bhith a' cumail gu math roghnaicheadh gur ise a rachadh ann is gum fuiricheadh mo phàrantan rium aig an taigh. Bha mi cho uarraidh fhèin fortanach, chaidh innse dhomh, oir chaidh aig an ospadal air fiù 's mo chorragan a shàbhaladh bhon eighreachadh a bha air greimeachadh orra. Thàrainn às slàn.

Nuair a bha beagan neirt air tilleadh thugam dh'innis mi do Zoe mar a thachair dhòmhsa; mar a bha mi ann am bothan a' bhodaich is mar a thachair mi ri càch an sin.

'Cha eil ann an sin ach bruadar,' thuirt i rium. 'S e a' bhreisleach a chuir an ìomhaigh sin nad inntinn. Feuch an cuir thu às do cheann i.'

Dh'fheuch mi an sgeul oirre a-rithist an ath thuras a nochd i san rùm agam ach cha ghabhadh i ri facal dheth. Carson nach cuireadh i earbs' annam? Nach mise as còir aithne a bhith agam air mar a dh'èirich dhomh fhèin?

'Carson nach creid thu mi?'

'Tha adhbhar agam,' fhreagair i. 'Gheibh thu a-mach rè ùine.' Cha do dh'fheuch mi mo sgeul air duine eile. Chùm mi glaiste e an ciste m' inntinn.

Nuair a thàinig an t-àm gus falbh an ceann beagan làithean thug fear-obrach an ospadail dhomh mo chuid aodaich. Bha an fhàinne fhathast sa phòcaid is nuair a thàinig Zoe gus mo thogail chaidh mi sìos air mo ghlùin is dh'iarr mi oirre mo phòsadh.

Cha robh teagamh agam nach gabhadh i ris an tairgse.

* * *

Dh'fhan Zoe gus an robh sinn air ar slighe dhachaigh mus tug i dhomh an droch naidheachd. Bha sinn anns a' chàr aice oir bha caraid dhi air a thoirt a-null a dh'Inbhir Nis is ise a' tilleadh gu h-obair anns a' bhaile, a chùm 's gum faigheadh sinn air dràibheadh air ais. B' e na deòir a' nochdadh na sùilean a' chiad chomharra gun robh rudeigin ceàrr. Feumaidh gun robh i air smachd a chumail orra ron a seo. Bha sinn a' dol timcheall cearcall-rathaid air oir a' bhaile. Dh'fheith i gus an robh sin far a' chearcaill is seachad air làraidh san t-sreath a-staigh gus an do theann i ri bruidhinn.

'Tha droch naidheachd agam dhut. Cha robh mi airson innse dhut roimhe is tu cho ìseal'.

Bha na deòir a-nis nan sruth sìos a gruaidhean is iad a' tuiteam far bàrr a sròine dha h-uchd. Bha mi airson mo ghàirdeanan a chur timcheall oirre is furtachd a thoirt dhi ach cha b' urrainn dhomh. Bha an càr againn air slaodachadh is b' e an làraidh a bha a-nis a' dol seachad oirnn. Thug an dràibhear droch shùil oirnn san dol seachad.

'Tha càch air a dhol às an rathad.' Bha Zoe a-nis ag ochanaich gu truagh.

Cha robh fios agam air cò idir air an robh i a-mach. Às an

rathad? Ciamar? Càch? Cò sin? Bha na smaointean a' bogadaich mu mo cheann. Cha robh mi deiseil airson droch naidheachd is mi fhathast lag.

'S tu an aon duine às an fheadhainn a chaidh gu Port an Dòbhrain a thàrr às beò. Chaidh am minibus far an rathaid is an uair sin leis a' bhearradh. Cha tàinig duine às beò.'

Bha e air a bhith neònach dhomh nach robh gin dhen bhuidheann air tighinn a chèilidh orm san ospadal. Ro thrang, sin uireas smaoinich mi aig an àm; no fhathast diombach. A dh'aindeoin mo mhì-thoil gabhail rithe bha fhios agam gun robh an naidheachd fìor. Nam chuimhne bha an ìomhaigh fhathast soilleir dhen mhinibus a' falbh aig astar is a chuid phasaidearan ri cleas sa chùl. An sùil m' inntinn chithinn an dearbh lùb theann aig ceann na bruaiche far an tigeadh am bus far an rathaid is na creagan cas nan sìneadh dhan mhuir fodha. Chithinn na cuirp sgapte feadh a' chladaich is an sneachd air na clachan mu thimcheall orra a' dol dearg; a' mhuir a' bìdeadh aig an casan. Chuir mi an ìomhaigh às mo cheann.

'S gann gun deach facal eadar an dithis againn airson a' chòrr dhen turas.

San t-seachdain a lean bha sinn air ais is air adhart gu tìodhlaigidhean air feadh an eilein. Bha an t-àite air fad fo sgàil bròin nach togte gu tur gu bràth. Cha b' e an tòiseachadh a b' aoibhneile do chàirdeas fad-bheatha. Ged nach tuirt sinn e do chàch a chèile bha fios againn gun robh dleastanas air choireigin oirnn cumail a' dol; gur e sinne an fheadhainn a mhair is gum biodh càch beò ann an dòigh tromhainn. Chan eil fhios agam an e sin a bu choireach ach b' e riamh càirdeas tioram gun mòran faireachdainn a bh' ann eadarainn ged a dh'fhan sinn còmhla is a bha clann againn. Bhon taobh a-muigh b' e teaghlach àbhaisteach is rèidh a bh' annainn ach aig ar cridhe bha beàrn ann nach gabhadh lìonadh.

* * *

Air mo chois aig 7.30m, aig ionad nan dotairean teaghlaich

aig 9.00m, dhachaigh aig 6.00f, dìnnear 6.30f, leabaidh aig
11.00f. Bha mo bheatha rianail; agus sin mar bu toil leam e.
Goilf Disathairne ma tha an t-sìde freagarrach; Didòmhnaich
chuirinn seachad ùine còmhla ri mo theaghlach.

Sin mar a chùm mi rian air fìrinneachd, le bhith a' cumail
ri beatha phongail. Son deich bliadhna rinn mi sin. Agus
dh'obraich e, gu ìre. Ach bha an ìomhaigh fhathast ann glaiste
sa chiste a' feitheamh air fosgladh is e a cheart cho soilleir ris
an oidhche a thachair cùisean. Nis, feuch an smaoinich thu air
an tachartas as motha a thug buaidh air do bheatha; breith do
chiad phàiste, an latha a phòs thu no an latha a cheumnaich
thu, mar eisimpleir. Nan canadh a h-uile duine mu thimcheall
ort nach do thachair seo idir – gur e rud a chruthaich thu fhèin
nad mhac-meanma – an gabhadh tu ri sin? 'S cinnteach nach
gabhadh. Agus sin mar a bha cùisean dhòmhsa. Ge bith cho
cruaidh 's a dh'fheuch mi ri creidsinn ann, bha fhios agam gun
robh mo bheatha na bhreug agus gun tugadh bhuam a' bheatha
cheart agam an oidhche ud.

Ciamar a bheir thu gaol do chloinn nach eil ann, ciamar a
chuireas tu suim ann an obair a' frithealadh dhaoine le an cuid
thrioblaidean nach eil ann dhut ach faoinsgeulan. Chuireadh
Zoe às mo leth gun robh mi coma, ach dè am feum a bhiodh ann
dol às àicheadh sin, oir bha i ceart. Agus bha sin na dhearbhadh
dhìse gun robh i ceart; no an tathasg no samhla no ge bith dè
bh' innte, ceart. Deich bliadhna a chùm mi ris. Deich bliadhna
air caitheamh, no an e gun do stad mo bheatha an oidhche sin is
gun tèid mi air ais gu mar a bha nuair a gheibh mi lorg air às ùr?

B' e a' chiad chomharra gun robh a' bhreug a' tuainigeadh
gun robh mi a' dol gu m' obair anmoch is gun robh mi
a' call choinneamhan le euslaintich. Fhuair mi rabhadh neo-
fhoirmeil an toiseach agus an uair sin gairm gu coinneamh leis
na manaidsearan. Chaidh mo chur ann an sèithear air beulaibh
buidheann de mo cho-obraichean, uile le coltas iomagaineach
orra. 'An robh a h-uile rud ceart gu leòr?' dh'fhaighnich iad
dhìom. 'S dòcha nach robh cùisean rèidh aig an taigh. An robh

mi feumach air tìde dheth? An robh mi a' fuiling le trom-inntinn?
'S dòcha gun robh mi feumach air cuideachadh! Smaoinich!
Mise! Cuideachadh! Cha robh mi a-riamh cho fallain no cho
dòigheil bhon a thòisich mo throm-laighe. Bha mi a' siubhal gu
ruige fìrinneachd mu dheireadh thall; dìreach mar a shiubhail
mi gu ruige solas a' bhothain bhig sin air a' mhòintich. Sguir
mi a dh'èisteachd. Dh'fhàs mo cheasnaichean gu bhith doilleir
gus nach robh iad ann idir.

Cha deach mi gu m' obair an ath latha no air latha sam bith
às a dhèidh. An àite sin fhuair mi mi fhèin ann an leabharlann
far an deach mi an tòir air an sgeul agam fhèin am measg an
iomadh sgeul eile. Ged nach d' fhuair mi an seo e fhuair mi
plathadh air; sin ann an leabhraichean mu shaobh-chràbhadh
is cùisean os-nàdarra. B' aithne dhomh gur e samhla a bh' ann
a' co-fhreagairt air mar a thachair dhomh. Cha bhi na sìth ag
ithe – follaiseach nuair a smaoinicheas tu mu dheidhinn oir
tha iad beò air miannan is uireasbhaidhean dhaoine. Chan
fhaigh thu a-steach gu sìthean ach le do thoil fhèin oir cha toir
na sìth cuireadh dhut. Tha comas ann am meatailt geas-sìthe
a bhriseadh.

Cha tug e fada gus an d' fhuair Zeo brath mu na bha a' dol
is a chaidh an ceòl air feadh na fìdhle. 'Faigh cuideachadh no
sin e!' dh'èigh i orm.

Agus sin mar a fhuair mi mi fhèin air aiseag air ais dhan
eilean. Thug e greis dhomh lorg fhaighinn air a' bhothan is
thòisich mi ri ag a chur san fhìrinn. Ach bha fhios agam gur e
sin dùbhlan a bhathar a' cur romham agus chùm mi orm gus
an d' fhuair mi e aig bonn an laig. Bha e air a dhol a dholaidh
fiù 's bhon a chunnaic mi mu dheireadh e. Cha robh mòran
air fhàgail an dà chuid de na h-uinneagan is am mullach. Ach
fhuair mi oisinn far an robh am mullach fhathast slàn is sin far
an do shìn mi mo phoca-cadail. Rè nam mìosan a lean theann
mi ri càradh is sgeadachadh agus, ged nach canainn-sa gu bheil
mi beò ann an lùchairt tha an t-àite a-nis seasgair is dìonach.

Agus seo mi a-nis aig a' bhòrd bheag ann am meadhan an

t-seòmair bhig le pàipear air mo bheulaibh is peann nam làimh is mi a' sgrìobhadh mo sgeòil. Tha mi air mo chuairteachadh le mo chuid leabhraichean, an dà chuid ann an Gàidhlig is Beurla. Chì thu thall air na sgeilpichean cruinneachaidhean de bheul-aithris, tràchdasan, irisean Chomunn Gàidhlig Inbhir Nis, pàipearan-rannsachaidh is eile mu shìthichean is cùisean os-nàdarra. 'S iad sin mo charaidean bhon a thàinig mi an seo. Tha an teine mòna na chnagadh air mo chùlaibh. Agus measgaichte leis a' chnagadh cluinnidh mi na guthan aca is tha fhios agam gun tig iad. Tha fhios agam gun tig iad a-nochd fhathast oir chagair iad sin rium.

Tha na guthan air gluasad a-muigh is cluinnidh mi gach fear fa leth a-nis. Cluinnidh mi cruasbadh an casan san t-sneachd is iad a' dlùthadh orm.

Sin an gnogadh air an doras a-nis! Mar a bhios fhios agaibh, fanaidh mi nam thost oir 's ann an urra riuthasan a tha e a bhith ag iarraidh cead fhaighinn a-steach.

'Duine a-staigh? Duine a-staigh? Am faod sinn tighinn a-steach?'

Gabhaibh mo leisgeul. Bhiodh e mì-mhodhail gun a bhith a' fosgladh an dorais do na seachranaich.

Luath foillsichearan earranta

le rùn leabhraichean as d'fhiach a leughadh fhoillseachadh

Thog na foillsichearan Luath an t-ainm aca o Raibeart Burns, aig an robh cuilean beag dom b' ainm Luath. Aig banais, thachair gun do thuit Jean Armour tarsainn a' chuilein bhig, agus thug sin adhbhar do Raibeart bruidhinn ris a' bhoireannach a phòs e an ceann ùine. Nach iomadh doras a tha steach do ghaol! Bha Burns fhèin mothachail gum b' e Luath cuideachd an t-ainm a bh' air a' chù Cù Chulainn anns na dàin aig Oisean. Chaidh na foillsichearan Luath a stèidheachadh an toiseach ann an 1981 ann an sgìre Bhurns, agus tha iad a nis stèidhichte air a' Mhìle Rìoghail an Dùn Èideann, beagan shlatan shuas on togalach far an do dh'fhuirich Burns a' chiad turas a thàinig e dhan bhaile mhòr.

Tha Luath a' foillseachadh leabhraichean a tha ùidheil, tarraingeach agus tlachdmhor. Tha na leabhraichean againn anns a' mhòr-chuid dhe na bù am Breatainn, na Stàitean Aonaichte, Canada, Astrà Sealan Nuadh, agus tron Roinn Eòrpa – 's mura bhe iad aca air na sgeilpichean thèid aca an òrdachadh d Airson leabhraichean fhaighinn dìreach bhuainn fhì cuiribh seic, òrdugh-puist, òrdugh-airgid-eadar-nàiseanta neo fiosrachadh cairt-creideis (àireamh, seòladh, ceann-latha) thugainn aig an t-seòladh gu h-ìseal. Feuch gun cuir sibh a' chosgais son postachd is cèiseachd mar a leanas: An Rìoghachd Aonaichte – £1.00 gach seòladh; postachd àbhaisteach a-null thairis – £2.50 gach seòladh; postachd adhair a-null thairis – £3.50 son a' chiad leabhar gu gach seòladh agus £1.00 airson gach leabhar a bharrachd chun an aon t-seòlaidh. Mas e gibht a tha sibh a' toirt seachad bidh sinn glè thoilichte ur cairt neo ur teachdaireachd a chur cuide ris an leabhar an-asgaidh.

Luath foillsichearan earranta
543/2 Barraid a' Chaisteil
Am Mìle Rìoghail
Dùn Èideann EH1 2ND
Alba
Fòn: +44 (0)131 225 4326 (24 uair)
Post-dealain: sales@luath.co.uk
Làrach-lìn: www.luath.co.uk